KB182340

그림으로
읽는
러시아

그림으로 읽는 러시아

러시아 문화와 조우하다

김은희 지음

이담 Books

| 추천사 |

러시아 명화와 예술의 산책길

김은희 박사의 이 탁월한 저작은 〈백학〉이나 〈백만 송이 장미〉, 〈머나먼 길〉, 〈나 홀로 길을 가네〉 같은 노래의 감동을 러시아 그림을 통해 재현시켜 주고 있다. 모스크바 국립대학교에서 솔제니친과 20세기 러시아문학사를 전공한 김 박사는 러시아 근현대 미술사의 걸작을 통해 러시아의 자연 · 풍속 · 역사 · 문학 · 음악 · 신앙 · 민중 생활상 등을 해박한 지식으로 넘나들며 저 광활한 대지로 인도한다. 이 책으로 먼 '소문'의 나라였던 러시아가 우리의 삶의 현장 속으로, 고고한 미학으로서가 아닌 누구에게나 감동을 자아내게 하는 예술적 정감으로 다가선다. 그림은 아름답고 문학은 심오하며 노래는 감동적으로 어우러진다.

함경북도 학성 출생의 김기림은 1934년 시 〈향수〉에서 "나의 고향은/저 산 넘어 또 구름 밖/아라사의 소문이 들리는 곳"이라고 노래했다. 아라사는 우리에게 이처럼 '소문'의 나라였다.

저 발해(渤海)의 웅위했던 민족혼이 사그라지면서 고려와 조선의 북쪽 국경은 중국만이 마주했다. 카자크 추장 예르마크가 우랄산맥을 넘어 러시아 동방정책의 교두보(토볼스크)를 확보한 게 1579년, 청 · 러 두 나라의 헤이룽장(黑龍江, 아무르 강) 전투에 청국의 강요로 강제 동원됐던 조선의 조총병(鳥銃兵, 1654)이 조선과 나선(羅禪, 당시 러시아 표기)의 첫 접촉이었다.

쇠락한 청국은 아편전쟁(1840~1860) 패배 이후 영국과 프랑스에 교묘하게 약탈당했는데(베이징조약, 1860. 10), 그 화해를 알선했던 러시아가 우수리 강 동쪽을 차지(1860. 11)하면서 조선의 북쪽과 비로소 국경을 맞대게 된 나라가 아라사였다.

청국 못지않게 백성을 깔아뭉갰던 조선왕조 아래서 굶주렸던 농민 13가구가 러시아로 이주해 간 게 1863년, 연해주 총독은 1864년 11월 16일자로 "러시아 국경 안에 정착하기를 원하는 한인들을 보호할 것과 우선 예비비 가운데서 그 정착에 필요한 식료품을 지급하라"고 지시한다. 이로써 러시아 한인 이민의 역사는 1864년으로 삼게 되었다.

이후 한 · 러 관계는 항상 장애에 부딪치곤 했다. 침략자 일본에 가장 먼저 문호를 연(1876, 강화조약) 조선은 미국 · 영국 · 독일과의 수호조약(1882)과 이탈리아와의 수호통상조약(1884)을 맺은 이듬해(1885)에야 러시아와 정식으로 수교했는데, 이는 러시아를 경계하는 영 · 미와 청 · 일 등의 방해 때문이었다. 그 뒤 역사는 민족 수난사와 일치한다. 아관파천(俄館播遷, 1896) 후 러일전쟁(1904～1905) 때 일본은 강제로 한 · 러조약을 파기시켰고, 일제 식민지 시대 때 일어난 러시아혁명(1917)은 1945년 8 · 15 후 분단 한국사의 금렵구역이 되어버려 김기림의 시구처럼 러시아는 국경을 맞대고 있으면서도 여전히 풍문과 소문의 나라로 남았다.

그러나 소문의 나라가 우리에게 친근하게 다가선 계기를 만든 건 위대한 예술이었다. 유럽과 미국문화가 한국인을 홀린 게 기독교와 상품이었던 것과는 대조적으로 러시아는 톨스토이를 통해서 우리 근대문화에 깊숙하게 접목되었다. 톨스토이의 『부활』은 근대 한국 번역문학의 단골 품목이자 연극과 가요사의 최고 인기였다. 근대 이후 가톨릭이나 개신교가 한국사에 끼친 영향력에 비하면 러시아 정교는 고작해야 "저 멀리 니콜라이 종소리 처량한데"(유행가 〈미사의 노래〉, 이인권 작사, 작곡, 노래)에서나 그 희미한 그림자를 찾아볼 정도에 지나지 않는다.

이와 달리 『부활』은 '카츄사', '재생' 등으로 변형되어 당대 일류 문학인들이 번역 · 번안해 소개했고, 연극과 영화와 노래로 인기를 끌었다. "카츄사 애처롭다 이별하기 서러워"로 시작되는 〈카츄사의 노래〉(1916)부터 이인권이 작곡하고 송민도가 노래 불러 크게 유행시킨 "마음대로 사랑하고 마음대로 떠나버린"으로 시작되는 〈카츄사의 노래〉까지 『부활』은 한국인의 뇌리에 다양하게 각인되었다.

더구나 일제 식민통치의 강압 아래서 민족해방을 위한 문화예술운동은 러시아의 암울한 우수의 사상 풍조와 투쟁의 예술을 동시에 수용하게 되면서 근대문학에서는 풍문의 나라가 아닌 가장 영향력 강한 예술의 나라로 부각되었다.

8 · 15 이후의 남북 분단과 냉전은 다시 러시아를 소문의 나라로 되돌렸다가 45년

만인 1990년 9월 한 · 러 국교 정상화가 돼서야 볼쇼이 발레와 합창, 레드 아미 합창 등을 자유로이 감상할 수 있게 되었다. 광활한 시베리아철도(1916년 완공) 여행과 서커스와 카자크 민속예술, 페테르부르크와 모스크바 등 조형미 최고인 고도, 돈과 볼가 강, 차이콥스키, 샬리아핀, 레핀 등 세계인을 감동시킨 음악과 노래와 미술, 여기에다 인류 문화 사상 최고봉인 문학……. 이 풍성한 러시아 문화예술 목록은 아쉽게도 제대로 그 빛을 못 내고 있는데, 그건 러시아 문학 전공자들의 책임도 없지 않을 것이다. 문학 전공이라고 거기에만 고착하여 안주할 것이 아니라 그 나라의 문화 전체를 아울러 가며 널리 소개해 주는 역할도 하는 것이 외국문학 전공자의 역할이다. 김은희 박사의 이 저서는 이런 면에서 단연 선구적이라 할 수 있다.

민요 〈볼가 강의 뱃노래〉를 명화로 승화시킨 러시아 최대의 풍속화가 레핀의 〈볼가 강의 인부들〉을 비롯하여 시베리아 유형수를 다룬 레핀의 〈기다리지 않았다〉, 쇠창살 이송 차량에 갇힌 죄수들을 그린 야로센코의 〈어디나 삶〉 등이 주는 뭉클함은 예술의 숭고성을 느끼게 한다.

푸시킨이 『대위의 딸』에서 다뤘던 소재이기도 한 〈황제 마을을 산책하는 예카테리나 II세〉(보로비콥스키), 러시아판 사도세자인 〈이반 뇌제와 그 아들 이반〉(레핀)과 〈페테르고프에서 알렉세이 황태자를 심문하는 표트르 I세〉(게)는 어느 나라 왕실에서나 겪었던 왕과 왕자의 갈등이 처절하게 드러난다. 플로비츠키의 〈타라카노바 공주의 죽음〉과 수리코프의 〈친위병 사형 날의 아침〉 등은 러시아 역사의 중요 장면들을 다룬 그림들이다.

〈모스크바 근교의 여름〉(시슈킨)은 유명한 노래 〈모스크바의 밤〉을 연상시키며, 〈가을 꽃다발〉(레핀)에서는 우리나라에 엉터리로 번안 소개된 노래 〈백만 송이 장미〉의 오리지널 가사를 맛볼 수 있다.

〈미지의 여인〉(크람스코이)의 미녀상을 통해서는 그 모델이 도스토옙스키의 『백치』의 여주인공 나스타샤 필립포브나인지, 톨스토이의 『안나 카레니나』의 안나인지를 둘러싼 논쟁을 자상하게 소개해 준다. 막시모프의 〈농민의 결혼식에 온 주술사〉나 페도토프의 〈소령의 구혼〉, 〈불평등한 결혼〉(푸키레프)을 다룬 글에서는 사회풍속사의 속살을 그대로 보여준다.

크람스코이의 〈위로할 수 없는 슬픔〉은 『카라마조프가의 형제들』을 연상시키는 인간의 원초적인 고뇌를 다루는 한편, 이와 대조적인 〈모든 것은 과거에〉(막시모프)는 톨스토이의 『인생이란 무엇인가』를 상기시키면서 아무리 괴로워도 인간은 추억 속에서나마 위안을 찾아 살아가는 존재임을 일깨워준다.

이런 그림들을 한 편씩 이야기하면서 저자는 시종 러시아 당대 일류 작가들의 작품을 인용하기에 그림에 대한 이해력은 더욱 고양된다. 따분하게 러시아 명화를 학문적으로 파고들지 않고 누구에게나 쉽게 다가갈 수 있도록 풀어 쓸 수 있었던 것은 김은희 박사가 수필가이기 때문에 가능한 작업이다. 많은 독자들에게 사랑받기를 기대한다. 이 작은 노력이 이제는 더 이상 러시아가 우리에게 '소문'의 나라가 아닌 아름다운 예술의 나라로 각인되는 데 도움을 줄 것이라 확신한다.

문학평론가
임헌영

엘리자베타 시라니, 〈베아트리체 첸치의 초상〉, 1662년경, 캔버스, 유화, 64.5×49cm

머리말

이 소녀의 초상은 그 유명한 '스탕달 신드롬'을 일으켰다고 알려진 작품이다. 스탕달은 그의 책 『나폴리와 피렌체-밀라노에서 레조까지의 여행』(1817)에서 "산타크로체 교회를 떠나는 순간 심장이 마구 뛰는 것을 느끼기 시작했다"며, "생명이 빠져나가는 것 같았고 걷는 동안 그대로 쓰러질 것 같았다"고 기록했다.

그에게 이런 증상을 불러일으킨 작품이 바로 〈베아트리체 첸치의 초상〉이다. 이 그림은 처음에 귀도 레니(1575~1642)의 작품으로 알려졌다가 나중에 그의 여제자 엘리자베타 시라니(1638~1665)가 스승의 원작을 모사한 것으로 밝혀졌다.

1979년 이탈리아 피렌체의 정신과 의사 그라치엘라 마게리니는 예술작품을 감상하다가 갑자기 흥분 상태에 빠지거나 호흡 곤란, 우울증, 현기증, 전신마비 등의 이상 증세를 보이는 경우를 스탕달의 이름을 따서, '스탕달 신드롬'이라고 이름 붙였다.

『적과 흑』, 『연애론』으로 우리에게 익숙한 대문호 스탕달에게 그런 증세를 불러왔던 이 그림에 얽힌 사연은 더 충격적이다. 베아트리체 첸치라는 이 소녀는 친부살해 죄목으로 참수형을 당한 끔찍한 사건의 주인공이기 때문이다. 베아트리체(1577~1599)는 이탈리아 귀족 프란체스코 첸치가 첫 부인에게서 낳은 딸이었는데, 프란체스코는 베아트리체가 기숙학교에서 돌아오자 성에 가두고 15세부터 강간과 폭행을 일삼았다. 프란체스코는 악행과 난봉꾼으로 이름을 날렸던 인물로, 그의 폭행과 학대를 견디지 못한 두 번째 부인, 베아트리체의 친오빠 자코모, 이복동생 베르나르도, 두 하인 등은 결국 실족사로 위장해 프란체스코를 살해한다. 그러나 사건의 전말은 곧 밝혀지게 되고 어린 베르나르도를 제외한 모든 사람이 사형에 처해진다. 베아트리체는 심한 고문을 당하면서도 끝까지 가족을 보호하려고 진실을 발설하지 않았고 신음소리도 내지 않았다고 전해진다. 로마 시민들은 그들의 행동이 정당방위라고 호소했지만 교황 클레멘트 Ⅷ세는 첸치 가문의 재산이 탐나서 결국 사형을 집행하고 재산을 몰수했다. 베아트리체의 미모는 이탈리아 전체에 유명했기에 참수현장을 목격하려고 수많은 구경꾼들이 모여들었고 그중에 화가 귀도 레니도 있었다고 한다. 사형 전의 모습을 그린 것이라고 알려져 있는데 소녀는 뒤를 돌아보며 애잔한 눈빛으로 우리에게 자신의 잔혹한 운명을 호소하는 듯하다.

레니의 원작을 모사했지만 원작을 뛰어넘은 제자 시라니의 작품은 아마도 자신의 운명이 투영되어서일 것이다. 26세에 요절한 시라니 또한 술주정꾼 아버지에 의해 레니의 문하생이 되었으며 아버지의 술값을 벌기 위해 쉴 새 없이 그림을 그려야만 했다고 전해진다. 소녀의 아름다움은 엘리자베타 시라니의 붓에 의해 폭력과 학대에 대한 순결한 저항의 상징이 되었고, 〈진주귀걸이 소녀〉, 〈모나리자〉와 함께 세계 3대 미녀 그림 중 하나가 되었다.

머리말에 참 길게 '스탕달 신드롬'과 〈베아트리체 첸치〉를 이야기했다. 그 이유는 필자도 러시아 미술작품을 감상하면서 '스탕달 신드롬'을 경험한 적이 많았기 때문이다. 〈어울리지 않는 결혼〉, 〈미지의 여인〉, 〈타라카노바 공주의 죽음〉 속 여인들은 〈베아트리체 첸치〉의 초상화에 결코 뒤지지 않는 전율을 선사했고, 〈기다리지 않았다〉, 〈볼가 강의 인부들〉 등의 대작은 그 앞에서 걸음을 뗄 수 없게 나를 붙들었다. 명화에 담긴 이야기들도 〈베아트리체 첸치〉의 운명에 못지않은 드라마틱한 스토리들을 토해내었다. 그런 감동과 전율을 함께 나누고자 한 바람이 이 책의 집필동기였다. 소름이 끼치도록 사실적이면서도 섬세한 러시아 명화들을 감상하면서 그 명화들이 들려주는 러시아 이야기들에 또 한 번 감동받았고 그 이야기들을 독자들과 나누고 싶었다.

내가 느낀 '러시아 명화들을 읽는 즐거움'이 독자들에게도 또 하나의 즐거움이 되길 기대해보며, 나의 소박한 감상의 술회가 독자들의 가슴에 러시아명화들에 대한 긴 여운으로 남길 바라본다.

참고로 이 책은 몇 해 전에 세상에 내놓았던 『러시아 명화 속 문학을 말하다』의 내용을 담고 있다. 끝으로 부끄러운 졸저에 주저 없이 '추천사'를 써 주신 임헌영 선생님께 감사드리며 항상 내 곁을 지켜주는 가족에게 사랑을 전하고 싶다.

김은희

CONTENTS

첫 번째 이야기

1

계절은 자연을 만들고, 자연은 명화를 만든다

두 번째 이야기 2

사랑의 끝은 결혼이 아니다

세 번째 이야기 3

삶이 그대를 속일지라도

마슬레니차의 봄

해빙의 봄

전원시적인 농촌 풍경

모스크바 근교의 여름

아낙네의 여름

가을 꽃다발

갈가마귀 날아들다

1

첫 번째 이야기

계절은 자연을 만들고, 자연은 명화를 만든다

지식으로 러시아를 이해할 수 없다.
일반적인 잣대로 잴 수도 없다.
러시아엔 특별한 형상이 있다.
러시아는 다만 믿을 수 있을 뿐이다.

- F. 튜체프(1803~1873)

마슬레니차의 봄

B. 쿠스토디예프,
「마슬레니차」

눈 덮인 거리에 햇살이 비친다. 행인들은 아직 두꺼운 옷을 입은 채로지만 거리엔 활기가 넘친다. 겨울에는 그렇게도 사납고 위협적인 존재였던 눈이 이젠 포근해 보이기까지 하다. 봄은 이렇게 성큼 다가왔다. 러시아의 봄은 눈 속에서 시작된다. 아직 남아 있는 눈 사이로 제일 먼저 피어나는 수선화의 일종인 포드스네슈니키('눈 밑에 피는 꽃'이란 뜻)가 봄을 알린다.

포드스네슈니키의 사진이다. 눈 속에 핀 꽃이 처연하다. 봄이면 모스크바 역에서는 모스크바 근교에서 핀 포드스네슈니키를 따서 모스크바로 팔러 오는 행상들과 보호종인 포드스네슈니키의 불법 판매 행위를 근절하려는 경찰들의 실랑이가 뉴스에 자주 보도되곤 한다.

그렇게 시작된 봄 풍경은 하루가 다르게 푸른 빛을 더해간다. 봄이 너무 짧아 그런 짧은 허무함을 아쉬워하는 듯이, 알렉산드르 푸시킨은 봄을 '사랑의 시기'라고 표현하면서도 다음과 같이 오히려 겨울을 그리워하는 시를 썼다.

봄, 봄, 사랑의 시기,
너란 현상은 얼마나 내게 힘겨운지,
얼마나 괴로운 흥분인지
내 마음에, 내 피 속에……
심장에 얼마나 낯선 쾌락인지……

B. 쿠스토디예프, 〈마슬레니차〉, 캔버스, 유화, 71×98, l, 1919

기뻐하고 반짝이던 모든 것은,

지루하고 피곤해진다.

내게 눈보라와 거센 회오리를

겨울 밤들의 길고 긴 어둠을 돌려 다오.

- A. 푸시킨, 『예브게니 오네긴』(1827) 중에서

겨울 동안 꽁꽁 얼어붙은 마음을 가진 이에게는, 긴 겨울밤에 익숙해져 버린 심장에는 사랑의 계절인 봄이 너무 낯선 흥분일지도 모른다. 게다가 마음만 흔들어 놓고 떠나버리는 얄궂은 봄처녀와의 만남처럼 너무 짧고 허무하다. 언제 왔나 싶게 여름에게 자리를 내주고는 떠나버린다.

그런 봄을 러시아인들은 러시아의 카니발이자 봄맞이 축제인 마슬레니차를 통해서 맞이한다. '버터, 기름'이란 뜻의 러시아어 '마슬로'에서 유래된 마슬레니차는, 육류와 유제품까지도 엄격히 금하는 사순절에 비해서 이 기간에는 블린-태양을 상징하는 러시아식 팬케이크- 등을 비롯해서 유제품을 마음껏 먹을 수 있어서 붙은 이름이다. 마슬레니차는 원래 풍요의 신인 블레스를 기념하던 봄맞이 축제였으나 기독교 수용 이후 교회 축일로 흡수되었다. 부활절 7주 전에 시작되어, 일주일간 지속되며 이후 40일 동안의 사순절이 이어진다. 첫날(만남의 월요일)은 '추첼라'라는 여자 허수아비를 만들어 장식하고 눈 미끄럼을 만들고, 만남의 노래를 부른다. 다음 날부터는 다양한 놀이와 풍습들이 진행되는데, 남자들이 두 편으로 나뉘어 벙어리장갑을 끼고 서로를 때리는 격투를 하기도 하고, 외나무다리 위에서 속을 짚으로 채운 자루로 상대방을 때려서 떨어뜨리기도 한다. 마지막 날인 '용서의 일요일'에는 추첼라를 태우고 사

람들은 서로에게 용서를 구하는 말(상대에게 '용서하세요'라고 말을 건네면 '신이 용서하실 거예요'라고 대답한다)을 건네며 마슬레니차를 보내고 금욕과 절제의 사순절을 맞이하기 위해 보통 목욕을 하러 간다.

원하든 원치 않든 다가오는 봄을 막을 수 없고 흘러가는 시간을 멈출 수 없듯이 돌 같은 심장을 가진 사람들에게도 봄 같은 사랑은 찾아오고 또 지나간다. 때로 누군가에겐 괴롭고 견딜 수 없는 고통과 기억을 남길지라도 사랑은 조금은 낯선 설렘과 흥분으로 다가와 어느새 여름 맞을 준비를 해 놓고 떠나는 봄처럼, 사람의 마음을 온화하고 물컹하게 만들어 놓는다. 봄기운으로 보드라워지고 따스해진 대지 위에서만 씨앗들이 굳게 뿌리내려서 곤한 성장의 시간인 여름을 견디듯이 사람도 사랑으로 조금은 말랑해진 마음을 가져야만 인생이란 긴 노동과 성장의 나날들을 견디어 낼 수 있는 것은 아닌지…… 봄은 역시나 두려워 말고 사랑할 때다.

알렉산드르 세르게예비치 푸시킨(1799～1837) 알렉산드르 세르게예비치 푸시킨은 1799년 6월 6일 모스크바 근교에서 아버지 세르게이 푸시킨과 어머니 나제즈다 오시포브나 한니발 사이에서 장남으로 태어났다. 아버지는 유서 깊은 귀족 가문 출신이었고, 어머니는 에티오피아의 황태자 아브람 한니발 장군의 손녀였다. 러시아인답지 않는 푸시킨의 검은 머리와 이국적 풍모가 외가 쪽 혈통 때문이라는 것은 익히 알려진 사실이다.

O. 키프렌스키, 〈푸시킨의 초상〉, 1827

푸시킨의 길지 않은 삶은 크게 네 부분으로 나누어볼 수 있다. 먼저, 학교에 들어가기 전 어린 시절을 말해볼 수 있겠다. 그는 러시아 문화와 프랑스 문화가 어우러진 어린 시절을 보냈다. 당시 러시아 귀족문화는 프랑스에 기울어져 있었는데 푸시킨 가문 역시 예외일 수 없었다. 아름다운 어머니와 대지주였던 아버지가 바깥으로 돌아다니는 바람에, 외할머니와 유모의 손아래에서 자라게 되었는데, 그 둘의 영향으로 러시아의 옛날이야기에 젖어들 수 있었다.

시인인 삼촌 바실리 푸시킨의 권유로 왕실귀족학교인 리체이에 입학한다. 리체이는 황제의 여름별장 부근에 세워진 기숙학교로, 고위층 귀족 자제들에게 최상의 교육을 시켜 미래의 유능한 관료를 양성하는 곳이었다. 이곳에서 푸시킨은 어린 나이에 문학적 재능을 인정받는다. 당대 최고의 시인이었던 제르자빈은 그를 '러시아문학의 희망'으로 인정한다.

N. 게, 〈미하일롭스코예 마을의 푸시킨〉, 1875

나폴레옹과의 전쟁(1812~1815)으로 서구의 자유주의 사상을 습득한 푸시킨은 신랄한 현실 풍자시를 쓰면서 황제의 분노를 사게 된다. 그 결과가 남부 러시아로의 추방이었다. 이 시기에 푸시킨은 삶에 대한 회의, 고독, 상처받은 마음의 고통이라는 낭만주의적 주제에 경도된다. 낭만주의가 지향하고자 했던 사유들이 당시 추방당한 푸시킨의 처지와 일맥상통했기 때문이다. 그의 작품 속에서 낭만주의의 흔적을 찾아볼 수 있는 것은 이 때문이다.

러시아 역사를 흔들어놓았던 데카브리스트 반란(1825년) 이후 푸시킨은 모스크바에 다시 거주할 수 있는 권리를 얻는다. 모스크바의 한 무도회에서 아름다운 소녀 나탈리야를 만나 두 번의 청혼 끝에 결혼한다. 이후 러시아 문학의 한 장을 장식한 명작 『예브게니 오네긴』을 세상에 내놓는다. 1833년 페테르부르크로 돌아온 푸시킨은 가정불화, 경제적 궁핍, 창작의 자유박탈 등으로 고통을 당한다. 여기에 아름다운 아내의 염문까지 덧보태져 더욱 곤란한 지경에 이른다. 결국 1837년 2월 8일 아내의 정부와 결투를 벌이게 되고, 부상을 입어 이틀 후 죽음에 이른다.

푸시킨은 길지 않은 생애 동안 문학이 보여줄 수 있는 모든 장르에서 탁월한 성과를 낳았다. 서정시, 서사시, 소설, 희곡 등 푸시킨의 손을 거치지 않은 장르가 없으며, 이 과정에서 명증한 언어를 바탕으로 소설다운 서사를 이끌어냄으로써 러시아 문학이 이전과는 다른 질적 성장을 거둘 수 있는 기틀을 마련했다. 러시아 근대문학의 기원을 푸시킨에서 찾는 것은 너무나 당연하다. 그를 국민문학의 아버지라 러시아인들 스스로가 명명하는 이유가 여기에 있다. 현재도 러시아인이 가장 사랑하는 작가 중 하나이다.

푸시킨과 아내 나탈리야 1831년 푸시킨은 격렬한 구애 끝에 어머니의 반대를 무릅쓰고 나탈리야 니콜라예브나 곤차로바와 모스크바에서 결혼해 현재의 아르바트 거리에 신혼집을 차렸다. 결혼식 중에 푸시킨이 나탈리야에게 반지를 끼워주다 떨어뜨리고 그 후 촛불이 꺼진 일화는 유명하다. 푸시킨은 '나쁜 징조'라고 말했다고 한다. 푸시킨은 신혼생활에 대해 "나는 결혼했고 행복하네. 한 가지 바람은 내 인생에서 아무것도 변하지 않는 것이네. 이보다 더 좋을 수는 없네. 이 상황은 나에게 너무 새로워서 마치 내가 다시 태어난 것 같네"라고 친구 시인에게 편지할 정도로 행복해했다. 그는 다시 관직에 등용되었고 표트르 대제 치세의 역사를 쓰도록 위촉받았다. 3년 뒤에는 황제의 시종보로 임명되었는데, 일부에서는 나탈리야가 궁정행사에 참석하기를 바란 황제의 속셈이 작용했기 때문이라는 해석도 있었다.

1837년 아내의 명예를 지키기 위해 프랑스 장교 단테스와의 결투에 나섰다가 치명상을 입고 죽었다. 아이러니한 것은 단테스는 푸시킨과 동서지간이었다는 사실이다. 이 일이 있은 후 나탈리야는 언니 예카테리나와 평생 만나지 않았다.

푸시킨이 죽은 후 부인 나탈리야는 푸시킨과의 사이에서 낳은 아이 네 명을 데리고 돈 많은 귀족 P. 란스키와 재혼해 아이 셋을 낳고 그의 영지에서 평생을 보낸다.

V. 가우, 〈나탈리야 곤차로바의 초상〉, 수채화, 1842~43

해빙의 봄

I. 레비탄,
「봄-물의 범람」

봄의 햇살에 쫓긴 눈이
벌써 사방의 언덕에서
흙탕물 시내가 되어
홍수가 난 들판으로 달려온다.
자연은 잔잔한 미소를 띠고
잠에서 막 깨어 한 해의 아침을 맞는다.

- A. 푸시킨 『예브게니 오네긴』 중에서

러시아의 봄은 눈 속에서 시작된다. 두껍게 쌓였던 눈이 속부터 녹아내리며 풀썩 꺼지는 소리, 그 눈 녹은 물이 흐르는 소리, 언뜻언뜻 반가운 얼굴을 내미는 초록빛 잔디들, 솜털 박힌 연둣빛 나무 싹눈들. 수개월 동안 죽은 듯 눈 속에 파묻혔던 대지는 깨어나고 나무들은 가벼운 숨을 토해낸다. 봄은 자연이 만들어내는 경이의 순간이고, 기적이다.

그런 기적의 순간은 해빙으로부터 온다. 조금씩 눈이 녹으면서 겨울에 대한 조용한 반란이 시작된다. 돌처럼 딱딱했던 눈도 속부터 물러져 결국 주저앉고 남은 얼음들을 따뜻한 봄볕이 어루만져서 원래 모습이었던 물로 되돌린다.

그런 봄날 강변을 범람한 봄물을 묘사한 그림이 레비탄의 〈봄 – 물의 범람〉이다. 물은 움직이지 않는 듯 고요하고, 그 위에 연둣빛과 은빛으로 싹들이 살

I. 레비탄, 〈봄-물의 범람〉, 캔버스, 유화, 64.2× 57.5, 1897

아난 나뭇가지들과 줄기들이 비친다. 엷게 흩어지는 가벼운 구름들이 떠 있는 높은 하늘도 멀리 강물과 맞닿아 있고, 고즈넉이 배 한 척만이 한가로이 봄볕을 즐기며 편안한 물 위에서 여유를 부리고 있다. 봄볕에 더 환히 빛나는 하얀 자작나무의 흰빛, 멀리 어렴풋이 보이는 창고와 앞쪽 전나무의 녹색, 가지들과 강변의 황금색, 하늘과 강물의 푸른빛이 어우러져 섬세한 봄의 서정을 들려준다. 수채화처럼 깨끗하고 밝은 빛깔들로 그려져 봄 풍경의 투명함과 맑음을 선사하고 보는 이들에게 봄 속 자연의 부활이 가져다주는 따뜻한 낙천주의를 전해준다. 그림을 보면 어느새 마음이 조용한 기쁨과 평안으로 채워져 말 없는 위로를 받는다.

봄을 대표하는 말인 '해빙'은 러시아의 역사에서 특별한 의미를 가진다. 1953년 스탈린 사후에 구소련 사회에 불어닥친 민주화 경향을 일컫는 말이 되었기 때문이다. 1956년 제20차 소련공산당전당대회에서 니키타 흐루쇼프가 '스탈린의 개인숭배'를 비판하는 연설을 하고, 소련의 대외 정책으로 자본주의 세계와의 '평화적 공존' 노선을 선언하였다. 숙청되었던 사람들의 복권이 이루어졌고, 정치 사회 생활의 민주화, 창작 활동의 자유, 언론의 자유 등이 어느 정도 보장되었다. 그래서 '해빙기'란 스탈린 사후 1950년대 말부터 흐루쇼프가 실각하는 1960년대 초까지를 이르는 말이 되었다.

시대를 나타내는 '해빙기'란 말은 1954년 《즈나먀》(깃발)지 5월호에 발표된 I. 에렌부르크(1891~1967)의 소설 제목 「해빙」에서 유래되었다는 것이 일반적인 설이다. 해빙 무드를 이끌었던 흐루쇼프도 『회상』에서 "그 어떤 '해빙'에 대한 개념은 이 사기꾼 에렌부르크가 약삭빠르게 던져 놓은 것이었다"

라고 말하면서 에렌부르크에 의해 그 용어가 사용되기 시작되었다는 것을 인정했다. 아이러니한 것은 '해빙'의 시작을 알린 에렌부르크가 스탈린이 죽기 얼마 전인 1953년 1월에 스탈린이 직접 수여한 '스탈린 상'을 받았다는 사실이다. 그래서 흐루쇼프가 에렌부르크를 사기꾼이라 비하하는 말을 했는지도 모른다. 이 시기 구소련의 문학계에서는《신세계》지를 중심으로 블라디미르 두딘체프의『빵만으로는 살 수 없다』, 솔제니친의『이반 데니소비치의 하루』 등이 발표되었고, 보리스 파스테르나크가 1958년 노벨문학상을 받으면서 창작활동의 자유로운 분위기는 더욱 고조되었다.

에렌부르크의 소설 속에서 해빙이란 언급은 후반부에 "겨울이 드디어 몸부림치고 있었다. 포도에 쌓인 눈이 녹아서 흐르는 소리(……) 이제 해빙이 시작되었어……"라는 표현에서 딱 한 번 나온다. 작가는 이 작품에서 구소련의 사회주의 리얼리즘이 요구했던 '당파성, 전형성, 계급성, 시대상 반영' 등의 도그마를 탈피하여 인간의 내면세계와 사생활에 초점을 맞추었다. 사회주의적 관료주의 인간형으로 볼 수 있는 주라블료프와 그의 아내 레나, 레나를 사랑하는 코로체예프, 현실주의자 소냐와 낭만주의자 사부첸코, 전도양양한 젊은 화가 볼로댜와 애인 타네치카, 가난한 천재 화가 사부로프와 절름발이 아내 글리샤, 가족을 벨기에로 보낸 기사주임 소콜로프스키와 여의사 베라 등 전후(戰後) 소련 사회의 다양한 인간상들이 등장한다. 거기엔 한 사람의 특별한 주인공이 아닌 평범한 많은 이들의 관계가 묘사되고, 그들의 내면적 고뇌, 갈등, 사랑이 담담히 그려진다.

지나치게 교조주의적인 소냐는 "소비에트의 인간은 자연을 지배할 뿐만 아니라, 자기의 감정도 지배하지 않으면 안 됩니다"라고 주장하지만 전혀 다른 성격의 사부첸코를 사랑하며 번민한다. 사람들을 자신의 통제하에 두려고 하고 실적 쌓기에 급급했던 공장장 주라블료프는 뜻밖의 '폭풍우'로 공장이 피해를 입게 되자 모스크바로 소환되고 좌천당한다. 그런데도 그는 이 모든 "일(불행)의 시작이 레나에게 있었다"라고 생각한다. "무슨 바보스러운 책을 인쇄하여 좋지 않은 영향을 끼치며, 감정에 대해 지껄이고 있었다"며, 코로체예프가 "벽의 벽돌을 한 장 뽑아보라 집 전체가 허물어질 것"이라고 한 말을 떠올렸다.

작품은 결국 레나와 이혼한 주라블료프의 몰락, 사부첸코를 사랑하지만 사회주의적 이상과의 갈등으로 번 지방 펜자로 떠나는 소냐, 긍정적 인물로 묘사되는 소콜로프스키와 베라의 긍정적 러브 라인, 코로체예프에 대한 자신의 감정을 속인 채 "사랑하지도 존경하지도 않는" 남편과 살 수 없어 이혼을 결정한 레나와 코로체예프와의 재회로 결말을 맺는다.

독재 정권의 특징은 인간의 정치, 경제, 사회생활뿐만 아니라 감정까지도 지배하고 통제하려 한다는 것이다. 에렌부르크의 소설은 이전의 '역사적 · 전형적 · 공산주의적' 인간과는 다른 '감정과 고뇌와 사생활을 가진' 인간들을 보여주었다. 그런 면에서 에렌부르크의 '해빙'이란 소설 제목이 스탈린 시대의 종말을 상징하게 된 것도 자연스러운 일일 것이다. 소설 속에서 화가 볼로댜는 "봄이 왔다는 것을 기뻐해 보기는 처음"이라며 "어렸을 때 웅덩이의 얼음을 깨는 것이 아주 좋았어. 한번은 무릎까지 물에 빠져서 집에 돌아와 혼난 적이 있었어……"라고 타네치카에게 고백하며 얼음이 덮인 큰 웅덩이로 뛰어가, 두 발로 얼음을 밟아 깨뜨린다.

아무리 스탈린이 철통같이 인간을 통제하려 했지만 사람들의 모든 욕구들을 강제할 수는 없었듯이, 얼음이 아무리 단단하고 눈이 두껍게 쌓였더라도 미약해 보이는 봄볕에 녹아든다. 그리고 어느새 봄물은 강에 흘러들어 주위에 넘치고, 얼음은 굳이 깨뜨리지 않아도 녹아들어 사방을 품었다가 또 은근히 물러난다.

레비탄의 〈봄〉에서도 강변을 품고 대지를 흐르는 눈 녹은 봄물들이 잔잔한 봄볕에 호응하며 겨울 눈 속에 갇혀 웅어리졌던 더러운 것들을 조용히 씻어내고 있다. 이제는 꽃봉오리들을 터뜨리고 풀을 되살리고 연둣빛 나무들로 치장한 어머니 대지가 계절의 여왕님을 알현할 차례다.

모스크바 노보데비치 사원의 에렌부르크 묘

일리야 그리고리예비치 에렌부르크(1891~1967) 우크라이나의 소설가이자 시인, 평론가이다. 유대인으로 1908년에 파리로 망명하여, 그곳에서 프랑스 근대시의 영향이 강한 시집을 몇 권 냈다. 1921년에 신문사 특파원이 되어 파리, 벨기에 등지에서 생활을 하면서 최초의 장편소설 『훌리오 후레니토의 기묘한 편력』(1922)을 발표하였다. 이 소설에서는 사회주의가 모든 개성을 무자비하게 압살하는 메커니즘으로 묘사되었다. 1920년대의 초기 작품 중 대표작 『트러스트 D. E.』(1923)는 유럽 문화의 멸망을 주제로 하여 자본주의 사회의 추악함을 풍자하였다. 그 밖에 『13개의 파이프』, 『니콜라이 크루보프의 생애와 파멸』(1923), 『잔 네이의 연애』(1924) 등 재기 넘치는 풍자적 · 문명비평적 소설을 많이 썼다. 1920년대 말기부터 1930년대에 걸쳐서는 대공황 시대의 각 자본주의의 르포르타주를 썼으며, 소련의 사회주의 건설을 묘사한 장편 『제2의 날』(1934) 등을 발표하였다. 1936년부터 스페인 내란에 참가하였으며, 대전 중에는 신문사의 종군기자로서 유럽 각지의 전선을 방문하여 반(反)파시즘적인 에세이와 팸플릿을 썼다. 대전 후에는 평화운동가로서 활약하여 유럽 각국 · 아메리카 · 인도 · 일본 등지를 순방하였다. 장편 『파리 함락』(1941)과 『폭풍』(1947)으로 1942년과 1948년 두 차례 스탈린 상을 받았고, 이 두 작품은 『제9의 파도』(1950)와 함께 3부작을 이룬다. 1952년 레닌 평화상을 받았다. 스탈린 사망 후에 중편소설 『해빙』(1954)을 발표하였는데, 이 제목이 스탈린 사후 소련의 자유화 경향을 뜻하는 유행어가 되었다. 만년에는 전 7권으로 된 장대한 회상기 『인간, 세월, 삶』(1961~1965)을 집필하였다.

I. 레비탄, 〈자화상〉, 1880

이사크 레비탄(1860~1900) 러시아의 화가, '분위기 풍경화'의 대가이자 이동파 화가이다. 라트비아 수발크 현의 키리바타이에서 태어났다. 집안은 몰락하였지만 교양 있는 유대인 가문이었다. 1873년 13세의 나이로 모스크바회화조각건축학교에 입학하였으며 페로프·사브라소프·폴레노프 등에게 사사받았다. 유명한 화가 미하일 네스테로프의 회상에 따르면 "레비탄은 모든 것이 쉽게 달성되었고, 게다가 그는 참을성 있게 열심히 그림을 그렸다"고 한다. 레비탄은 경제적 이유로 모스크바회화조각건축학교를 졸업하지 못하고 자퇴하였다. 1885년 외교관이던 P. 키셀료프 공작의 영지가 있던 밥킨 근처 막시모프카라는 벽촌에 정착하였는데, 이때 A. 체호프가 그 영지에 머물고 있었기에 그와 친분을 쌓게 된다. 체호프와의 우정과 경쟁은 평생 계속된다. 1880년대 중반 경제 사정은 호전되었지만 건강이 나빠져서 1886년 크림반도에서 휴양한 후에 50점의 풍경화로 전시회를 연다. 1887년 그는 오랜 소망이던 볼가 여행을 하고 소회를 체호프에게 편지로 써 보내기도 했다. 그러나 1892년 체호프가 단편 「메뚜기」에서 레비탄과 그의 여제자 소피야 쿱시니코바와 그녀의 남편인 의사 드미트리 쿱시니코프의 관계를 소재로 이용했기 때문에 체호프와 레비탄의 관계가 소원해지기도 했다. 그러나 1900년 5월 레비탄이 중병을 앓고 있자 체호프는 그를 방문하였다. 레비탄은 7월 22일 40여 점의 미완성 그림들과 300여 점의 스케치를 남긴 채 사망하였고 오래된 유대인 공동묘지에 묻힌다. 그의 장례식에는 수많은 화가들이 참여했는데, 해외에 머물다가 일부러 장례식에 참석한 발렌틴 세로프 외에도 바스네초프, 콘스탄틴 코로빈, 오스트로우호프 등이 참여했다. 대표작으로는 〈블라디미르 길〉(1892), 〈영원한 안식 위에서〉(1894), 〈연못가〉(1892) 등이 있다.

V. 세로프, 〈레비탄의 초상〉, 1893

전원시적인 농촌 풍경

A. 베네치아노프,
「경작지에서. 봄」

베네치아노프의 〈경작지에서. 봄〉을 보면 밭을 갈러 나온 것이 아니라 봄날 어느 축제에 나온 아낙네의 모습이다. 밭 옆 풀 위에 앉은 아이의 모습도 그저 평화롭고 여유로워 보인다. 말을 몰고 밭을 가는 여인은 러시아의 전통의상인 루바슈카와 사라판을 입고 머리엔 코코슈니크를 썼다. 아이를 바라보는 여인의 모습이 따스한 봄바람에 사뿐히 날아오를 듯하다.

이 작품은 처음에 〈밭을 써레질하는 여인〉이었다가 〈말을 몰고 가는 밭의 농부(農婦)〉였다가 사계 시리즈에 포함되면서 〈경작지에서. 봄〉으로 제목이 바뀌었다. 농촌의 현실을 묘사했다고 보기에는 이상한 점이 많다는 지적을 받았다. 왜냐하면 아낙네가 놀이하듯이 몰고 가는 말보다 여인이 더 크게 묘사되었고, 아이 주위에 떨어져 있고 화관을 만들고 있는 꽃이 이 시기에 피는 꽃이 아닌 수레국화이기 때문이다. 그래서 화가가 그려낸 여인은 그냥 농촌 아낙네가 아닌 봄(러시아어로 봄은 'vesna'로 여성형 단어이다) 자체를 비유적으로 나타낸 것이라는 설이 지배적이다.

'베네치아노프 학파'까지 형성될 정도로 베네치아노프의 그림들은 인기를 끌었지만 러시아의 각박한 농촌현실과 농노들의 실정을 너무 미화해서 전원시적으로 묘사했다는 비판도 받았다. 그래도 베네치아노프의 풍속화들은 농노들을 최초로 아름답게 그려냈고 농촌의 여러 모습들을 묘사하기 시작했다는 의의도 가진다.

A. 베네치아노프, 〈경작지에서. 봄〉, 65.5×51.2, 1820년대 초반

전원시적인 농촌 풍경의 대가 베네치아노프와 소로카 알렉세이 베네치아노프는 러시아 화가, 농민 생활 풍속화의 대가, 페테르부르크예술아카데미 회원이며, '베네치아노프 학파'의 창시자이다. 모스크바에서 태어났다. 어머니가 모스크바 대상인 집안의 딸이었고 베네치아노프 가문은 장사에 전념했다.

처음에는 독학으로 미술을 공부했으나 나중에 V. 보로비콥스키에게 사사받았다. 1829년 '궁정화가' 칭호를 받았으며, 농촌생활을 전원시적으로 묘사하였다.

그의 제자 중에는 지주 N. 밀류코프의 농노였던 그리고리 소로카(1823~1864)도 있었다. 그리고리 소로카는 1823년 현재의 트베리 주 포크롭스카야 마을에서 농노라는 신분을 가지고 태어났다. 화가로서 천부적인 재능을 타고났지만 체계적인 미술 교육을 받지 못했다. 그러던 중 러시아 풍속화의 아버지라 불리는 알렉세이 베네치아노프에게 그림을 배웠다. 베네치아노프는 귀족 출신이지만 민중의 삶을 이해했고 이들을 대상으로 그림을 그렸으며, 은퇴한 후에는 자신의 집에 농노와 농민을 위한 미술학교를 열어 농노들을 가르쳤다.

소로카는 베네치아노프 미술학파에서 단연 두드러지는 학생으로, 스승인 베네치아노프는 이러한 소로카의 재능을 알아보고 그를 농노 신분에서 해방시키려고 노력했다. 그러나 주인의 완강한 반대로 소로카는 농노라는 신분에서 벗어날 수 없었다. 1847년 베네치아노프가 죽자 그의 희망도 사라져 그림을 포기하고 성상화를 그리며 생계를 유지했다. 그리고 1864년에는 지역의 농민 해방운동에

G. 소로카, 〈낚시꾼〉, 1840년대

연루되어 무거운 형벌을 받게 되었다. 그는 절망 속에서 끝내 자살로 생을 마감했다.
그의 대표작에는 〈낚시꾼〉(1840년대), 〈리디아의 초상〉(1840년대), 〈시골소년〉(1840년대) 등이 있다.

A. 베네치아노프, 〈자화상〉

G. 소로카, 〈자화상〉

모스크바 근교의 여름

I. 시슈킨,
「모스크바 근교의 정오」

끝도 없이 암청색으로, 단지 한 조각의 떠돌이 구름, 뜬 것도 아니요, 사라진 것도 아니다.
햇살은 따사롭고, 바람도 없고, …… 공기는 막 짜낸 우유와 같다.
종다리는 하늘 높이 지저귀고, 들비둘기는 꾸르륵꾸르륵 울며, 소리도 없이 제비는 날아다닌다. 말은 콧바람을 불고는 짚을 씹고, 개는 짖지도 않고 조용히 꼬리를 흔들며 서성대고 있다.

- I. 투르게네프의 『산문시』

러시아어 여름(leto)의 어원은 'lit(비)'라는 말에서 온 것으로 '비의 시기'란 뜻이다. 아일랜드어 'lith(축제)'란 단어와 연관시켜 '자연의 축제'로 해석하기도 하고, 라틴어의 'laetus(아름다운)'란 말과 연관시키기도 한다. 밝고 아름다운 여름은 자연에도 사람에게도 축제를 선사해주기 때문일 것이다.

러시아에서 여름은 휴가, 일탈, 사랑의 계절이다. 러시아인들은 오랜만에 만났을 때 "skolko let, skolko zim!"(얼마나 많은 여름과 겨울이 지났나!)으로 표현하는데 그만큼 가장 중요한 시기를 겨울과 여름으로 본다. 워낙 긴 겨울만큼이나 여름이 그들에게는 소중하다는 것을 드러낸다. 연, 해를 나타내는 'god'란 단어의 복수 관형격도 여름의 복수 관형격과 같은 let을 쓴다. 여러 번의 해

I. 시슈킨, 〈모스크바 근교의 정오〉, 캔버스, 유화, 111.2×80.4, 1869

를 나타낼 때 여러 번의 여름과 같은 단어를 쓰는 것이다. 한여름밤의 추억이 그해를 대표하는 일화가 되듯이 짧은 여름은 온 해를 다 나타내기도 한다.

여름은 낮의 계절이다. 상트페테르부르크에서는 6월에 해가 지지 않는 백야 기간이 있고 모스크바도 한여름에는 밤 11시, 12시에 해가 져서 새벽 3~4시면 환해지기 때문이다. 이반 이바노비치 시슈킨은 〈모스크바 근교의 정오〉(1869)에서 그런 여름 한낮의 풍경을 묘사하였다. 시슈킨은 이 작품을 시작으로 유명해지기 시작했는데, 그는 이 작품을 통해서 숲이나 나무 등을 묘사했던 이전의 풍경화들과는 다른, 관조성과 서사성을 드러내주었다. 시슈킨 자신은 별로 행복하지 못한 삶을 살았다. 그는 두 번 결혼했는데 두 아내 모두 먼저 세상을 떠났다. 첫 번째 부인은 그의 제자였던 화가 F. 바실리예프의 누이 엘레나였는데 1874년에 죽었고, 두 번째 아내는 화가 올가 라고다였는데 1881년에 죽었다. 1870년대 중반에 그는 두 명의 아들과 아버지를 먼저 떠나보내는 힘겨운 시절을 보냈다. 창작활동 초기에 열성적으로 작업했던 그는 그런 일을 겪고 한동안 그림을 그리지 못하고 기도만 했다고 전한다. 그러나 다시 그림을 그리기 시작하였고 말년의 20여 년은 그림에만 몰두하였다. 결국 자신의 화실에서 작업을 하다 앉은 채로 죽은 그를 제자가 발견하였다는 사실은 잘 알려진 일화다.

이 작품은 1866년의 〈정오, 모스크바의 근교, 브라드체보〉란 스케치를 바탕으로 하였다. 전 그림에 비해 호밀 밭이 더 넓게 확장되었으며 가운데 구부러져 멀어지는 길을, 멀리 있는 수평선의 강물과 마치 연결되는 듯 묘사하였다. 그 길을 따라 젊은 남녀가 다정스레 걷는다. 그들의 얼굴과 옷은 자세히 보이지 않지만 산뜻하고 즐거운 분위기를 풍긴다. 호밀은 내한성이 강해서 구소련 지역에서 전 세계의 1/3을 재배하기 때문에 호밀은 러시아인에게 너무나 친근한 소재이고 모스크바에서 여름만큼 멋진 하늘을 감상하기 어렵다는 사실을 이해한다면 시슈킨이 호밀 밭과 하늘을 비중 있게 묘사한 것이 이해가 된다. 둥글고 커다란 구름과 가벼운 새털구름이 떠 있는 드넓은 하늘을 보여줌으로써 일상을 벗어날 수 있는 여유를 가지게 한다.

여름의 가장 큰 축제는 '이반 쿠팔라의 날'(7월 7일, 구력으로는 6월 24일, 하지와 연관된 축제)이다. 기독교가 전해지기 이전에는 '쿠팔라'라는 물, 불과 연관된 신을 기념한 축제였는데, 기독교 수용(988년) 이후에 '세례 요한'의 기념일과 같아서 '세례 요한의 날'로도 불린다. 흥미로운 사실은 언어적으로 '물로 세례를 준 요한(러시아식으로 이반)'은 결국 '이반-쿠팔라'(쿠파치-목욕하다)와 비슷한 어감으로 다가온다는 사실이다. 이교도적 성격의 풍습 때문에 정교회에서 인정하지 않았지만 러시아, 우크라이나, 백러시아 등에서 예전부터 기념되어 왔다. 이날에는 젊은이들 사이에서 여러 풍습들이 행해지기도 하고 결혼하지 않은 청춘남녀의 육체관계가 허락되기도 했다.

이날은 물, 불, 풀과 관련된 의식과 풍습으로 가득하다. 물과 관련된 풍습으로는 만나는 사람들에게 또는 옆 사람들에게 물을 퍼붓는 일이다. 깨끗한 물이 아닌 구정물을 붓기도 했는데 물을 뒤집어쓰고는 모두들 미역을 감으러 강이나 호수로 달려가곤 했다. 물의 성적 상징성을 엿볼 수 있다.

'쿠팔라의 밤'에 가장 특징적인 것은 '정화하는 모닥불'이다. 사람들은 모닥불을 피우고 그 주위에서 춤을 추고 그 위를 건너갔다. 높게 성공적으로 건너면 행운이 온다고 생각하였다. 화가 겐리흐 세미라드스키(1843~1902)는 〈이반 쿠팔라의 전야〉에서 푸르스름한 밤에 모닥불을 뛰어넘는 젊은이들을 신비스럽게 묘사하였다. 어머니들은 쾌유를 기원하며 병든 아이의 속옷을 벗겨 모닥불에 태우기도 했다. 가장 짧은 밤인 이날에는 자면 안 된다. 왜냐하면 마녀, 뱀, 마법사, 집귀신, 물귀신, 산신령, 도깨비들이 가장 활발하게 활동하는 시기이기 때문이다. 그래서 그들은 모닥불을 피우고 밤을 지새웠다.

풀과 관련된 풍습으로는 이날의 풀과 꽃이 가장 약효가 좋다고 생각해서 한 해 동안 쓸 것들을 이날 채취했다. '이반 쿠팔라의 날'에 딴 약초는 사랑을 타오르게 하기 위해 주술적으로 사용되기도 했다. 풀들 중에서도 고사리가 주인공인데 땅속 보물에 대한 전설과 연관되었기 때문이다. 이날 자정에 겨우 몇 분

동안 피는 고사리 꽃을 가지면 아무리 땅속 깊이 있다고 하더라도 모든 보물을 발견할 수 있다고 전해진다.

고골은 이 전설을 소재로 「이반 쿠팔라의 전야」(1930)라는 단편을 쓰기도 했다. 시공간을 넘나드는 환상 소설인 이 작품은 가난한 주인공이 주인집 딸과 결혼하기 위해 악마의 도움으로 '이반 쿠팔라' 전야에 피는 고사리 꽃을 꺾어 보물을 찾고 결혼하게 되는 내용이다.

물과 불, 풀이 결합한 풍습은 주로 젊은 남녀의 사랑과 연관되기도 한다. 이반 쿠팔라 전야에 아가씨들은 삼색 오랑캐꽃이나 우엉이나 여러 풀로 만든 화관에 촛불을 세워서 강물이나 호수에 띄운다. 화관이 바로 가라앉으면 사랑하는 사람에게 시집가지 못한다. 화관이 오래 떠내려갈수록 행복해지고 사랑이 이루어지며, 촛불이 오래 타면 장수한다고 생각했다. 또한 사랑하는 남녀가 같이 손을 잡고 모닥불을 넘어서 그 손을 놓지 않았으면 사랑이 이루어진다는 전설도 있다. 아가씨들은 깜깜한 자정에 아무렇게나 12개의 꽃이나 풀을 꺾은 다음 베개 밑에 두고 다음 날 아침에 확인하는 풍습도 있다. 모두 다른 종류로 12개를 꺾었으면 그해에 결혼하게 된다는 전설 때문이다.

이렇듯 러시아인들에게 여름은 자연이 준 축제의 기간이며 한 해를 살아갈 힘을 충전하는 여유의 시간이다. 이 기간에 젊은이들은 사랑을 나누고 헤어지고 또 다른 사랑을 시작하기도 한다. 그래서 여름은 설렘이기도 하다.

그러나 시슈킨은 그런 사랑과 일탈의 여름을 화려하지 않고 담담하게 묘사하였다. 사람들은 작게, 길과 호밀 밭은 넓고 길게, 화폭의 2/3는 하늘로 채웠다. 그의 그림을 보고 있노라면, 땅 위에서 우리가 아등바등 살아가도, 바쁜 일상을 놓고 짧은 밤을 즐기는 일탈을 해도, 그런 모든 인간적 모습들을 풍성한 수확으로 답하는 여유로운 들과 든든한 하늘이 품어 주는 듯하다.

이반 시슈킨(1832~1898) '이동파'의 창립 멤버이며, '숲의 황제'라고 불릴 정도로 숲의 풍경에 주목하여 러시아 자연의 장엄함과 아름다움을 표현하였다.

I. 크람스코이, 〈시슈킨의 초상〉, 1873

1832년 러시아의 엘라부가에서 태어났다. 1852년부터 1856년까지 모스크바예술학교에서 미술을 공부했고, 이어 상트페테르부르크미술아카데미에 입학해 1860년 최고 영예의 금메달을 수상하며 학업을 마쳤다. 이때 그는 최고 성적을 받은 학생에게 주어지는 정부 장학금으로 유럽에서 공부할 수 있는 기회를 얻었다. 1862년부터 1866년까지 스위스의 취리히와 독일의 뮌헨, 뒤셀도르프, 체코의 프라하 등지에서 공부했다.

귀국 후 모스크바의 예술가 모임에 참여했다. 보수적인 아카데미 미술교육에 반대하는 젊은 화가들을 주축으로 결성된 이 모임은 1870년 이동파로 발전했다. 시슈킨은 러시아 미술에 '숲의 풍경'이라는 새로운 장르를 탄생시켰다. 당시 사람들은 그를 '숲의 황제', '고독한 떡갈나무', '늙은 소나무' 등으로 불렀으며, 크람스코이는 '러시아 풍경화의 길을 연 위대한 교사'라고 칭송했다.

시슈킨은 1873년 상트페테르부르크왕립아카데미의 교수로 취임해 그가 세상을 떠나기까지 후학을 가르쳤다. 그는 일생 동안 두 번 결혼하여 두 번 다 아내와 사별했고, 어렵게 얻은 자식마저 먼저 세상을 떠나보내야 하는 아픔을 겪었지만 작품에서만큼은 슬픔을 드러내지 않았다. 그의 작품 속에는 찬란한 햇빛과 생명의 기운이 넘쳐 나며, 젊고 강인한 러시아의 기질이 숨을 쉬는 듯하다. 시슈킨은 1898년 66세를 일기로 상트페테르부르크에서 생을 마감했다.

니콜라이 바실리예비치 고골(1809~1852) 1809년 4월 1일 우크라이나 폴타바 현 미르고로드 군 소로친츠이 마을에서 태어났다. 아버지와 어머니 모두 우크라이나 혈통의 소지주이자 귀족 출신이었다. 할아버지는 민속 문화에 정통했고, 아버지는 희곡을 쓰면서 연출을 맡았다. 이런 가족 분위기는 고골이 문학과 연극에 몰두하게 되는 바탕이 되었으며, 향후 고골 문학의 기저를 이루는 토착민속과 민속이 담고 있는 현실 너머의 세계에 대한 관심을 잉태하고 있었다.

F. 몰레르(1812~1874)
〈고골의 초상화〉(1840년대).

1821년 우크라이나의 수도 키예프에 위치한 네진 김나지움(9년제)에 입학하면서 고골은 시와 희곡을 습작하기 시작한다. 1828년 학교를 졸업한 다음 관리의 꿈을 안고 당시 수도인 페테르부르크로 상경하여 내무성 관리로 일하게 된다. 그러나 직장을 그만두고 문학에 집중하게 되는데, 1831

년 『지칸카 근교의 야화(夜話)』를 발표하면서 작가로서의 명성을 얻는다(지칸카는 신실한 정교신자였던 어머니가 다니던 성당이 있던 지명이다). 이후 1834년 페테르부르크 대학 역사학부 교수로 잠시 교편을 잡지만 그것도 역시 그만두고 문학 활동에 전념한다. 그 결과물이 『미르고로드』이다. 1836년 단편소설 「코」와 「마차」를 거쳐 대표작 『죽은 농노』의 집필에 몰두한다. 그러나 1부만 완성한 채 2부의 원고를 불살라버리고 우울증에 시달리다가 반미치광이 상태에서 1852년 모스크바에서 영면한다.

고골의 작품세계를 간추려 보자면, 크게 세 가지 방향을 설정해볼 수 있겠다. 하나는 삶을 풍자하는 것이다. 그래서 고골의 작품에는 해학과 웃음이 흐른다. 다른 하나는 민속에 대한 관심이다. 특히 우크라이나 민속에 대한 내밀한 관찰과 묘사는 그의 작품에서 중요한 위치를 점하고 있다. 우크라이나 민속학자들이 고골에게 관심을 기울이는 것은 나름의 이유가 있다. 마지막으로 현실의 뒤틀기, 환상이다. 현실과 환상의 장벽을 자유롭게 넘나들면서 서사를 구축한다. 물론 이러한 작품 성향이 홀로 나타나기도 하지만 서로 섞이고 보조한다는 점도 함께 유념한다면 고골의 작품을 읽고 이해하는 데 조그만 보탬이 되리라 본다. 푸시킨이 명증한 작품세계를 통해 러시아문학의 한 축을 형성했다면, 고골은 풍자와 환상을 통해 러시아 문학이 나아갈 또 다른 길을 제시했다.

고골 묘에 얽힌 이야기 고골의 말년은 고통스러웠다. 고골은 1849년부터 알고 지내던 사제장 마트페이 콘스탄티놉스키에게 1852년 『죽은 농노』 2부를 읽어달라고 부탁하지만 거절당하였다. 그러나 사제장은 고골이 재차 부탁하자 읽어주었으나 그 내용에 격노한다. 사제장은 "푸시킨의 영향으로부터 떠나라"고 주장한다. 고골은 사순절 일주일 전부터 두문불출하고 굶기 시작하였고, 사순절 첫 주 2월 12일 새벽에 『죽은 농노』의 원고를 꺼내서 불태웠다.

모스크바 노보데비치 사원에 복원된 고골의 묘

결국 고골은 2월 18일에 침대에 누워 전혀 먹지 않다가 2월 21일 목요일에 죽음에 이른다. 고골의 장례식은 일요일에 치러지고 모스크바의 다닐로프 수도원에 묻히게 된다. 고골의 묘에는 '골고다'라 불린 검은 묘석을 놓고 그 위에 청동 십자가를 세웠다. 묘석에는 〈예레미아〉 20장 8절 중에서 "나의 쓰디쓴 말로 조롱거리가 됨이니다"라고 적었다.

모스크바 노보데비치 사원의 불가코프 묘

그러나 1930년에 다닐로프 수도원이 폐쇄되면서 1931년 3월 31일에 고골의 묘가 노보데비치 사원으로 이장되었다. 이장에 참여했던 사람들은 '고골의 해골이 없었다'는 둥, '해골이 옆으로 돌려져 있었다'는 등의 소문을 퍼뜨렸다. 하지만 그것은 소문일 뿐이었다.

1952년 고골 묘에 있던 묘석 골고다 대신에 새로운 기념비가 세워지게 된다. 묘에 고골의 동상과 함께 "소련 정부로부터 위대한 러시아 작가 니콜라이 바실리예비치 고골에게"라고 쓰인 비석이 세워졌다.
그러나 고골 탄생 200주년을 맞이하여 고골의 묘는 원래의 모습에 가깝게 복원되었다.
세월이 지나서 비문이 지워졌던 고골의 묘석은 러시아 작가 M. 불가코프의 미망인이 발견하여 불가코프의 묘석으로 사용하게 된다. 불가코프는 고골을 아주 좋아했으며, 생전에 "선생이여, 나를 당신의 철의 외투로 감싸주시오"라고 말했다고 전해진다.

미하일 불가코프 미하일 아파나시예비치 불가코프는 1891년 5월 15일 키예프 신학교 교수 가정에서 키예프 대학교 의대를 졸업하고 의사로 근무했다. 혁명 후부터 모스크바에서 여러 신문과 잡지에서 칼럼을 쓰기 시작했다. 주로 소비에트 정권에 비판적인 작품을 썼는데 그로 인해 스탈린 치하에서 그의 희곡 작품들은 여러 번 상연이 금지되는 아픔을 겪었다. 결국 그는 1930년 3월, 스탈린과 소비에트 정부에게 자신이 소련을 떠날 기회를 주거나 극장에서 생계를 위한 일을 할 수 있도록 허락해 달라고 호소하는 편지를 쓴다. 한 달 후에 스탈린은 불가코프에게 전화를 걸어 극장 일을 할 수 있도록 허가해 준다. 그 후 불가코프는 모스크바 예술극장에서 조감독으로 일하게 되었지만, 그의 작품들을 출간할 수는 없었다.

불가코프와 부인 엘레나

처녀작 『투리빈가(家)의 지난날』(1926)은 혁명 직후의 내전시대의 키예프를 무대로 백군장교(白軍將校) 집안의 이산(離散)과 붕괴를 묘사한 것인데, 애절한 서정과 노여움에 찬 풍자와 유머, 그리고 숨 막힐 듯한 극적 긴장 속에서 반혁명군의 파멸이라는 필연성을 추구한 것이다. 이 밖에 반혁명 진영의 정신적 퇴폐를 주제로 한 『도망』(1928), 사극 『몰리에르』, 『최후의 나날』 등의 작품이 있다.
1938년, 희곡 『바툼』이 스탈린이 중심인물이라는 이유로 상연 금지되자 그는 1929년에 집필을 시작했다가 중단했던 장편소설 『거장과 마르가리타』를 다시 쓰기 시작한다. 이 작품에 자신의 모든 열정을 쏟아부은 불가코프는 1940년 2월에 작품을 탈고하고 한 달 후인 3월 10일 모스크바에서 숨을 거둔다. 그러나 이 소설은 출간되지 못하고 27년이 지난 1967년이 되어서야 출간될 수 있었다.
『거장과 마르가리타』에서 주인공의 원고가 난로 속에 던져지지만 온전하였으며 악마 볼란드의 입을 통해 "원고는 불타지 않는다"라고 했다. 이 말은 검열과 삭제라는 시대 상황 속에서도 부인의 노력으로 책상 서랍 속에서 온전히 세월을 견뎌낸 그의 원고에도 해당된다. 검열로 출간되지 못하는 원고를 '책상 서랍 속의 원고'라고 불렀으며 '문학의 영원성'을 빗대어 "원고는 불타지 않는다"라고 했다.

아낙네의 여름

N. 레비탄,
「황금빛 가을」

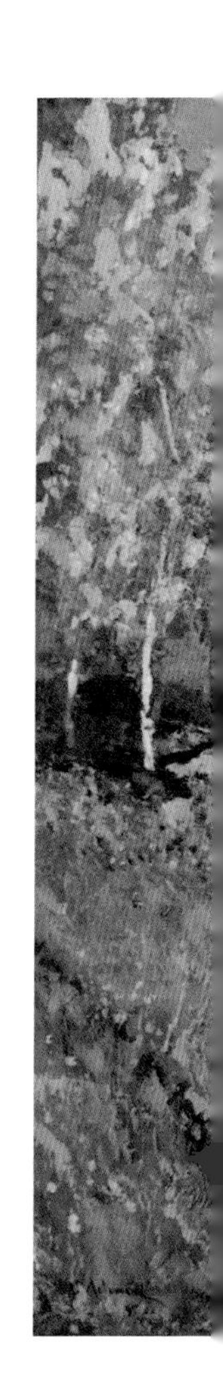

멈춰 있는 듯한 고요한 개울물이 거울처럼 감청색 하늘을 비추고 잎이 얼마 남지 않은 사시나무와 그 옆의 자작나무들이 황금빛으로 빛나며 언뜻언뜻 붉은빛을 내는 단풍과 조화를 이룬다. 좀 떨어져 있는 풍성한 가지의 버드나무는 아직 여름의 자취가 남아 있는 듯하지만 이미 갈색을 띠기 시작한 퇴색한 빛깔이 돌이킬 수 없는 시간의 흐름을 말해주고 있다. 풀들도 황금빛 자작나무도 흰 뭉게구름 핀 하늘빛도 격정과 환희의 젊은 여름을 지나 보내고 조금은 비워내고 여유로워진 중년의 가을을 드러내주고 있다. 그러나 화폭에 담긴 가을 풍경이 쓸쓸함과 고즈넉함보다는 생명력이 넘치는 활력을 느끼게 해준다. '분위기 풍경화'의 대가 I. 레비탄이 그린 〈황금빛 가을〉(1895)이다.

러시아의 가을은 비가 많고 흐리다. 이런 맑은 가을 햇볕을 선사해주는 때는 'babie leto'(아낙네의 여름, baba가 결혼한 농촌 여인네, 초로의 여자 등을 나타내는 평어이기 때문에 '아낙네의 여름'으로 해석할 수 있다) 때인 것 같다. 러시아에는 7~8월의 여름이 끝나면 9월 중순에서 10월 초까지 건조하고 따뜻한 날씨가 잠깐 지속된다.

N. 레비탄, 〈황금빛 가을〉, 캔버스, 오일, 87×126, 1895

(……)

초가을에

짧지만 아름다운 때가 있으니 –

낮은 수정과도 같이 빛나고

저녁에도 햇빛 찬란하다……

힘찬 낫질로 이삭이 떨어졌던 곳엔

이제는 모든 것이 텅 비었고 – 어디나 광활하다,

거미집들만 가는 거미줄을

빈 고랑에서 반짝이는구나.

이 시기의 아름다움을 가장 잘 표현한 것으로 알려져 있는 F. 튜체프(1803~1873)의 시구(1857)는 거미줄까지 환하게 드러낸 맑은 햇볕을 그려내고 있다.

북반구에서 나타나는 이러한 기후 현상은 중앙 러시아에서 9월 14일에 시작된다. B. 달리(1801~1872)의 『러시아어 대사전』에 따르면 '아낙네의 여름'은 '세묜의 날' 또는 '시메온-여름을 배웅하는 자의 날'(9월 14일)에 시작해서 '아스포소프 날'(9월 21일) 또는 '성십자가제의 날'(9월 28일)에 끝난다. '젊은 아낙네의 여름'이란 말도 있다. 8월 29일 성모승천제 축일에 시작해서 9월 11일까지이다. 유럽과 북미에서는 좀 더 후인 9월 말과 10월 초순에 나타난다. 극동의 남쪽에서는 10월 초에, 남시베리아에서는 9월 말과 10월 초에 갑자기 따뜻해진다. 러시아의 유럽 지역에서와 백러시아와 우크라이나 북쪽에서는 10월 중순에 시작된다.

북미에서 '인디언 서머'(혹독한 겨울이 오기 전에 인디언들에게 사냥하라고 신이 주신 때라고 해서 붙은 이름), 불가리아와 세르비아에서는 '집시의 여름', 덴마크에서는 '늦여름', 이탈리아에서는 '성 마틴의 여름', 프랑스에서는 전통적으론 '성 데니의 여름'이라고 불렀는데 최근에는 조 다센의 동명 노래가 인기를 끌면서 북미의 '인디언 서머'가 그대로 차용되고 있다. 동서 슬라브인들과 독어권 나라들에서는 '아낙네의 여름'이라고 부른다. 독일의 브록하우스 『백과사전』에 따르면 이때를 '8월 말과 9월 초의 맑은 가을이고 공중에는 거미줄이 날아다니는 시기'라고 표현하고 있다.

그렇다면 왜 러시아에서는 농촌 아낙과 관련짓는 이런 이름이 붙었을까? 『소비에트 대백과사전』에 따르면 '아낙네의 여름'을 "가을 햇볕이 아직은 나이든 여자들을 따뜻하게 해 줄 수 있는 때"라고 말하고 있다. '아낙네의 여름'이란 표현은 농촌 여인들의 삶과 연관되어 붙은 이름이기도 하다. 이때는 들일이 끝나고 여자들이 집안일을 시작할 때고 겨울을 준비하는 시기이다.

겨울이 오기 전에 여자들에게 겨울 준비를 할 시간을 주기 위해 좋은 날들이 허락된다는 뜻에서 붙은 이름이라는 해석도 있다. 여자들은 이 시기에 아마를 담가서 찢고 또 그것을 실로 짜는 일을 한다. 노파들은 겨울을 위해 우리가 김장을 하듯 오이, 양배추, 토마토, 고추, 마늘종을 절이고 겨울에 비타민을 보충하기 위해 여러 가지 잼을 만든다. 고대 러시아에서는 이 시기를 농가의 축제일로 즐겼다. 저녁마다 실을 잣고 노래를 부르고 동네 마실을 다녔다. 여자들은 삼베를 짜고 물레를 돌리는 등 수공업을 이 시기에 시작하게 된다.

다른 설에 따르면 여자들만이 시간의 흐름을 뒤로 돌이킬 수 있는 힘이 있으며 날씨에 영향을 미칠 수 있다는 미신에 따라 붙은 이름이라는 것이다. 우리도 '여자가 한을 품으면 오뉴월에 서리가 내린다'는 말이 있듯이 잠시나마 겨울이 오는 것을 막아줄 힘이 여자들에겐 있다고 믿었던 것 같다.

하지만 이 시기가 화려한 여름을 지나고 이젠 모든 것이 시들어버릴 것 같은 추위 속에서 다시 한 번 피어나는 찬란한 햇빛과 온기의 때이듯이, 여자들이 나이 들기 전에 중년의 아름다움으로 다시 한 번 꽃 피우는 것을 비유해서 붙은 이름인 것도 같다. 이 시기가 1년에 한 번 꽃피는 식물들의 제2차 개화 시기이기도 하다는 것을 생각하면 그런 해석도 타당성이 있다.

여름처럼 오래 지속되지도 뜨겁게 타오르지도 않지만 나무들을 황금빛으로 물들이며 맑게 빛나는 가을볕을 선사하는 '아낙네의 여름'은 우리에게 또 다른 인생의 의미를 생각해 보게 한다.

S. 알렉산드롭스키, 〈튜체프의 초상〉, 1876

표도르 튜체프(1803～1873) 러시아의 서정시인이다. 모스크바 태생의 귀족 출신으로서 평생을 외교관 생활로 보냈다. 처음에 푸시킨 그룹의 한 사람으로 출발했으나 거의 관심을 끌지 못했고 후에 네크라소프의 소개로 각광을 받았다. 자연을 테마로 한 철학시가 많았는데, 그의 시들은 20세기 상징파에 큰 영향을 끼쳤다.

튜체프는 1803년 모스크바 근교 옵스투그에서 오래된 귀족 가문의 아들로 태어났다. 유년시절에 튜체프는 훌륭한 가정교육을 받았는데, 그의 가정교사는 시인이자 번역가로 유명했던 라이치(C. E. Raich, 1792～1855)였다. 라이치는 튜체프에게 고대문학과 고전 이탈리아 문학을 탐독하게 했다. 1819년 튜체프는 모스크바대학교에 입학하여 그는 M. 포고딘, V. 오도옙스키 등과 우정을 나누었으며, 슬라브주의자로서의 시각을 형성하게 된다. 튜체프는 학업을 마치자 뮌헨에 있는 러시아 공관에 외교관으로 파견되어 러시아를 떠난다. 뮌헨에서 튜체프는 셸링과 개인적인 친분을 맺게 되면서 독일 낭만주의와 철학에 깊은 관심을 갖게 되었으며, 하이네와는 절친한 친구였다. 튜체프는 하이네의 시를 러시아어로 번역한 최초의 시인이며, 실러와 괴테의 시를 러시아어로 번역하기도 했다. 한편, 이 당시 튜체프가 쓴 자작시들은 《망원경》, 《북방의 선율》이라는 러시아 잡지에 종종 실리기도 했다.

1826년 튜체프는 E. 페테르손과 첫 번째 결혼을 했다. 결혼 후에도 튜체프는 다른 여자와 몇 번의 로맨스를 가짐으로써 스캔들의 주인공이 되기도 했는데, 그중 E. 데른베르크와의 로맨스로 토리노로 좌천되기도 하고, 데른베르크와 재혼하기 위해 근무지를 무단이탈해서 외교관으로서의 자격마저 박탈당하기도 했다. 그 이후 몇 년간 독일에 머물러 있던 튜체프는 1844년 러시아로 귀환했다. 튜체프는 러시아와 서구에 관한 저술활동에 전념하는데, 그의 슬라브주의적 견해는 니콜라이 1세의 관심을 불러일으켰고, 황제는 튜체프를 다시 관직에 복귀시켰다. 1848년 튜체프는 페테르부르크 외무부에 특채로 다시 들어가게 되었다. 외국에서 들어오는 서적 검열을 총괄하는 책임자로 일하게 되었다. 그의 시 역시 새롭게 조명받기 시작해서 1850년 《현대인》에 튜체프의 시가 다시 게재되었다. N. 네크라소프는 이 시가 실린 잡지의 비평에서 튜체프를 푸시킨과 레르몬토프에 견줄 만한 위대한 시인으로 칭송했다. 이후 투르게네프의 주선으로 튜체프의 시집이 발간되었다. 당대의 많은 시인들 역시 튜체프를 러시아 최고 시인 중 한 사람으로 평가했다.

1850년은 튜체프의 일생에 획기적인 사건이 일어난 해다. 이때 그는 거의 딸과 비슷한 나이인 E. 데니시예바를 만나 사랑에 빠지는데, 그로 인해 데니시예바는 자신의 가문에서 쫓겨나고 1864년 폐렴으로 사망하게 된다. 데니시예바가 죽고 난 후 튜체프는 깊은 죄의식 속에 살다가, 데니시예바와의 사이에서 낳은 두 명의 아이가 죽고, 어머니와 유일한 동생이 연이어 사망한 후 튜체프도 1873년 6월에 숨을 거둔다.

가을 꽃다발

I. 레핀,
「가을 꽃다발」

우리가 페테르부르크에 도착한 것은 가을이었다. 고향 마을을 떠날 때는 구름 한 점 없이 갠 청명하고 따뜻한 날씨였다. 농사일도 끝날 무렵이어서 탈곡장에는 큼직큼직한 곡식 가리가 높다랗게 쌓여 있고, 새떼가 모여들어 지저귀고, 이렇게 모든 것이 활기 있고 즐겁기만 했다.
그런데 페테르부르크는 그와 딴판으로 거리에 들어서자 비가 부슬부슬 내리고 있었다. 음산한 가을의 진눈깨비, 잔뜩 찌푸린 하늘, 질벅거리는 도로, 무엇이 못마땅한지 무뚝뚝하고 성난 것 같은 낯선 사람들의 얼굴!

- F. 도스토옙스키, 『가난한 사람들』 중에서

I. 레핀의 1892년 작품인 〈가을 꽃다발〉이다. 화가가 1890년대 백러시아의 즈드라브네보 영지에서 살 때 가을 들판을 배경으로 딸 베라를 그린 것으로, "젊음, 삶, 안락함의 기쁨을 잘 드러냈다"고 비평가들은 평하였다. 단풍이 든 낮은 나무들과 은은한 하늘, 짙은 가을 빛 밤색의 윗옷, 하얀색 치마, 붉은 베레모가 잘 조화되어 가을을 맞이한 여인을 온몸 그대로 보여주고 있다. 화가는 딸을 화폭 가득 그리면서 보는 이의 바로 눈앞에 내놓았고, 가을 풍경은 먼 뒤로 배치하여 '베라'의 초상을 한껏 강조했다. 꽃도 바로 세워서 든 것이 아니라 밑으로 숙여 들어서 베라에게 방해가 되지 않게 배려하였다. 여인이 든 가을 들꽃의 대부분은 붉은색과 흰색인데 붉은색은 사랑을, 흰색은 순결과 순수함

I. 레핀, 〈가을 꽃다발〉, 캔버스, 유화, 111×65, 1892

을 상징하므로 딸에 대한 화가의 애정을 다시 한 번 느낄 수 있다.

들판을 거닐다 아무렇게나 꺾어 든 것 같은 들꽃을 모아 만든 꽃다발과, 전체적으로 둥글둥글하고 굵직하고 건강한 이미지의 베라는, 아름다움을 다투지 않으면서 사이좋게 어울린다. 가슴에 몇 송이를 달아 장식한 것이 꽃에 대한 사랑과 젊음의 애교스러움을 느끼게 해준다.

러시아인에게 꽃은 축제와 축일에 빠질 수 없는 축하 선물이다. 어느 조사에 따르면 러시아인들은 신년 선물 값으로만 유럽에서 가장 많은 액수인, 연소득의 13% 정도(비교하자면 영국인은 3.6%를, 네덜란드인은 1.6%를 지출한다)를 소비할 만큼 선물하기를 좋아한다. 그런 러시아인들에게 꽃은 집들이, 결혼식, 졸업식, 생일, 기념일 등에 귀하게 쓰인다. 러시아가 추운 지방이고 그만큼 꽃이 귀하다는 점을 염두에 두면 그 가치를 이해할 수 있다. 꽃을 선물할 때는 보통 홀수로(선물하는 사람으로 짝을 채운다는 의미), 망자에게는 짝수로 한다. 하지만 요즘은 선물로 제일 받고 싶은 것이 '현금과 귀금속'이라는 대답이 나왔는데 실제로 한 설문조사에 따르면 조사자의 28%가 현금을 선물로 받고 싶다고 말했을 정도다. 그러나 러시아인의 90%가 기념하는 '여성의 날'에는 전체 남성의 50%가 꽃을 여성에게 선물할 만큼 아직도 꽃은 여성의 아름다움을 돋보이게 하고 축일을 빛내 주는 선물이다.

한국에도 소개되어 인기를 끌었던 러시아 가요 〈백만 송이 장미〉의 가사를 보면 러시아인들에게 꽃이 어떤 의미인지 짐작할 수 있다. 이 곡은 러시아 시인 A. 보즈네센스키가 가사를 붙이고 러시아의 국민 가수 알라 푸가초바가 불렀다. 한국에서는 트로트풍으로 편곡되고 개사되어 알려졌지만 원곡의 가사는 다음과 같다.

> 옛날에 한 화가가 살았네/작은 집 한 채와 그림들이 전부였네/그러나 그는 여배우를 사랑했네/그녀는 꽃을 사랑했네/화가는 집을 팔았네/모든 그림을 팔고 동전 한 푼도 남기지 않았네/그리고 전 재산으로 샀네/꽃의 바다를.

후렴구: 백만 송이, 백만 송이, 선홍빛 장미 백만 송이/창문으로, 창문으로, 창문으로 당신은 보게 되겠지/사랑하는 이는, 사랑하는 이는, 진정 사랑하는 이는/자신의 삶을 꽃으로 화했네.

아침에 당신이 창문가에 서게 되면/어쩌면 당신은 정신이 아찔해질지도 모르죠/마치 계속 꿈을 꾸는 듯/광장은 꽃으로 가득 했네/마음이 서늘해지며/얼마나 갑부이기에 여기에다가?/창문 아래엔 겨우 숨을 내쉬며/ 가난한 화가가 서 있네.

만남은 짧았네/밤에 기차가 그녀를 데려가 버렸네/그러나 그녀의 삶에는 있었네/꿈같은 장미의 노래가/화가는 혼자서 살아갔네/수많은 어려움을 견뎌냈네/그러나 그의 인생에는 있었네/꽃으로 가득한 광장이.

이 내용은 원래 보즈네센스키가 러시아 작가 K. 파우스톱스키(1892~1968)의 단편집 『꼴히다』(1934)에서 취한 것이다. '꼴히다'란 서부 그루지야를 일컫는 고대 그리스어인데 그 작품의 주인공들 중 하나가 그루지야 화가 피로스마니(본명: 니코 피로스마니슈빌리, 1862~1918)를 모델로 한 것이었다. 피로스마니는 원시주의 화풍의 화가였는데 독학으로 그림을 공부했고 무명으로 젊은 시절을 보냈으며 결국 가난과 질병 속에서 죽음을 맞이했다. 그는 마르가리타라는 여배우를 사랑하여 그녀에게 자신의 모든 것을 바쳤는데 거절당했다는 사연을 파우스톱스키가 단편으로 쓴 것이다.

N. 피로스마니, 〈여배우 마르가리타〉, 1906

금방 시들어 버림받을 존재인 꽃을 위해 자신의 모든 것을 다 바친 가난한 화가. 기껏해야 2~3주밖에 가지 못하는 미덥지 못하고 나약한 장미를 위해 자신의 영혼이라고도 할 수 있는 그림과 자신의 유일한 안식처이자 작업공간인 집을 팔았다는 것이 가슴 아리다. 시간의 길고 짧음의 차이는 있지만 여인의 아름다움도, 여배우란 직업도 결국 화려한 꽃의 생과 같이 짧고 허무하다. 화가는 사랑하는 여인이 좋아했던 꽃을 위해, 그래도 가장 오래간다는 장미를 사기 위해, 자기가 가진 모든 것을 바쳤고 평생 힘들었지만 그 기억으로 또 평생 행복했을 것이다.

하지만 그런 사랑을 받는 대상은 그런 무조건적이고 전적인 사랑을 느끼지 못하게 마련인 것 같다. 〈백만 송이 장미〉 속 화가도, 피로스마니도 자신들의 사랑에 응답받지 못하였다. 여배우는 화가를 창문으로 잠깐 보고는 누구인지도 모른 채 떠나버렸고, 피로스마니의 마르가리타는 그의 사랑을 거절했다. 상대에게 모든 것을 거는 그런 사랑을 하는 사람은 행복하면서도 외롭다. 그러나 화가의 생이 담긴 백만 송이 장미는 여배우에게뿐만 아니라 보는 사람 모두에게 평생 잊지 못할 "꽃의 바다"를 선물하였다.

아주 어렸을 때부터 완숙한 여인에 이르기까지 장녀인 베라의 모습을 화폭에 자주 담았던 레핀도 그 그림을 보는 이들에게 잔잔한 부정(父情)을 느끼게 하며 편안함과 온화함을 불러일으킨다. 겨울을 기다리며 스스로를 비워가면서도 서리 맞은 꽃을 피워내는 원숙한 가을을 닮은 베라의 모습을 통해 레핀은 우리에게 풍성하면서도 강한 사랑을 품은 러시아 여인의 모습을 가을 꽃다발과 함께 선물로 남겨주었다.

안드레이 보즈네센스키(1933~) 러시아의 시인이다. 스탈린 시대 이후 세대에서 가장 걸출한 작가로 손꼽힌다. 블라디미르 시에서 어린 시절을 보내다가, 1941년 포위된 레닌그라드에서 공장들을 소개시키는 아버지를 남겨두고 어머니, 누이와 함께 우랄 산맥 기슭의 쿠르간으로 이사했다. 성장기에 있던 그의 영혼에 전쟁이 끼친 심대한 영향은 나중에 쓴 시에 생생하게 표현되어 있다. 아직 학생이었을 때 자작시 몇 편을 유명한 소련 작가 보리스 파스테르나크에게 보냈다. 그로부터 격려의 답장을 받은 다음부터 글 쓰는 일에 전적으로 매달리기 시작했다. 중요한 초기 시와 시집으로는 『거장들』(1959), 『모자이크』(1960), 『포물선』(1960)이 있다. 소련에서 1950년대 말과 1960년대 초는 또 한 번의 문학적 실험의 시기였다. 시낭송은 큰 인기를 얻어 수천 명의 청중을 수용할 수 있는 체육경기장에서 시낭송회가 열리는 일도 있었다. 당대에 활동하던 예브게니 옙투셴코와 나란히 카리스마가 있던 보즈네센스키는 이런 행사에서 많은 청중을 모으는 유명인사가 되었다. 그러나 시낭송회는 1963년에 갑자기 중단되었고 '극히 실험적인' 양식으로 작품 활동을 하던 소련 예술가와 작가들은 당국의 비판운동의 표적이 되었다. 공인된 사회주의 리얼리즘을 따르지 않았던 동료 시인들과 마찬가지로 그는 7개월 동안 당국의 비판으로 시달렸고 정부기관지인 《프라브다》에 자신의 입장을 거두어들이는 반성적인 글을 싣고서야 부분적으로 당국의 호의를 다시 얻을 수 있었다. 모호하고 실험적이며 '이념적으로 미숙'하다는 비난이 1960, 1970년대에 걸쳐 주기적으로 계속해서 그와 동료들에게 가해졌다. 때때로 공공연히 소련 정부를 비판하기도 했지만 그의 시들은 예술, 자유, 구속받지 않는 인간 정신을 찬양하는 비정치적인 내용이다. 가장 유명한 시로는 전쟁의 공포를 표현하기 위해 강력한 은유법을 사용한 『고야』(1960)를 꼽을 수 있을 것이다.

모스크바 노보데비치 사원의
〈안드레이 보즈네센스키 묘〉

일랴 레핀(1844~1930) 러시아의 추구예프에서 태어났다. 초상화의 대가이며 역사화와 풍속화의 거장이다. 페테르부르크황실예술아카데미 회원이다. 회상록 『멀고도 가까운 것』을 집필하였다. 페테르부르크황실예술아카데미의 교수(1894~1907), 총장(1898~1899) 등을 역임했다. 그의 제자들로는 B. 쿠스토디예프, I. 그라바리, S. 쿨리코프, F. 말랴빈, P. 오스트로우모프 등이 있으며 V. 세로프를 개인적으로 사사했다.
어렸을 때부터 그림에 재능을 보인 그는 15세 때 고향 추구예프의 성상화가 부나고프의 견습생으로 일하면서 그림을 배웠다. 그는 종교화와 초상화를 그려 모은 돈으로 19세 되던 1863년 상트페테

I. 레핀, 〈자화상〉,
캔버스, 유화, 72.8×60.5, 1887

르부르크로 이주하여 예술장려협회의 미술학교에서 데생 교육을 받았다. 이듬해인 1864년에는 상트페테르부르크미술아카데미에 입학하여 그의 평생의 스승인 이반 크람스코이를 만났다.
레핀은 1871년 성서를 주제로 한 〈야이로 딸의 부활〉로 바실리 폴레노프와 공동으로 아카데미 졸업작품전에서 금상을 받았다. 그는 이것으로 일급 공식화가 자격을 취득했고, 우수 연수생으로 6년간 해외 유학의 기회를 얻었다. 레핀은 유학을 떠나기에 앞서 볼가 강에서 배를 끄는 인부들의 모습을 우연히 목격하고, 유학을 미룬 채 이 장면을 그리는 데 매달려, 3년 뒤 〈볼가 강의 배 끄는 인부들〉이 탄생한다.
레핀은 1873년 5월 유럽 여행을 떠났다가 1876년 예정보다 일찍 귀국하여 〈성직자〉, 〈황녀 소피야 알렉세예브나〉, 〈쿠르스크 현의 십자가 행렬〉 등을 발표하였고, 1877년 추구예프에서 모스크바로 온 레핀은 모스크바 근교에 있는 사바 마몬토프의 영지 아브람체보를 자주 방문했다. 이곳에서 L. 톨스토이, 모데스트 무소륵스키, 파벨 트레티야코프 등 예술가 및 재력 있는 사람들과 교류하였다.
1882년 상트페테르부르크로 다시 옮긴 레핀은 이동파 화가들의 전시회에 참여했다. 또한 1880년대부터 수많은 러시아 문화 엘리트들의 초상을 그리기 시작했다. 톨스토이, 투르게네프, 고골 등을 비롯한 문학가, 무소륵스키, 림스키 코르사코프 등의 음악가, 스타소프 같은 예술비평가, 그 밖에 왕족과 귀족, 우아한 상류사회 여성 등이 레핀의 모델이 되었다.
1894년 레핀은 상트페테르부르크미술아카데미의 교수로 임명되어 1907년 교수직에서 은퇴할 때까지 학생지도에 전념했다. 1901년에는 러시아 국가 의회 100주년을 기념하여 대형 프로젝트를 의뢰 받았다. 레핀의 마지막 대작이 된 〈1901년 5월 7일 국가소비에트회의〉를 완성하고 얼마 지나지 않아 레핀은 오른손 관절을 쓸 수 없게 되었다. 레핀은 생애 말년을 핀란드의 쿠오칼라에서 보냈고, 그곳에서 86세를 일기로 생을 마감했다. 레핀이 거주하던 쿠오칼라 마을은 그의 예술적 업적을 기념하여 1948년 레핀의 이름을 따 '레피노'로 개칭되었다.

갈가마귀 날아들다

A. 사브라소프,
「갈가마귀 날아들다」

화려하게 차려진 제사상에 올려진 제물처럼

자연은 파랗게 떨고 있었다.

구름을 몰고 온 북녘 바람이

불어오자 숲이 운다. 드디어

겨울 마녀가 찾아왔다

- A. 푸시킨, 『예브게니 오네긴』

러시아의 겨울은 잔인하게 느껴질 만큼 춥고도 길다. 달력상으로는 12, 1, 2월이지만 10월 말부터 눈이 와서 4~5월에도 가끔은 내리니 거의 7개월 이상이 겨울이라고 봐야 한다. 그래서 겨울을 나타내는 말도 많다. zima(겨울)에서 파생된 zimka, zimushka, zimochka, zimmoshka, zimonka, zimichka 등으로 다양한데 '회색의 마녀'라고도 불린다. 에스키모인들에게는 눈을 지시하는 단어가 스무 개도 넘듯이, 러시아어에도 눈이나 눈보라를 나타내는 단어가 sneg(눈), snezhok(작은 눈), snezhina(큰 눈), snezhinka(눈송이), snezhura(물을 함유한 눈), slijkoti(진눈깨비), buran(큰 눈보라), metel'(눈보라), vijuga(회오리를 동반한 눈보라) 등으로 매우 풍부하다. 겨울이 춥고 건조하면 여름에 햇볕이 많고 건조할 것이고, 반대로 겨울이 따뜻하면 여름에 비가 많고 햇볕이 적을 것이라고 한다. 또한 겨울에 눈이 많이 내리면 여름에 풍성한 수확을 거두고(러시아는 여름철이

A. 사브라소프, 〈갈가마귀 날아들다〉, 캔버스, 유화, 70×57, 1871

수확의 계절이다), 반대로 눈이 많지 않으면 여름에 수확이 빈약하다고도 전해진다.

혹독한 겨울 풍경은 러시아 작품들 속에 자주 등장하는데, 눈보라에 의해 사랑하는 사람들의 운명까지 뒤바뀌어 버린 이야기가 A. 푸시킨의 『벨킨 이야기』(1830) 중 「눈보라」의 중심 플롯이다. 이 단편은 1812년 러시아와 나폴레옹 간의 전쟁 전후를 배경으로 한 것으로 낭만적 분위기와 유쾌한 문체로 쓰인 사랑이야기다. 네나라도보에서 부유한 신붓감으로 꼽히는 마랴 가브릴로브나는 휴가 중이던 가난한 소위보 블라디미르 니콜라예비치를 사랑하지만 부모의 반대에 부딪히게 된다. 블라디미르는 그녀와의 서신들에서 "자기에게 모든 것을 맡기고 몰래 결혼하여 얼마간 숨어 지낸 다음, 사랑에 빠진 두 사람의 불행과 영웅적인 불굴에 마음이 움직여 결국 그들에게 '얘들아, 우리 품으로 오너라'라고 물론 말하게 될 부모의 발아래 엎드리자고 애원했다." '프랑스 소설'을 읽고 자란 아가씨답게 마랴는 결국 그의 낭만적 도주 계획에 동의하게 되고 모든 준비를 마친다. 블라디미르는 마을에서 5베르스타(1베르스타는 1.067㎞) 떨어진 자드리노 마을 교회의 신부에게 결혼식을 부탁 하였고 증인까지 구해놓는다.

그러나 그날 밤 마랴에게 자신의 마부와 마차를 보내고 혼자 작은 썰매로 먼저 출발한 블라지미르는 들판에서 길을 잃어버린다. "주위의 모든 것은 뿌옇고 누르스름한 안개 속으로 사라져버렸고 그 안개 속을 뚫고 하얗고 커다란 눈송이가 날아들어 왔으며 하늘과 땅을 구별할 수조차 없었다. (……) 눈보라는 잠잠해지지 않았고 하늘도 보이지 않았기" 때문이었다. 결국 그는 결혼식에 참석하지 못하였고 그를 기다리던 신부는 눈보라 속에서 역시나 길을 잃고 헤매던 한 군인을 신랑으로 착각한 사람들에 이

끌려 결혼식장으로 들어온 다른 사람과 결혼을 하게 된다. 키스하려던 순간 신랑이 아님을 알게 된 그녀는 거의 기절하다시피 하여 다시 집으로 돌아와 앓아눕게 된다. 눈보라처럼 혼란한 밤을 겪고 마랴는 부모의 품에 남게 되고, 블라디미르는 1812년 전쟁이 발발하자 군대로 복귀하여 전사한다. 몇 년 후 마랴는 부상당한 기병대위 부르민을 사랑하게 되는데, 바로 그가 "이해도, 용서도 할 수 없는, 바람 같은 행동"으로 눈보라 속 결혼식에 참석했던 바로 그 군인이라는 사실이 밝혀지며 해피엔딩으로 끝난다.

눈보라와 겨울이 배경으로 자주 등장하는 작품들과는 달리, 그림들에서는 그런 혹독한 겨울을 묘사한 풍경화들이 거의 없다. 대부분은 겨울이 끝나고 해빙이 시작되는 시기나 봄을 맞이하는 축제(마슬레니차)를 묘사하거나 겨울 속 봄을 은유적으로 표현한 풍경화들이다. 화가는 봄을 기다리는 인간의 바람을 화폭에 옮기기 마련이기 때문일 것이다.

A. 사브라소프의 〈갈가마귀 날아들다〉(1871)도 그런 작품들 중의 하나다. '이동전람파'의 창립 멤버 중 한 사람으로 '분위기 풍경화' 창시자 사브라소프는 모스크바회화조각건축학교에서 교편을 잡았고, 유명한 러시아의 풍경화가들인 C. 코로빈과 I. 레비탄이 그의 제자였다. 그러나 말년에는 알코올 중독과 생활고에 시달리며 자신의 그림들을 복사해서 연명하다 생을 마감했다.

〈갈가마귀 날아들다〉는 러시아 풍경의 상징이 된 그림인데, 사브라소프는 갈가마귀를 묘사하기 위해 코스트롬스카야 현의 몰비티노 마을(현재의 수사니노)에서 3월 내내 갈가마귀를 관찰하였다고 한다. 갈가마귀(grachi)는 45~47㎝로 잡식성이지만 주로 벌레나 유충을 잡아먹는 조류로 검은색의 까마귀(vorona)와 달리 러시아인들에겐 친절함과 호감으로 다가온다. 러시아인들은 철새인 갈가마귀를 찌르레기와 함께 '봄의 전령'으로 생각하기 때문이다.

I. 크람스코이는 동료 화가 F. 바실리예프에게 쓴 편지에서 "자연의 음악과 소리에 민감한 영혼의 예민함이 깃들었다"고 사브라소프의 풍경화를 평하였다. 관조적 풍경과 서정성이 돋보이는 이 그림 속에서 화가는 한걸음 물러선

겨울과 다가오는 봄에 대해 보는 이와 대화를 나누고 있는 것 같다.

자작나무에 둥지를 튼 갈가마귀, 녹기 시작한 눈으로 웅덩이가 생긴 대지, 그 웅덩이에 비친 하늘과 나무, 종들이 매달린 조그만 시골 교회탑, 멀리 보이는 지평선, 고요하고 평화로운 하늘…… 갈가마귀의 울음소리가, 교회의 종소리가 들리는 듯하다.

알렉세이 사브라소프(1805~1897) 모스크바에서 출생하고 사망하였다. '이동파' 창시자의 한 사람으로, 모스크바미술학교에서 많은 풍경화가를 배출했다. 어린 시절부터 미술을 재능을 보여서 '사업'을 하기 바랐던 아버지의 희망에 반해서 1844년 모스크바회화조각건축학교에 입학하여 1854년 졸업하였다. 1871~1875년 모스크바에서 거주하고 일하면서 이동파 전시회에 참여하였고 1873~1878년 아카데미 전시회에도 참여하였으며, 1873년 빈 전시회, 1878년 파리 전시회 등을 개최하면서, 활동 영역을 넓혀 갔다. 1870년대 말부터 알코올 중독을 앓아서 그의 작품에 어두운 모티프들이 등장하기 시작했고 말년을 가난 속에서 허덕이며 작품활동을 거의 하지 않았다. 결국 1897년 빈민구제병원에서 생을 마감했다.

V. 페로프, 〈A. 사브라소프의 초상〉

알료누슈카

나리의 권리

〈소녀와 복숭아〉와 『메아리』

미지의여인

예카테리나 여제의 사랑

차를 마시는 상인의 아내

회오리

흥미로운 상태

농민의 결혼식에 온 주술사

소령의 구혼

어울리지 않는 결혼

현대의 결혼식

두 번째 이야기

2

사랑의 끝은 결혼이 아니다

아름다운 여자는 두 번째 위치를 점한다. 첫 번째는 사랑스러운 여자의 차지다. 이런 여자는 우리 마음에 성보가 되고, 우리는 우리 스스로 그녀에 대해 판단하기 전에 우리의 열정적인 심장은 영원한 사랑의 포로가 된다.
네게 사랑했던 사람들의 가슴이 말해 줄 것이다. 달콤한 전설 속에 살아라! 라고. 그리고 손자들에게, 증손들에게 보여줄 것이다 이 사랑의 문법을.

- I. 부닌, 『사랑의 문법』 중에서

사랑은 삶이 변하더라도 여전히 유지되며, 만약 사랑을 잃게 되면 끝없는 그리움을 낳는다.(……)

- Ju. 나기빈, 『청개구리』 중에서

알료누슈카

V. 바스네초프,
「알료누슈카」

얼마 전에 N. 카람진의 『가련한 리자』(1792)를 다시 읽었는데 그 책의 표지 그림이 이 소녀였다. 『가련한 리자』는 감상주의 소설의 대표작으로 꼽힌다. 카람진은 26세에 이 작품을 발표하여 당시 센세이션을 일으키며 독자들의 많은 사랑을 받았다. 리자라고 불리는 농노 아가씨와 에라스트라는 귀족 청년 간의 이루어질 수 없는 사랑이야기다. 에라스트에게 버림받은 리자는 결국 수도원 연못에 몸을 던져 목숨을 끊는다.

작품의 배경이 되었던 시모노프 수도원, 오두막이 있었던 그 주위의 자작나무 숲, 리자가 몸을 던졌던 수도원 연못은 모스크바인들이 사랑하는 장소가 되었다. 특히나 연못은 '리자의 연못'으로 불리며 현재까지도 이 작품을 사랑하는 이들의 발길이 끊이지 않고 있다.

이 작품에서는 러시아 문학에서 이전까지는 없었던 개성과 감정을 가진 화자가 등장하여 인물들에 대해 자신의 감정적 평가를 내리고 독자에게 동정을 호소하고 감동을 전달하는 역할을 한다. 화자는 "나는 왜 소설을 쓰는 것이 아니라 슬픈 실화를 옮겨 적고 있는 것일까!"라며 스토리에 사실성을 부여한다. 이 '실화'는 리자가 죽고 나서 평생을 괴로워한 에라스트가 1년 전에 들려준 이야기이고, 직접 '리자의 묘지'까지 갔다고 작품 말미에 밝히기까지 해서 독자들에게 스토리의 진실성을 납득시키려 한다.

카람진 시대에 지주 귀족들은 농노를 사람으로 취급하지 않았다. 화자는 리자 어머니가 리자를 찾아온 에라스트에게 남편 이반과 어떻게 살았는지, 그들이 얼마나 사랑했는지를 이야기하는 장면에서 "농부 여인들도 사랑할 줄 아는 것이다"라는 유명한 말을 하면서 당시 사회에 큰 반향을 일으키게 된다.

농노에 대한 애정을 담은 인본주의와 작품의 높은 완성도는 『가련한 리자』를 러시아 문학사에 길이 남게 하였다. 카람진의 이 작품에서부터 '작은 인간(malenkij chelovek)'의 테마가 시작되었다고 보는 시각도 있다. 하지만 카람진은 리자의 자살이라는 비극적 결말의 원인을 불평등한 사회적 현실 때문이라고 본 것이 아니라 에라스트 개인의 인성의 문제로 바라보는 한계를 드러냈다. 리자는 그와의 사랑에 모든 것을 걸었지만, 에라스트에게 그녀와의 사랑은 지겨운 상류사회의 일상을 벗어나기 위한 신선한 로맨스에 불과했다. 그런 사랑은 상황이 바뀌면 언제나 돌아설 수 있는 성질의 것이었다.

작품 속에 그려진 리자와 그 어머니의 모습은 현실적인 농부(農婦)의 모습과는 거리가 있다. 리자는 농노 처녀라기보다는 아름다운 목가적 여인의 모습이다. 리자는 현명하고 순진하며 사람들을 잘 믿는 성격으로, 감상주의 소설들을 읽고 성장한 사랑스러운 상류층 아가씨에 더 가깝게 묘사되었다. 그녀가 농노 아가씨라는 사실은 에라스트가 군대에 가야 한다고 이별을 고하자 슬퍼하면서 "왜 난 이렇게 읽지도 쓰지도 못하는 걸까요?"라는 고백에서만 드러날 뿐이다.

에라스트는 군대에 가서 카드놀이로 전 재산을 잃고 거액의 빚을 지게 되자 그를 연모했던 연상의 부자 과부에게 장가들기로 작정하고 그녀 집으로 이사하게 된다. 리자는 우연히 길거리에서 화려한 마차를 탄 에라스트와 마주치게 되고 그를 쫓아간 저택에서 에라스트가 약혼했다며 100루블을 쥐여 주자 너무 절망하여 집으로 돌아오는 길에 이웃집 소녀에게 그 돈을 어머니에게 전해달라며 맡기고는 수도원 연못에 몸을 던진다.

그러나 『가련한 리자』와 그림 속의 소녀를 연결시키는 것은 무리가 있어 보인다. 왜냐하면 작품의 분위기가 너무 상반되기 때문이다. 농노 아가씨를 소재로 했다는 공통점 이외에 두 작품의 연관성은 없어 보이기 때문이다.

V. 바스네초프, 〈알료누슈카〉, 캔버스, 유화, 173×121, 1881

앞의 그림은 B. 바스네초프의 〈알료누슈카〉이다. 스스로를 스키타이인(B.C. 7세기~A.D. 3세기까지 흑해 북쪽 연안에 거주했던 용맹스러운 민족)의 후예라고 생각했던 화가는 러시아의 역사와 민담을 소재로 한 그림을 많이 그렸다. 다른 그림들과 달리 이 소녀의 모습은 실재 농부 고아 소녀를 보고 그렸던 화가의 스케치를 바탕으로 한 것이어서 현실성을 띠었지만 그림 안의 여러 모티프들을 살펴보면 민담적 요소도 많이 포함하고 있다.

호숫가인지 연못가인지 물 위 차가운 회색빛 바위 위에 맨발을 드러낸 한 소녀가 애처롭게 앉아 있다. 쪼그리고 앉은 무릎 위에 손을 겹치고 그 위에 기운 없이 머리를 기대었다. 넋이 나간 듯 물에 홀린 듯 휑하니 뜬 눈은 공허하기만 하다. 낡고 허름한 옷차림은 한눈에 그녀의 신분을 짐작하게 해준다. 머리 위에는 제비 한 마리가 앉아 있는 나뭇가지가 아치를 그리며 드리워져 있다. 바스네초프가 아브람체보 파(1880년대에 등장하여 1893년까지 활동했던 러시아 민속과 과거의 문화에 관심을 가진 화파이다. 모스크바의 실업가로 예술계에 후원을 아끼지 않았던 S. 마몬토프를 중심으로 결성되어서 '마몬토프 화파'라도 불렸다. 대표적 화가로는 V. 바스네초프, M. 네스테로프, K. 코로빈 등이다)를 통해 알고 지냈던 유명한 민담연구자 A. 아파나시예프에 따르면, 러시아에서도 제비는 좋은 소식을 가져오고 불행에 대한 위안을 주는 새라고 한다. 어두운 숲, 강물, 풀어헤친 머리 등은 불행, 위험, 힘든 마음과 관련되지만, 물 위에 자라는 자작나무는 치유의 상징이다. 동화를 소재로 그림을 많이 그렸던 바스네초프의 화풍을 기억한다면 언제나 해피엔딩으로 끝나는 동화처럼 이 소녀의 미래도 어둡지만은 않다는 것을 짐작할 수 있다.

그러나 카람진의 『가련한 리자』는 시종일관 비극적 감성으로 독자들을 감동시키고, 작품 전체에 비극적 결말에 대한 복선이 가득하다. 화자는 처음부터 비극적 얘기라고 이야기를 끌어나갔고, 첫 만남 이후 다음 날 에라스트가 오지 않자 리자는 은방울꽃을 모스크바 강에 던져 버렸다. 또한 리자가 에라스트와 함께 사랑을 나눈 후 천둥번개와 함께 비가 와서 그들의 미래에 어둠을 드리웠다. 에라스트와 처음 만날 때 리자가 팔려고 들고 있던 은방울꽃은 서양에서 보통 신부들의 부케와 화관으로 많이 사용된다. 에라스트를 만나 운명적 사랑을 나누고 그의 신부가 되고 싶었던 리자의 소망을 드러내 주고 있는 것이다.

엄연한 계급 사회였던 러시아에서 그런 소망을 품고 사랑에 모든 것을 걸었던 리자는 처음부터 비극적 운명의 주인공일 수밖에 없었을 것이다. 반면 앞의 그림은 연인에게 버림받은 농노 아가씨를 그렸다기보다는 생의 막다른 길에 처한, 갈 곳 없이 내몰린 농노 소녀의 운명을 그려낸 것이라고 보는 것이 더 타당할 것 같다.

감상주의 소설답게 독자의 감성을 최고로 자극하며 리자를 죽음으로 몰고 간 카람진과는 달리, 농노 소녀의 운명을 그리면서 바스네초프는 좋은 소식을 안고 온다는 제비로, 치유를 상징하는 자작나무로, 저 멀리 희미하게 동 터오는 여명으로 조금이나마 희망의 요소를 화폭에 담아내고 있다.

빅토르 바스네초프(1848~1926) 바스네초프는 러시아의 뱌트 주(현재의 키로프 주) 정교회 신부 집안에서 태어났다. 신학교(1858~1862)에서 공부하였고 이후 페테르부르크예술아카데미(1868~1873)에서 미술을 공부하였다. 아카데미를 졸업한 후 해외유학을 마치고 1869년부터 이동파와 아카데미의 전시회에 출품하였다. 러시아 역사와 민화를 테마로 한 〈세 용사〉(1818~981), 〈알료누시카〉(1881), 〈회색 늑대를 걸터 타는 이반 왕자〉(1889) 등의 작품을 선보이며 역사화와 민속화의 대가가 되었다. 아브람체보의 마몬토프 그룹의 회원이었다.

V. 바스네초프, 〈자화상〉, 1873

나리의 권리

V. 폴레노프,
「나리의 권리」

V. 폴레노프의 〈나리의 권리〉(1874)라는 작품은 나리에게 세 농노 처녀를 데리고 와서 선보이는 모습이다. 이 그림의 배경은 유럽이지만 러시아의 현실도 별반 다르지 않았다. 화가는 그때까지도 농노 처녀들의 초야권을 가지고 있던 러시아 귀족의 모습도 비유적으로 그려내고 있다. 귀족들은 농노를 사람으로 취급하지 않았다. 사랑의 대상은 더더욱이 아니었다.

러시아 감상주의는 진보적인 귀족 계급 문화의 한 현상으로, 18세기 후반 문학 및 예술 속에서 계몽주의적인 이성 우월주의의 위기로 인해 형성된 흐름이었다. '자연스러운' 감정의 분출과 완성, 개인의 '감수성'을 맹목적으로 숭배하였고, 사회보다는 한 개인이 문학적인 지각의 중심에 들어서게 되었다. 인간의 내면세계는 물론 인간 주위의 자연 세계도 파헤쳐 보이려는 특징을 가진다.

감상주의의 특징적 대비로는, 순결한 자연 / 비도덕적 문명, 전원의 한적한 생활 / 번잡한 도회지 생활, 꾸밈없는 자연 그대로의 시 / 이성적인 시 등이다. 또한 감상주의적 경향에서는 민중의 정신적인 특성, 민족적인 서사시에 대한 관심이 생겨나게 된다. 계몽주의 시대에 발전했던 개방성, 사회적 기호와 자유로운 여론, 개성과 독립성을 존중하는 개별 인간의 고양된 가치에 의존하였지만, 사회적인 인간의 구체적인 성격을 밝혀내지 못했고, 인간을 지나치게 추상적으로 묘사했다는 한계를 지닌다.

V. 폴레노프, 〈나리의 권리〉, 캔버스, 유화, 120×174, 1874

니콜라이 카람진(1766~1826) 니콜라이 카람진은 직업 작가이자 시인, 역사가였다. 그는 심비르스크에서 귀족의 아들로 태어나 모스크바대학을 졸업한 수재다. 계몽주의자 노비코프를 사귀었고(1785), 계몽 자선단체에도 참가하였으며(1789), 러시아 제국을 여행했다(1789~1890). 귀국 후, 여행 인상기『러시아인 여행자의 편지(1791~92)』를 그가 발행한 《모스크바 잡지》에 발표하였고,『가련한 리자』(1792)를 게재했다. 이어서 잡지 《유럽 통보》를 발행(1802~1803)하고, 역사 연구에 종사(1804)하였으며,『러시아 국가사 (1816~1824)』를 제11권까지 발행하였으나, 제12권은 미완으로 끝났다. 센티멘털리즘 작가로서 러시아 문학의 새로운 장을 열었으며, 문학의 대중화, 문장어의 민주화에 큰 공적을 남겼다. 근대 러시아 문학 · 역사의 개척자로 알려졌다.

V. 트로피닌,
〈니콜라이 카람진의 초상〉, 1818

바실리 폴레노프(1844~1927) 러시아의 역사화가, 풍경화가, 풍속화가이며 교육자였다. 1926년 러시아 인민예술가칭호를 받았다.

I. 레핀, 〈폴레노프의 초상〉, 1877

폴레노프는 페테르부르크의 교양 있는 다자녀 귀족 집안에서 태어났다. 아버지는 유명한 고고학자였고, 어머니는 아동문학 작가이자 화가였다. 1861~1863년까지 폴레노프는 올로네츠 김나지움에서 공부하였고 1863년에 페테르부르크대학교 물리수학학부에 입학했다. 저녁에는 청강생 자격으로 페테르부르크예술아카데미에 다니면서 회화뿐만 아니라 해부학, 건축예술, 화법기하학, 예술사 등을 수강했다. 또한 오페라 극장과 콘서트 극장을 정기적으로 방문하였으며 바그너의 음악을 좋아했고, 자신이 직접 예술아카데미 학생합창단에서 노래를 부르기도 하고 음악곡을 창작하기도 했다. 그 후 대학교를 휴학하고 예술아카데미에서 미술에만 전념하다가 1868년 페테르부르크대학교 법학부에 다시 들어가게 된다.

1869년 〈욥과 그 친구들〉로 작은 금메달을 수상하였으며 1871년 〈야이로의 딸을 살려낸 그리스도〉로 레핀과 함께 금메달을 땄다. 1872년 법학부와 예술아카데미를 동시에 졸업하고 아카데미 장학생으로 빈, 뮌헨, 베니스, 플로렌스, 나폴리, 파리 등 해외를 여행하면서 많은 창작을 하게 된다. 1876년 러시아로 귀국하여 무대장식예술 분야에서 활동하였다. 1882~1895년에는 모스크바회화조각건축학교에서 교편을 잡으며 I. 레비탄, C. 코로빈, I. 오스트로우호프, A. 아르히포프, A. 골로빈 등의 제자를 배출하였다. 1879년부터 '이동파'의 회원으로 활동하였고, 1887년 대표작 〈간음한 여인과 예수〉를 제15회 이동파 전시회에 출품하였다. 1910~1918년에는 민중 계몽활동에 참여하여 민중극장 창립에도 참여하였으며 1924년 탄생 80주년을 기념하여 트레티야코프 미술관에서 개인전을 개최하였다. 1927년 툴스카야 주의 자신의 영지에서 조용히 생을 마감했다.

〈소녀와 복숭아〉와 『메아리』

V. 세로프,
「소녀와 복숭아」

다음 페이지의 그림은 스물 두 살의 세로프가 그린 것이다. 당대 최고의 예술 후원가 사바 마몬토프의 딸 베라 마몬토바가 주인공인데, 소녀의 모습을 가장 아름답게 표현했다고 평가받는 그림이다. 세로프는 이렇게 회상했다.

> "내가 달성한 모든 것은 신선함이다. 나는 실물에서는 항상 느낄 수 있지만 그림에서는 볼 수 없는 그런 특별한 신선함을 표현하고 싶었다. 한 달 이상을 그리면서 가련한 소녀를 녹초가 되도록 괴롭혔지만 옛날 거장들처럼 그림이 완전히 완성되었을 때 그 신선함을 보존하고 싶었다."

이 그림처럼 아름다운 소녀의 모습을 그려낸 작가가 유리 나기빈이다.

『메아리』(1960)는 휴양지에서 만난 십대 소년 소녀의 '우정 같은 사랑'이야기다. 세료자와 비티카가 만나 서로에게 관심을 가지게 된 것은 남녀로서가 아니라, 텃새 심한 휴양지의 아이들 속에서 '왕따'라는 동료의식과 무엇인가를 수집한다는 같은 취미를 가졌다는 이유에서였다.

세료자가 바닷가에서 신기한 돌들을 수집하고 있을 때 벌거벗은 채 선탠을 하고 있던 "깡마르고 갈비뼈가 다 드러나고, 가는 팔과 다리, 회청색의 긴 머리칼을 가진" 여자아이 비티카를 발견한다. 세료자가 정성스레 모은 돌들을 내보이자 비티카는 시큰둥한 반응을 보이며 자신은 '메아리'를 수집한단다. 그녀는

V. 세로프, 〈소녀와 복숭아〉, 캔버스, 유화, 91×85, 1887

세료자에게만 자신의 수집품들을 보여주겠다며 산에 갈 것을 제안한다.

다음 날 둘은 비티카가 모아 둔 메아리들의 세계로 탐험을 떠나기 위해 해변 산을 오른다. 비티카가 수집한 메아리들과 그것을 찾아가는 과정은 세료자를 감동시킨다. 비티카의 안내에 따라 절벽과 계곡, 산 정상, 동굴 등에서 만난 "파이프가 구르는 듯한 굵은 목소리의 메아리", "유리처럼 날카로운 메아리", "완두콩 소리가 나는 메아리", "산 스스로가 한 숨을 쉬는 듯한 메아리" 등은 세료자를 압도한다. 메아리 순례가 끝난 후 자신의 수집품을 자랑스러워하는 비티카에게 세료자는 "메아리는 모든 사람한테 다 대답하는 거잖아"하면서 퉁명스럽게 굴었지만 그 일로 둘은 가까워진다.

항상 벌거벗은 채 수영을 하던 비티카를 동네 아이들이 발견하고는 놀리는데 그녀를 방어해주지 못하고 오히려 동네 아이들의 편에 서버린 세료자는 그들과 가까워지기 위해 '비티카가 수집한 메아리'를 들려주겠다고 나선다. 다음 날 비가 오는데도 등산에 나선 아이들과 세료자는 결국 '메아리들'을 찾지 못한다. 비티카와도 멀어지고 동네 아이들에겐 거짓말쟁이로 몰린 세료자에게는 '왜 메아리가 대답하지 않았을까'라는 의구심이 계속 남는다. 비티카가 휴양지를 떠나는 날, 그녀는 그 비밀을 밝히며 동네 아이들에게 자신이 말한 방법으로 메아리를 들려주고 관계를 회복하라고 권한다. 메아리의 비밀은 바로 "어떤 자리에서 소리치느냐"이다. "어떤 곳에서는 바다 쪽에서만 소리쳐야 하고, 낭떠러지에서는 밑으로 몸을 늘어뜨리고 절벽을 향해 곧장 대고 소리쳐야 하고, 협곡에서는 목소리가 더 멀리 갈 수 있도록 가장 깊은 곳에 대고 소리쳐야 한다"는 등…….

세료자는 '비티카의 메아리'만 발견하지 못했던 것이 아니라, 세료자 엄마가 "어쩜 그리 예쁠까. 오똑한 콧날, 회청색 머리카락, 큰 눈, 또렷한 윤곽, 좁은 발꿈치, 손……. 큰 입은 또 얼마나 예쁜데……"라고 감탄했던 그녀의 외적 아름다움도 알아채지 못했다.

자신을 못생겼다고 생각하는 비티카에게 엄마의 칭찬을 선물로 전해주면서 둘은 아쉽게 작별하지만 그 추억은 30년 가까운 세월 동안 세료자의 가슴에 '메아리'로 남는다. 비티카가 그 세월 동안 세료자에게 남을 수 있는 이유는 누구도 찾지 못한 산의 소리들에 민감하게 반응하며 그 자연을 신뢰하고 그와 하나가 되었던 꾸밈없는 모습일 것이다.

하지만 『메아리』의 결말은 아이러니하다. 비티카는 다리를 건너 떠나는 버스 안에서 창문 너머로 세료자에게 동전을 던진다. "공중에서 반짝이던 그것은 내 발아래 먼지 속으로 떨어져 버렸다. 그런 말이 있었다. 여기에 동전을 던지면 언젠가는 반드시 다시 돌아온다는……." 이 말처럼 다시 만나기를 바랐던 비티카의 소망은 세료자의 무심함으로 이루어지지 않는다. "하루라도 빨리 우리가 떠나는 날이 왔으면 하고 바랐다. 그러면 나도 동전을 던질 것이고, 그러면 다시 비티카와 만나게 될 것이다"라고 바랐지만, "그러나 이것은 이루어질 수 없는 운명이었다. 한 달 후 우리가 시네고리야를 떠나게 되었을 때, 나는 동전 던지는 것을 잊어버렸던 것이다"는 세료자의 고백처럼 그들의 만남은 이루어지지 못했고 그 사랑은 세료자의 가슴속에 남는다.

유리 마르코비치 나기빈(1920~1994) 유리 나기빈은 러시아의 볼셰비키 혁명 직후 내전 기간이었던 1920년 모스크바에서 유복자로 태어났다. 그의 아버지 키릴 알렉산드로비치 나기빈은 쿠르스카야 현의 봉기에 백군으로 참가한 것 때문에 총살당하였고, 어머니 크세니아 알렉세예브나는 남편 친구였던 마르크 레벤탈과 혼인신고를 하고, 나기빈을 그의 아들로 입적했다. 그러나 그도 곧 유형을 떠나게 된다. 그 후 나기빈의 계부가 되었던 작가 야코프 르이카체프는 나기빈의 첫 번째 문학 선생이었다. 르이카체프의 영향하에서 나기빈의 독서 범위가 정해지고 평생 그가 좋아했던 작가들인 마르셀 프루스트, 도스토옙스키, 레스코프, 부닌, 플라토노프 등을 만나게 되었다.

모스크바 노보데비치 사원의 〈나기빈의 묘〉

1938년 '모스크바 의과 대학'에 입학하였으나 흥미가 없어서 중도 포기하고 '소련 국립 영화 대학'에 재입학하였다. 1940년 첫 번째 단편 「이중의 실수」로 문단에 등단하고 1941년 단편 「회초리」 등을 계속 발표하였다. 그 후 제2차 세계대전이 발발하자 나기빈은 1941년 징병되어 볼호프 전선의 정치국으로 보내진다. 1942년 '문학 지도자'로 보로네 주 전선으로 파견되었다. 이 시기에 나기빈은 소련 작가연맹에 가입하였다. 나기빈은 《노동》지 종군 기자로 활동하였고, 전선에서의 경험은 『전선에서 온 사람』(1943년) 등의 단편집의 소재가 되었다. 나기빈은 전선에서 두 번 부상당해 후방에서 치료를 받았고, 전쟁이 끝나자 창작에만 몰두하게 된다.

이후 1950~60년대에 '농촌' 단편들을 발표하면서 단편작가로의 입지를 굳혔다. 그 후 1962년 중편 『트루브니코프 인생의 페이지들』을 발표하였는데 이를 원작으로 한 영화 〈위원장〉(1964)이 대 성공을 거두면서 시나리오 작가로도 활동하게 된다. 그는 30편 이상의 영화 시나리오를 썼는데 많은 시나리오가 자신의 작품을 기반으로 한 것이었다.

1960년대에는 모스크바를 소재로 한 '도시적 자전적' 소설들인, 『치스티예 프루디』(1962), 『어린 시절의 책』(1968-1975), 『내 어린 시절의 골목』(1971) 등을 발표하였다.

1970년대에는 역사적 인물들(푸시킨, 레르몬토프, 차이콥스키 등)의 삶과 창작에 관심을 가지면서 그들을 소재로 한 작품들인 『영원한 동반자들』(1972-1979)을 선보인다.

1980년대 후반부터는 다시 자전적, 고백적 소설들을 발표하였는데, 『일어나 가라』(1987), 『다프니스와 흘로야. 개인숭배, 주의, 정체의 시대』(1994), 『금발의 장모』(1994), 『터널 끝의 어둠』(1994) 등이 있으며, 1994년 나기빈 사후에 『일기』(1995)가 발표되었다.

나기빈과 부인 알라 알라는 나기빈에게 여섯 번째 부인이었고, 나기빈은 그녀의 세 번째 남편이었다. 50년대에 알라를 만나고 나기빈은 진정한 사랑과 행복을 찾았다고 말했다. 그들은 25주년 은혼식을 치렀다. 나기빈은 부인을 '알리사'라고 불렀다.

나기빈의 첫 번째 부인은 마리야 아스무스(문학 대학교 교수이자 유명한 문학이론가의 딸)였고, 두 번째 부인은 리하초프 자동차 공장 사장의 딸인 발렌티나 리하초바였고, 세 번째는 유명한 뮤지컬 배우인 아다 파라토바였으며, 네 번째는 엘레나 체르노우소바였는데, 나중에 알라가 많이 후원해 주었고, 그녀의 아들인 사샤도 많이 도와주었다. 알라는 나기빈의 전부인들에게 질투를 하지 않았다. 다섯 번째 부인은 여류시인 벨라 아흐마둘리나였다.

여섯 번째가 알라였다. 알라의 첫 번째 남편은 블라디미르 호마꼬프로, 외국어 대학교 영어과에 다닐때 만나 결혼했으나 알라는 친정살이하고 남편은 발트연안으로 떠나 있었기에 완전한 결혼으로 보기 힘들었다. 두 번째 남편은 닉 콜랴신(엔지니어 기사)로, 레닌그라드 근교에 흐루쇼프 식 아파트에 살림집을 마련하고 살았는데, 그 후 이혼하고 나기빈과 재혼해서 평생을 함께했다.

나기빈의 알라에 대한 사랑은 말년의 단편 「청개구리이야기」에서도 엿볼 수 있다. 이 작품에서는 청개구리로 환생한 남자주인공과 노루로 환생한 알리사라는 여자 주인공의 아이러니한 사랑을 다루고 있다.

미지의 여인

I. 크람스코이,
「미지의 여인」

모스크바 트레티야코프 미술관에서 이 그림을 처음 본 사람들은 도도하면서도 애수를 띤 여인의 촉촉한 눈매와 그 아름다움에 매료당하지 않을 수 없다. '너희가 나를 아느냐'며 도전하듯 던지는 반쯤 내리뜬 시선에 약간 당혹스러움을 느끼면서도 여인의 정체를 궁금해하는 관람객들에게 화가는 "미지의 여인"이라고 이름 붙여놓고는 더 이상 알려고 하지 말라는 듯 의혹들을 덮어버린다.

1883년 러시아 작가들이나 비평가들의 인물화로 유명했던 I. 크람스코이(1837~1887)가 이 작품을 발표하자 몇몇 비평가들은 "알 수가 없다. 이 부인이 누구인지, 정숙한 여인인가, 아니면 고급 창녀인가, 하지만 그녀 안에 완전한 한 시대가 드러나 있다"고 말했다. 유명한 미술평론가였던 V. 스타소프는 '마차에 앉은 고급 창녀'로 단정해 버렸고, 미술수집가인 P. 트레티야코프도 그 의견에 동의하면서 크람스코이의 이전 작품들이 더 맘에 든다고 했다. 크람스코이는 실제 인물인지 아닌지도 밝히지 않아서 어떤 비평가들은 F. 도스토옙스키의 『백치』의 여주인공 나스타샤 필립포브나, 또는 L. 톨스토이의 『안나 카레니나』의 안나라고도 했고, 어떤 이들은 실제 존재했던 사교계 상류층 부인들의 이름을 거론하기도 하였다.

이 여인은 대체 누구일까? 전체적으로 보면 흐릿한 도시 전경과 검은색 옷을 입은 또렷한 여인이 대조를 이루어 그녀의 아름다움을 더욱 돋보이게 한다. 배

I. 크람스코이, 〈미지의 여인〉, 캔버스, 유화, 75.5×99, 1883

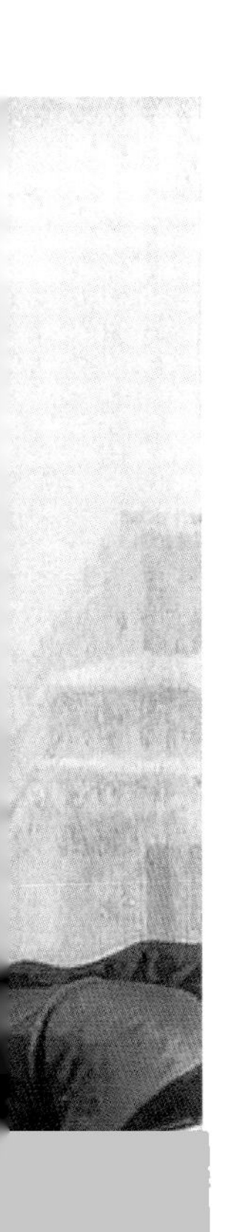

경은 크람스코이가 주로 작품활동을 했던 상트페테르부르크의 어디쯤인 것 같다. 뒤의 건물들은 마주보고 있는 모습이다. 양쪽 건물들이 다 보이는 것을 보면 길의 중앙이나 다리 위쯤인 것 같다. 희뿌연 건물들이 약간 내려앉은 듯하고, 여인은 도시 위로 마차를 타고 비상이라도 하는 듯이 하늘과 맞닿은 모습이다. 여인은 위에 앉아 아래의 우리를 약간 내려다보고 있는 것 같아 다리 위라고 보는 것이 타당하다. 역시나 찾아보니 상트페테르부르크의 중심가인 네프스키 대로에서 폰탄카 거리를 가로지르는 아니츠코프 다리라고 한다.

네바 강을 따라 40여 개의 섬들로 이루어진 '북구의 베니스' 상트페테르부르크는 안개가 많은 도시지만 시가지 전체가 뿌옇게 덮여 있는 시간은 새벽녘이나 이른 아침일 것이다. 여인은 공교롭게도 다리 중앙에 앉아 있다. 이 여인은 새벽까지 이어진 사교계 모임을 마치고 집으로 향하는 중인가? 아님 어느 귀족 살롱에 초대받아 다녀오는 고급 창녀인가? 아니면 이른 새벽에 사랑하는 정부와 도망이라도 치기 위해 집을 나설 수밖에 없는 사연을 가진 여인일까?

여인의 모습은 매우 세련되고 감성적이지만, 무엇인가 편안한 느낌을 주지는 않는다. 갸름한 얼굴선, 약간 거무스름한 피부, 벨벳처럼 부드럽고 숱이 많은 눈썹, 오만하게 약간 내리뜬, 하지만 고독과 슬픔이 묻어 있는 촉촉한 갈색 눈, 또렷한 콧대와 콧방울, 아담하고 생기 있는 새초롬하게 다문 입술, 뒤로 가지런히 손질한 짙은 색의 머리, 다소곳하지만 꼿꼿한 앉음새. 어느 정도의 신분 또는 혈통에 근거한 것이든지, 아니면 스스로의 아름다움에 대한 찬사에 익숙해진 원숙한 여인에게서 나올 수 있는 약간의 오만한 표정. 무엇보다도 그 표정은 한 번 본 사람들에게 많은 상념들을 불러일으킨다.

여인의 차림새를 살펴보면 우아하고 가벼운 털로 장식한 프란치스코 모자, 최상의 가죽으로 만든 스위스산 장갑, 담비털로 장식한 스코벨레프 외투, 파란 공단 리본을 단 머프, 황금 팔찌 등, 이 모든 것이 1880년대 귀부인들의 값비싼 최신 유행 아이템들이었다고 한다. 그러나 이것이 그녀가 상류사회에 속해 있다는 것을 의미하는 것일까? 오히려 반대일 수도 있다. 그 당시 러시아에서 최상류층의 불문율은 유행을 너무 철저히 따르지 않는다는 것이었기 때문이다.

여인에게서 그녀가 속해 있는, 아니면 속하고 싶은 세계, 그녀가 좌우될 수밖에 없는 그 세계에서 오히려 소외당한 외로움이 느껴진다. 보는 사람들에게 자기가 상처를 주었을지도 모르는 보호받지 못한 여인에 대한 연민을 불러일으킨다. 그 오만한 표정은 오히려 밑바닥까지는 자신을 내려놓고 싶지 않은 안간힘의 다른 모습 같다.

아니츠코프 다리는 조각가 P. 클로트의 작품 〈말의 조련〉 상이 있는 곳으로 유명하다. 톨스토이의 『안나 카레니나』(1875~77)에서 안나를 유혹했던 브론스키가 그토록 승마에 매혹되었다는 사실을 상기하면 이 다리를 배경으로 크람스코이가 〈미지의 여인〉을 그린 것을 우연으로 보기보단 크람스코이가 안나란 걸 암시하기 위해 숨겨 둔 장치는 아니었을까?

『안나 카레니나』에 나타난 안나의 모습은 모스크바의 상트페테르부르크 기차역에서 그녀를 처음 만난 브론스키에 의해 묘사된다. 브론스키는 첫눈에 "상류사회에 속하는 사람"으로 단정 지으면서 "약동하는 생생한 표정"과 "짙은 속눈썹 때문에 강하게 빛나는 잿빛 눈", "보일락말락한 미소를 띤 붉은 입술"에 끌렸다고 말한다.

그리고 무도회에서 검은 옷을 입고 나타난 안나의 아름다움이 키치(안나 카레니나 올케의 동생)의 질투어린 시선으로 그려진다. 키치는 "가슴이 깊게 팬 검정 벨벳 옷을 입고 오래 된 상아처럼 잘 닦아 다듬어진 풍만한 어깨와 가슴, 섬세하고 조그마한 손을 가진 둥글둥글한 팔", "가발을 전혀 섞지 않은 새까만 머리칼", "눈에 띄지 않게 묶인 머리 모양", "그녀의 뒷머리나 관자놀이에 흘러내려 그녀에게 멋을 더해주는, 제멋대로 난 고수머리의 조그마한 고리들"에 감탄하면서 안나를 응시하고 있다. 안나에게는 화려한 레이스를 두른 검정 옷도 단순한 액자에 불과하다고 생각한 키치의 생각은 그림 속 〈미지의 여인〉과 상통하는 부분이다.

안나의 비극적 삶 또한 그림 속 여인의 뭔지 모를 애수와 맞닿아 있다. 브론스키를 만난 안나의 첫 감정은 "따뜻하다, 따뜻하다 못해 타는 듯이 뜨겁다"는 것이었다. 그 뜨거운 브론스키의 열정 속으로 용해되어 버린 안나는 더 이상 자신의 감정을 숨기지 못하고, 브론스키가 경마장에서 낙마하자 남편 앞에서 그를 걱정하는 울음을 터뜨리고 집으로 돌아오는 '마차' 안에서 브론스키에 대한 사랑을 고백해버린다. 안나의 결혼생활에 위기가 닥친 게 '마차 안에서의 고백'이었다는 것도 크람스코이가 염두에 두었을 수 있다.

고백을 들은 '냉정하고 사려 깊은' 남편 카레닌은 어째서 아내가 그런 관계를 남들처럼 감추지 못하고 밝혀버렸는지 괴로워하면서도 가능한 한 모든 경우의 수를 고려해보기 시작한다. 첫 번째는 결투다. 그러나 그는 '본래 소심한 사람'인 데다 '죄를 지은 아내와 아들에 대한 자기의 관계를 결정하기 위해 사람을 살해한다는 것이 어떤 의미가 있는가?'라고 자문하면서 그와 같은 일은 '헛된 명예를 얻으려고 하는 것'이라고 단정한다. 두 번째는 이혼이다. 이 방법도 그를 만족시키지 못한다. 중요한 목적인 '소란을 최소한도로 그치게 하는 것'이 불가능할 뿐만 아니라 '이혼을 하게 되면, 아니 이혼 수속을 하기만 해도 아내는 남편과의 관계를 끊고 애인과 결합될 것이 분명'했기 때문이다. 세 번째는 별거이다. 그러나 이것도 이혼과 마찬가지로 '아내를 브론스키의 포옹 속으로 내던져버리는 격'이어서 포기한다.

그가 내린 결론은 "사건을 세상에 비밀로 부쳐둔 채 그들의 관계를 끊도록 온갖 수단을 다 강구"하고 아내를 벌하기 위해 "지금과 마찬가지로 그의 곁에 그대로 붙잡아 두는 것"이었다. 이것이 카레닌이 온 가족들을 괴로움 속으로 몰아넣은 안나에 대한 별로 생각해낸 해결책이며 "시간이 지나면 모든 것이 훌륭하게 처리되고 관계도 이전으로 되돌아가겠지"라고 생각한다.

그러나 결국 카레닌은 안나와의 이혼을 결정하게 되고, "저 사람은 그 사내하고 어울리겠지. 그리하여 1~2년쯤 지나면 사내한테 버림을 받든지 아니면 자기 스스로 다시 다른 사람과 새로운 관계를 맺겠지"라며 안나의 미래에 대해 냉정한 예측을 한다. 왜냐하면 그 당시 교회법은 이혼을 하더라도 아내는 남편이 죽을 때까지 재혼을 할 수 없다. 그렇다면 안나는 카레닌이 이혼을 해준다고 하더라도 브론스키와 합법적으로 재혼할 수는 없다. 그의 정부밖에는 될 수 없는 것이다.

안나는 결국 세상이 그토록 감탄한 자신의 아름다움을 기차바퀴에 뭉개버림으로써 가장 잔혹한 파멸을 맞이한다. 안나가 죽자 브론스키는 자비로 의용군을 모아 터키 전쟁에 자원하여 떠나 명예로운 구원의 기회를 얻게 되고, 카레닌은 브론스키와 안나의 딸(안나)의 양육권을 받아들이게 됨으로써 또 다른 구원의 길을 얻게 된다. 결국 파멸한 사람은 안나뿐이다.

공교롭게도 브론스키와 카레닌의 이름이 알렉세이로 똑같듯이, 남편이든, 정부든 안나의 편이 되어주지 못하고 결국 죽음으로 내몬 남성들, 안나의 딸 이름이 또한 안나이듯 사회적 약자의 삶을 살 수밖에 없는 같은 운명의 여인들, 사회적 편견, 시대적 제약들을 톨스토이는 사실적으로 보여주고 있다. 톨스토이가 작품 제목을 『안나 카레니나』라고 붙인 이유도 결국 안나는 죽어서도 '카레니나'라는 성으로 대변되는 현실을 벗어나지 못한다고 못 박은 것 같다.

그런 여인의 삶을 크람스코이는 안나의 초상화를 그려내어 세상 앞에 던져놓은 것은 아닐까 하는 생각이 든다. 크람스코이가 톨스토이의 '안나'를 모델로 〈미지의 여인〉을 그렸든, 그 어떤 다른 여인을 그린 것이든, 19세기 말 러시아라는 불완전한 현실 속에 내던져진 아름다운 여인들의 운명에 대한 문제를 제기하고 있는 것 같다.

〈미지의 여인〉은 다리의 중앙에 앉아 무슨 생각을 하고 있었을까. 인생의 다리에선 어디를 건너려고 하고 있었을까? 여인의 정체와 운명이 더욱 궁금해진다.

이반 크람스코이(1837~1887) 러시아의 화가이자 미술비평가이다. 19세기 후반 러시아의 대표적인 미술 그룹인 '이동파'를 이끌었으며, 일랴 레핀과 야로센코 같은 제자들을 키워냈다.
1837년 러시아 보로네슈 현의 오스트로고쥬스크 시의회 서기의 아들로 태어났다. 1857년 상트페테르부르크미술아카데미에 입학해 미술 공부를 시작했다. 1863년 아카데미 졸업 작품 주제에 반발해 다른 13명의 학생들과 함께 작품 주제 선정의 자유를 요구했다. 그러나 그 요구가 받아들여지지 않자 졸업 직전 아카데미에서 나왔다. 자신들을 '14인의 반란자'라 칭하며 '페테르부르크 예술가 조직'을 결성한 이들은 작업실과 주거지를 공유하는 공동체 생활에 들어갔다.

I. 크람스코이, 〈자화상〉, 1867

1870년 이반 크람스코이는 비평가 V. 스타소프와 함께 '러시아 이동 전시 협회'를 창립하였다. 여기에는 일랴 레핀, 바실리 수리코프, 바실리 페로프, 이사크 레비탄 등 19세기 후반의 대표적인 러시아 화가들이 참여했다. 이 그룹은 여러 도시를 이동하면서 전시회를 개최한다는 의미에서 스스로 '이동파'라는 이름을 붙였다.
1887년 〈닥터 라우흐푸스의 초상〉을 그리다가 손에 붓을 든 채 생을 마감했다는 이반 크람스코이의 일화는 유명하다. 크람스코이는 19세기 후반 러시아 민주주의 예술과 세계관의 발전에 지대한 영향을 끼친 화가이다.

레프 니콜라예비치 톨스토이(1828~1910) 1828년 9월 9일에 남러시아 툴라 근처의 야스나야 폴랴나에서 태어났다. 명문 백작가의 4남으로 태어나 두 살도 안 되어 어머니를 잃고, 1837년 대학 입학을 준비하던 시기에 갑자기 아버지마저 세상을 뜨자 카잔에 살던 숙모의 집으로 이사하게 된다. 1844년 카잔대학교 동양학부에 입학해 수학하다 법학과로 옮겼으나 중퇴하고 1847년 야스나야 폴랴나로 돌아가게 된다. 1851년 캅카스로 가서 군에 입대했고, 거기서 『유년시대』(1852), 『소년시대』(1854), 『청년시대』(1856)를 집필했다. 이 소설들이 발표되자 곧 작가로서의 명성을 얻게 되었다. 1862년 34세의 나이로 18세의 소피야 베르스와 결혼하였고 결혼 후 10~12년 동안 『전쟁과 평화』(1865~69), 『안나 카레니나』(1875~77)를 집필하여 대작가의 반열에 오른다.

그러나 그 후 사상적 전환기를 겪으면서 1879년 『참회록』(1882년 발표)을 집필하기 시작한다. 1880~1890년대엔 논문과 단편들 『사람은 무엇으로 사는가』, 『크로이체르 소나타』 등과 특히 『부활』(1899)을 통해 자신의 사상적 철학적 원칙들을 표현하였다. 『부활』에서 교회를 모독했다는 이유로 톨스토이는 교회에서 파문을 당하였다. 당시에도 '성인'으로, 또 '대문호'로 추앙받던 톨스토이는 1910년 모든 것을 포기하고 집을 가출해 '아스타포보' 간이역에서 폐렴으로 사망하게 된다.

I. 크람스코이,
〈레프 니콜라예비치 톨스토이의 초상〉,
캔버스, 유화, 98×79.5, 1873

I. 레핀, 〈경작하는 사람. 경작지의 레프 톨스토이〉, 종이, 유화, 27.8×40.3, 1887

톨스토이와 아내 소피아　톨스토이와 소피아는 13명의 자녀를 두었는데, 5명이 어렸을 때 죽었다.
톨스토이는 유모를 두지 않고 소피아 베르스가 아이들을 젖으로 키우기를 바랐다.
소피아는 "체념할 지경이면 차라리 죽는 게 낫다"고 동생에게 편지를 썼다. 또 "갓 태어났을 때가 인생에서 가장 중요한 시기인데, 만일 나의 아기가 다른 여자의 젖을 먹고 자란다면 그는 이미 진짜 나의 자식이라고는 말할 수 없단다"라고도 쓰고 있다.
소피아는 아이 키우는 고통에 대해 동생에게 쓴 편지에서, 사내 아이 하나가 10개월 만에 죽었을 때 "타냐, 나는 이제 해방되었단다! 하지만 이 자유는 왜 이렇게 괴로울까!"라고 말했다.

〈톨스토이, 아내 소피아 베르스, 아이들〉, 1887

소피아는 동생에게 쓴 편지에서 "나는 무슨 일에서든지 그이가 나보다 우수하다고 끊임없이 느끼고 있다. 나이, 교육, 지성, 인생경험, 재능은 말할 것도 없다. 나는 정신적으로 그에게 가까워지려고 열심이다. 비록 따라잡지 못한다손치더라도 그를 이해할 수 있는 만큼만 접근하고 싶다. 하지만 힘이 달린다"고 고백했다.

예카테리나 여제의 사랑

V. 보로비콥스키,
「황제마을 공원을 산책하는 예카테리나 II 세」

V. 보로비콥스키는 F. 로코토프, D. 레비츠키에 이어 러시아의 3대 초상화가 중 한 명인데 이전 화가들과는 달리 여제를 관례복이나 예복을 입은 모습이 아닌 평상복 차림으로 그려 놓았다.

아직 여명이 짙은 시각에 보르조이 애완견과 함께 지팡이를 짚고 산책길에 오른 여제는 편안한 모습이다. 충견답게 주인의 곁에 붙어 그녀를 향하고 있는 털 없는 미끈한 개의 흰 빛깔이, 이른 아침의 찬바람이라도 막아보려는 듯 푸른색의 평상복 외투를 두툼하게 입은 여인의 은빛 모자, 목 레이스, 소매 색깔과 어우러지며 조화를 이룬다. 여인은 무심한 듯 여유롭게 정면을 향하고 있는데 작고 섬세한 손이 '체스멘스카야 콜론나'(체스멘스카야 기념주)를 가리키고 있다. 체스멘스카야 기념주(1774~1778, A. 리날디에 의해 건축되었다)는 러시아와 터키 전쟁(1768~1774) 중에 있었던 해상에서의 러시아군의 대승을 기념하기 위해 세워졌다. 여제의 연인이었던 A. 오를로프 백작이 이 승리를 주도했다는 사실을 기억한다면 화가가 도리아 양식의 이 기념주를 배경으로 그려 넣은 것이 우연은 아닌 듯싶다. 주위는 잠잠하고 평화롭기만 하다. 이 초상화로 화가는 다음 해인 1795년 예술아카데미 회원 칭호를 받게 된다.

푸시킨도 이 그림에 감명을 받아서 '푸가초프 반란'(1773~1775)을

V. 보로비콥스키, 〈황제마을 공원을 산책하는 예카테리나 II 세〉, 캔버스, 유화, 395×599, 1794

다룬 소설『대위의 딸』(1836)에 산책 중인 여제의 모습을 삽입하였다. 여주인공 마리나는 푸가초프 반란군에 가담했다고 오해를 받아 구속된 약혼자인 표트르 안드레예비치 그리뇨프 장교를 구하기 위해 페테르부르크로 가서 '아침에 개와 함께 산책하는 여제'를 만나 편지를 전하고 약혼자를 구하게 된다. 이 작품에는 "귀부인은 하얀 아침 옷을 입고 있었으며, 나이트캡을 쓰고, 솜이 든 외투를 입고 있었다. 나이는 사십 안팎으로 보였다. 알맞게 살이 찌고 혈색이 좋은 얼굴은 위엄과 침착함을 나타내고 있었는데 파란 눈과 상냥한 웃음이 말할 수 없는 매력을 지니고 있었다"라고 묘사하였다.

『대위의 딸』은 풋내기 장교 그리뇨프가 눈보라 속에서 우연히 만난 떠돌이(푸가초프)에게 준 '토끼털 외투'로 인해 반란의 회오리에서 목숨을 건진 일화를 비롯, 그 속에서 벌어진 여러 일들을 수기 형식으로 쓴 글이다. 푸시킨은 이 작품에서 비교적 사실적으로 반란군의 잔인성을 묘사하고 있지만, 자신을 표트르 Ⅲ세라 참칭한 푸가초프에게는 인간적 의리를, 예카테리나 대제에게는 약혼녀 마리나에게 연민을 나타내는 인간적 모습을 그려냈다.

예카테리나 Ⅱ세가 남편에 의해 축출되거나 수도원에 감금될 처지에 놓이자 영국 대사 윌리엄에게 "정권을 잡지 못한다면 죽게 될 것이다"라고 비밀 편지를 썼던 것처럼, 푸가초프도 "한 번 전세가 불리해지기라도 하면 놈들은(부하들은) 자기들의 목 대신에 내 목을 바칠 걸세"라고 고백한다. 푸가초프도, 예카테리나 대제도 같은 운명으로 내몰린 인간의 다른 모습일 뿐이다.

예카테리나 대제(1729~1796, 독일명은 소피 아우구스테 프레데리케)는 프러시아 쉬테틴(현재는 폴란드의 쉐틴 지역)에서 태어났으며 아버지는 프러시아 왕족 출신으로 장군이자 사령관이었다. 총명하고 활동적인 놀이를 좋아했던 소피는 갈색 머리에 중키의 이지적 외모였으며 독일어와 프랑스어를 자유롭게 구사하였고 역사와 철학, 문학에도 많은 관심을 가졌다.

1744년 엘리자베타 여제는 소피를 어머니와 함께 러시아에 초대했는데 황위 계승자이자 6촌간이었던 표트르 페도로비치 대공과 결혼시키기 위해서였다. 15세의 나이로 러시아에 온 소피는 러시아어, 역사, 정교, 러시아 전통을 배웠고 러시아를 '새로운 조국'으로 받아들이려 노력했다. 루터교도였던 그녀는 1744년 6월 28일에 러시아 정교로 개종한 후 예카테리나 알렉세예브나란 세례명을 받고 다음 날 표트르와 약혼을 하게 되었다.

1745년 8월 21일 16세의 예카테리나는 17세가 된 표트르 페오도로비치와 결혼을 하지만 표트르는 아내에 대해 전혀 관심이 없어 정부들을 끌어들였다. 예카테리나는 "그를 질투하지 않기 위해서는 그를 사랑하지 않아야만 했다. 그가 사랑받고 싶었다면 어렵지 않았을 것이다. 나는 태생이 자신의 의무를 수행하려고 하고 또 그렇게 하는 것에 익숙하기 때문이다. 그러나 그러기 위해서는 나는 상식을 가진 남편을 만났어야 했는데 그렇지 못했다"라고 말했다. 이후 예카테리나도 S. I. 살트이코프 장교를 시작으로 수많은 정부를 거느리게 된다.

예카테리나는 "내가 남자였으면 대위도 달기 전에 죽임을 당했을 것이다"라고 말했듯이 자신이 여자라는 점을 역으로 적극 활용하여 표트르 Ⅲ세를 축출하고(1762년 표트르 Ⅲ세는 교외영지 오라니엔바움에 머물고 있었는데 그녀가 페테르부르크에서 친위대의 충성서약을 받았음을 알고 왕위를 포기하지만 일주일 후에 알 수 없는 상황하에서 죽었다. 예카테리나의 명으로 부검까지 했으나 정확한 사인은 밝혀지지 않았다) 모스크바에서 대관식을 한 후 예카테리나 Ⅱ세로 황위에 오르게 된다.

예카테리나 Ⅱ세는 "통치예술의 첫 번째 법칙은 사람들이 그들 스스로 이것을 원하는 것처럼 생각하도록 만드는 것이다"라는 말을 했던 탁월한 정치가였다. 또한 "멍청한 데 듣는 약은 아직 발견하지 못했다. 이성과 상식은 천연두가 아니라서 예방접종할 수 없다"라고 한 계몽군주였다. "젊었을 때 배우지 않으면 늙어서 할 일이 없고", "세상에 완벽한 것은 없다"며 끊임없이 노력하고 자유롭게 사고하는 신여성이었으며, 프랑스 철학자들(몽테스키외, 볼테르, 디드로 등)의 영향을 강하게 받았던 자유주의 사상의 옹호자였다. 그녀는 원로원으로부터 '대제', '위대하고 가장 현명한 국모'란 칭호를 선사받았다.

"질투 많고 바라는 것이 많은 사람은 즐거움을 찾을 수 없다"라며 자신에게 무관심했던 남편에게 매달리는 대신 평생 동안 공식적인 정부(情夫)만 23명에 환갑의 나이에도 20대 애인(플라톤 주보프였는데, 그의 아내는 예카테리나의 장남 파벨과의 사이에 아이를 낳았다)을 두었던 '자유연애' 신봉자이기도 했고, "사람은 바쁠 때만 행복한 법이다"란 말을 증명하듯 번역을 하고, 수많은 수기, 극대본, 우화시, 동화, 희극, 에세이 등을 저작했으며 주간지《프샤카야 프샤치나(모든 일들, 잡동사니)》의 발행에 참여했던 문학가였다.

'에르미타쥬' 박물관이 된 '겨울궁전'에 있는 대부분의 소장품들을 수집한 러시아 문화의 수호자였고, 두 차례 터키와의 전쟁과 세 차례에 걸친 폴란드와의 영토 분할로 러시아 영토를 남쪽과 서쪽으로 크게 확대하였던 정복자였다. 자신에게 반기를 든 푸가초프 농민 반란을 가장 잔혹하게 진압한 절대군주이도 했다. 이렇듯 예카테리나 Ⅱ세를 설명하는 수식어는 너무나 많다. 그러나 여제는 스스로를 '제위의 철학자'로 불렀다.

예카테리나에게는 첫 번째 정부였던 S. 살트이코프의 아들이라고 의심을 받았던 파벨(1754년생, 후에 황위를 계승하지만 어머니와의 사이가 안 좋았기에 '장자상속법'을 제정하여 더 이상 여자가 황위에 오를 수 없게 만들었다)과 오를로프 백작의 아들이었던 알렉세이 보브린스키(1762), 폴란드의 왕자 스타니슬라프 폴랴토프스키의 딸일 가능성이 있는 안나 페트로브나(1757~1759)와 포촘킨의 딸이었던 엘리자베타 포촘키나(1775)가 있었다.

예카테리나 Ⅱ세는 1762년에 오를로프 백작과 결혼하려고 했으나 측근들의 권유로 이 계획을 취소하기도 했고, 포촘킨과는 비밀리에 결혼했다(1775)는 설도 있었다. 혹자는 여제의 정부가 백 명을 넘었다고도 하고, 그녀의 갑작스러운 죽음을 두고 말과 수간(獸姦)을 하다 죽었다고도 한다. 그러나 18세기의 문란했던 전반적 사회분위기를 생각하면 그녀를 스캔들 메이커로만 볼 수는 없으며, 정치적 능력이 뛰어났던 포촘킨을 제외하고는 정부들을 정치에 전혀 개입시키지도 않았다.

사가들이 아무리 여제를 폄하한다 해도 어쨌든 예카테리나 Ⅱ세는 러시아 제국사에서 표트르 대제와 함께 단 두 명뿐이었던 '대제'이고, 그녀의 치세 기간(1762～1796)은 러시아 제국의 '황금기'로 불리고 있다.

예카테리나 여제의 총신이었던 란스키의 초상이다. 여제는 1779년 차르스코에 셀로(황제마을)에 머물 때 23세의 근위병 란스키를 만나 사랑에 빠진다. 하지만 란스키는 26세의 젊은 나이에 요절하고 마는데, 여제는 그가 죽은 2년 후에 레비츠키에게 이 초상화를 주문했다. 여제는 죽을 때까지 이 초상화를 아끼면서 란스키의 죽음을 안타까워했다고 전해진다.

D. 레비츠키, 〈시종무관 란스키의 초상〉,
캔버스, 유화, 151×117, 1782

블라디미르 보로비콥스키(1757～ 1825) 우크라이나 미르고로드 출신의 러시아 화가로 초상화의 거장이다. 카자크계였던 부친과 숙부, 형제들은 모두 성상화가였다. 처음에는 부친 밑에서 성상화를 그렸으나, 1788년 페테르부르크의 N. 리보프의 저택에 살면서 유명한 화가 D. 레비츠키를 만나 그의 제자가 된다. 1795년 보로비콥스키는 미술아카데미 회원 칭호를 받게 된다. 보로비콥스키는 고전주의와 감상주의 스타일을 혼합하여 인간의 자연스런 감정을 표현하여 러시아 초상화에 한 시대를 구획했다는 평을 받고 있다. 〈로프히나〉(1799), 〈A. 쿠라킨 공작의 초상화〉(1801～1802), 〈파

벨 Ⅰ세〉(1800) 등의 작품이 유명하다. 말년에는 종교화로 돌아가서 당시 건축 중이던 카잔 성당의 몇몇 성상화를 그렸으며 페테르부르크의 스몰렌스키 공동묘지 교회의 이코노스타스를 그렸다. 알렉세이 베네치아노프의 스승이기도 했다.

C. 부가옙스키 블라고다트니, 〈보로비콥스키의 초상〉, 1825

차를 마시는 상인의 아내

B. 쿠스토디예프,
「차를 마시는 상인의 아내」

괴테는『파우스트』에서 "감동은 인간 최대의 천성"이라고 했다. 그중에서 아름다움을 보고 느끼는 감동은 인간이 누릴 수 있는, 인간을 가장 인간적인 모습으로 만들어주는 것들 중 하나일 것이다. 그런 아름다움과 그 감동을 묘사하고자 하는 욕망 또한 인간이 가지는 천성이다.

러시아의 소설가 유리 나기빈은『금발의 장모』(1994)에서 장모가 얼마나 아름다운지를 서술하는 장면에서 여인의 미에 대한 묘사를 두고 겨루었던 톨스토이, 드루지닌, 투르게네프 세 작가들의 일화를 소개한다.

"단순한 사람인 드루지닌은 곧장 세부묘사를 하기 시작했고 (……) 투르게네프는 세부적인 사실들에 매달리지 않고 미의 형상을 창조하려고 했다. 톨스토이는 호메로스로 끝내 버렸다. 헬레나가 들어오자, 늙은 수도승들이 일어섰다. 그래서 (톨스토이가) 이겼다."

트로이 전쟁을 유발한 '헬레나의 아름다움'을 묘사하면서 호메로스는 아무런 구체적 묘사 없이 수십 년 동안 세속을 떠나 수도에 정진했던 늙은 수도승들이 그녀의 아름다움을 보고 놀라서 일어서는 장면을 간단명료하게 서술함으로써 헬레나가 얼마나 아름다운지를 독자들에게 상상하게 해준 것을 톨스토이가 인용함으로써 두 작가의 허를 찌른 것이다.

그러나 정작 나기빈 자신은 장모의 외모에 대한 세부묘사에 매달린다. "근육질의 종아리를 가진 다리, 가는 손목을 가진 둥근 손, 풍만한 허벅지, 브래

B. 쿠스토디예프, 〈차를 마시는 상인의 아내〉, 캔버스, 유화, 120×121, 1918

지어가 필요 없는 가슴, 약간의 굴곡이 있는 곧은 등, 자신만만한 목 등 모든 부분이 힘 있고도 여성스러웠으며, 강하고도 부드러웠다"라고 말하며 자전적 주인공인 크림이 빠져든 장모 타티야나의 아름다움을 그려낸다. 장모는 "화사하고, 뚱뚱한, 쿠스토디예프 타입에는 약간 못 미치는 여자"라면서 "그녀에게 조금만 더 살을 붙이면, 사모바르 옆에 앉은 상인의 아내나, 목욕을 한 후의 러시아 비너스와 같은 모습일 것이다"라고 쿠스토디예프의 작품들을 거론한다. 이 그림들은 〈차를 마시는 상인의 아내〉(1918)와 러시아 바냐(사우나)에서 목욕을 마친 풍만한 여인의 모습이 담긴 〈러시아의 비너스〉(1925~26)를 말하는 것이다.

나기빈이 장모를 묘사하는 데 등장한 쿠스토디예프는 풍만한 러시아 여인들의 모습을 화폭에 담았던 화가다. 〈차를 마시는 상인 아내〉도 그런 여인 시리즈 중 하나다. 위풍당당하고 원색적인 아름다움이 화폭에 가득하다. 테이블 위에 수박 · 사과 · 포도 등이 놓인 것, 짙은 녹색에 언뜻 비치는 갈색의 나뭇잎, 여인의 옷을 보면 늦여름쯤인 것 같다. 배경의 교회 종탑에도, 구름에도 해가 지고 있는 듯 석양이 물든 모습이다. 러시아의 여름은 낮이 길어 해가 늦게 진다는 것을 감안하면 시간은 이미 저녁 9시를 넘겼을 것 같다. 옆집 테라스에도 사람들이 앉아 차를 마시고 있는 모습이지만 그들과 달리 여인은 혼자다. 사모바르(러시아식 차 끓이는 주전자)가 놓인 식탁의 풍성함에 어울리게 화려하게 차려입은 여인의 팔을 고양이가 애교 있는 몸짓으로 부비고 있다.

제작연도가 1918년인데 이 시기라면 러시아가 볼셰비키 혁명 이후 내전을 겪고 있을 때다. 외적 상황과 너무 안 어울리는 풍성한 식탁을 차려놓고 예쁘게 단장한 여인은 입가에 희미한 미소를 띠고 있는데도 어쩐지 우수에 젖은 듯하다. 어쩌면 화가는 풍성했던 과거에 대한 향수를 그린 것인지도 모른다. 아니면 폐허가 되고 굶주림과 허기에 시달리는 사람들을 혼자 앉은 여인이 풍성한 식탁으로 초대하고 있는지도 모르겠다.

쿠스토디예프는 자신이 그린 풍만한 부인들을 "미의 민중적 이상형"이라고 생각했다고 한다. 하지만 화가가 그린 여인들 시리즈의 실제 모델들은 민중이 아닌 인텔리 여성의 대표자들이었다. 이 그림의 주인공도 G. 아데르카스라는 인텔리 여성이었다. 그러나 기존의 가냘프고 여린 귀족적 아름다움보다는 힘차고 당당하고 살진 여성들을 묘사했다는 면에서는 생활력 강한 민중적 여인상이라고도 말할 수 있을 것이다. 배경의 석양은 이젠 젊지 않지만 여전히 아름다움을 간직하고 있는 여인을 닮았다.

아름다움의 조건들에 대한 객관적 기준은 물론 존재한다. 그러나 나기빈 작품 속에서 장모의 아름다움에 빠져 휘청거렸던 사위처럼 사람이 감동받고 사랑에 빠지는 이유들은 상당히 주관적이기도 하다. 도스토옙스키는 "미(美)가 세상을 구한다"라고 말했지만 『금발의 장모』에서처럼 그 아름다움이 꼭 세상을 구하는 것만도 아닌 것 같다. 마르고 가냘픈 여성에 익숙해진 현대인의 눈에는 그림 속 여인이 조금은 낯설어 보일 수도 있지만 풍성하고 너른 대지처럼 포근함과 여유를 느끼게 해준다. 전쟁에 지치고 부상당한 풋내기 사위를 감동시켰던 장모의 아름다움의 정체도 바로 그런 미가 아니었을까. 그렇게도 사위가 장모에게 빠져들었던 이유도 인간은 항상 아름다움에 목말라 하고 또 그 아름다움에 감동하고 위안받을 준비가 되어 있기 때문인 것 같다.

보리스 쿠스토디예프(1878~1927) 러시아 아스트라한 출신으로, 아버지는 보리스 쿠스토디예프가 두 살도 안 되었을 때 죽었다. 15세 때부터 페테르부르크예술아카데미에서 미술 수업을 받았다. 1896년 페테르부르크예술아카데미에 입학하여 사빈스키에게 사사받고 2학년부터는 레핀에게 배웠다. 레핀의 〈국가소비에트회의〉(1901~1903) 그림 제작에 참여하였다.
1905년 발발한 러시아혁명은 그가 예술을 바라보는 시각에 많은 변화를 가져다주었다. 그는 풍자잡지들에 전체주의에 맞서 투쟁하는 노동자들의 모습을 생생한 캐리커처로 담아 기고했다. 그러나 혁명은 실패로 끝났다. 그는 1907년 이탈리아, 1909년 오스트리아와 독일을 각각 방문했다. 그리고 혁명적인 러시아 예술가들의 모임인 '예술 세계'의 화가들을 만났다. 1910년에는 '예술 세계'에 가입했고, 이후 그들의 전시에 참여했다. 러시아 문학작품 속에 삽화를 그려 넣는 작업을 새롭게 시작하기

도 했다. 또한 희곡작가 A. 오스트롭스키 작품을 1913년 모스크바 예술극장에서 공연할 때 무대와 의상을 담당하기도 했다.
1916년 그는 결핵으로 인한 하반신 마비로 더 이상 걸을 수 없게 되었지만 작품 활동을 계속했으며 부유한 러시아 상인들의 삶과 즐거운 명절 풍경, 축제 등의 모습을 화려하게 담아냈다. 쿠스토디예프는 1927년 5월 28일 레닌그라드에서 49세를 일기로 생을 마쳤다.

보리스 쿠스토디예프, 〈자화상〉, 1912

회오리

F. 말랴빈,
「회오리」

F. 말랴빈은 이 그림을 1905년에 구상하여 1906년 '예술세계' 전시회에서 공개했다. 제목은 〈회오리(whirlwind)〉다. 강렬한 붉은빛으로 가득한 대작인 데다 러시아 혁명기여서 사람들은 그림의 주제를 혁명과 연관시키기도 하였다.

넓게 퍼져 둥그렇게 펄럭이는 치마와 머리에 둘러 쓴 숄, 흥겨운 손동작의 율동감으로 작품 전체가 정열로 가득 차 있다. 황토 빛으로 햇볕에 그은 춤추는 농촌 아낙들의 상기된 얼굴 역시 붉은빛으로 물들어 있다. 굵직굵직한 강한 붓의 터치가 현란하다. 널름대는 화염 같기도 하고 만개한 꽃 같기도 하다. 이미 탄력이 붙은 춤사위에 몸을 그대로 맡겨버린 농부(農婦)들에게서 강한 생명력과 삶의 환희가 느껴진다. 그렇게 보면 이 그림에서 성장하고 있는 민중 봉기의 전조를 느꼈을 수도 있었을 것이다. 한편 붉은색으로 상징되는 러시아 영혼의 힘을 느낄 수도 있다.

카잔의 한 마을, 형제 많은 농민 가정에서 태어났던 말랴빈은 16세 때 그리스의 한 정교회 수도원으로 보내져 성상화를 6년간 수학하였는데 거기서 만난 유명한 조각가 V. 베클레미세프의 추천으로 1892년 페테르부르크의 예술아카데미에 들어갈 수 있었다. 이후 일랴 레핀을 만나 그의 후계자들 중의 하나로 명성을 얻기 시작, 〈웃음〉(1899)이 대단한 성공을 거두게 된다. 고대 성상화가들 이후 말랴빈의 그림에서 최초로 '붉은색'이 완전하게 표현되고 있다는 평가를 받았다. 이 작품의 붉은색도 이콘에서 많은 부분을 취한 것으로 보인다.

말랴빈은 1922년 전시회 개최를 위해 외국으로 떠났다가 프랑스에 정착하게 되고 1930년대에는 유럽 여러 도시들에서 전시회를 개최하여 성공을 거둔다. 그러나 제2차 세계대전 때 브뤼셀에 머물렀는데 독일군에게 스파이로 몰렸다가 풀려났지만 70세 고령으로 그의 집이 있던 니스까지 걸어 도착한 후 건강 악화로 곧 사망하게 된다. 말랴빈도 역사의 회오리를 피해갈 수는 없었던 것이다.

〈회오리〉 속의 여인들을 보면 A. 솔제니친의 『마트료나의 집』(1963)이란 작품의 여자 주인공 마트료나가 생각난다. 『마트료나의 집』은 솔제니친 자전적 요소가 녹아든 중편소설로 역사와 운명의 회오리에 휘말린 순박한 러시아 여인의 삶이 담담한 필체로 투영된 작품이다.

1인칭 화자인 나는 1956년(《신세계》 잡지에 발표될 당시에는 검열의 요구로 흐루시초프 시대 이전인 1953년으로 수정했지만 이후에 1956년으로 원상 복구되었다) 러시아로 돌아온다. 10년을 해외에서 머물렀던 나는 "부르는 곳도 기다리는 곳도 없어 수학 선생이 필요한 오지로 가는 것이 꿈"이었다. 그런 화자가 정착하게 된 곳은 모스크바에서 카잔 쪽으로 184km 떨어진 탈리노보 마을이다. 급료 이외에도 학교에서는 겨울용 땔감으로 한 차분의 이탄을 제공하였기 때문에 형편이 넉넉지 않은 사람들에게 괜찮은 하숙생이었던 화자가 선택했던 곳이 바로 혼자 사는 마트료나의 집이었다. "추운 서쪽을 향해 4개의 창문이 있는…… 18개 통나무 높이인 낮지 않은 오두막집"이었지만 지금은 "톱밥이 곰팡이 슬고, 낡아서 회색빛"이 된 집이었다. 독립된 방도 보장되지 않고 그냥 칸막이를 세우고 한 집에서 지내야 하는데도 그 집을 선택한 이유는 그곳이 바로 이 마을에서 가장 아름답게 느껴졌기 때문이다. 그 집은 "말라가는 개울로 이어지는 연못을 건너는 작은 다리 너머에 위치해 있었는데, 두세 그루의 버드나무가 서 있고 연못에는 오리들이 떠 있었으며 거위들이 깃털을 털며 개울가로 나오고 있었다".

화자를 마트료나에게 데리고 간 안내자의 설명은 "깨끗하지 못하고 그냥

F. 말랴빈, 〈회오리〉, 캔버스, 유화, 223×410, 1906

방치한 채 살고 있으며 아프다"는 것이었다. 화자는 "가끔 바퀴벌레의 다리나 머리카락 등이 수프에서 나오기도 했고", "차려주는 음식은 찐 감자와 걸쭉한 죽이나 수프가 전부"였던 정갈하지도 깔끔하지도 않은 성격의 마트료나와 적응해 나간다. 또한 불쌍해서 데려다 키운 "가끔씩 바퀴벌레도 먹는" 지저분하고 다리를 저는 흰 고양이, 그런 "고양이를 죽이게 될까 봐 약을 놓지 않아서" 집 안에 득실득실 했던 바퀴벌레들, "형편이 넉넉할 때 푸르스름한 산호색 벽지를 5겹으로 발라서 벽지는 서로서로 잘 붙었는데 정작 벽에서는 여러 군데에서 분리되어 오두막의 내피처럼 되어버렸고…… 그 벽지의 내피를 따라 통로를 만들어 그 사이와 천장을 돌아 다녔던" 쥐들과의 공동생활도 습관이 되어 간다.

마트료나의 남편은 죽은 지 15년이 지났고 아이들이 사산되거나 어렸을 때 죽어버려 자식도 없었다. 게다가 그녀는 "반세기를 집단 농장에서 일했지만 공장에서 일한 것이 아니라 연금이 지급되지 않았고" 부양자가 없다는 이유로는 연금을 받을 수 있었지만 죽은 남편이 일했던 장소와 기간에 대한 증명서를 받으러 다니는 것도 여의치 않아 포기한 채 근근이 살아간다. 그렇지만 돈벌이도 되지 않는 모두가 마다하는 남의 일이나 집단 농장의 일도 꾀 부리지 않고 도와준다.

그녀에겐 시숙인 파제이, 양녀인 끼라, 시누이들이 가끔 드나든다. 파제이의 둘째딸인 끼라를 양녀로 삼아 길러 시집을 보냈는데, 파제이는 마트료나의 전 약혼자였다. 파제이는 "제1차 세계대전이 시작되자 징집된 후 3년이 지나 헝가리 포로에서 돌아왔지만" 마트료나는 그를 기다리지 못하고 그의 동생이었던 에핌에게 시집을 갔다. 마트료나를 사랑했던 파제이는 약혼녀의 배신에 대한 앙갚음으로 같은 이름의 아내를 얻어(마트료나) 때리면서 살았고 동생이 죽자 말년에는 마트료나의 유일한 소유였던 오두막을 가지려고 혈안이 되었다. 파제이는 마트료나가 아직 살아있는데도 헛간을 헐어 그 목재를 끼라에게 주라고 끊임없이 요구하다가 결국 그 목재를 옮기는 날 철도 건널목에서 열차 사고를 당해 그녀를 죽게 하고 만다.

마트료나의 철도 사고 소식을 듣고 화자는 젊은 시절 파제이가 고향으로 돌아왔을 때 그들의 오두막 문지방에 서서 에핌에게 "네가 내 형제가 아니었다면 너희 둘을 도끼로 찍어 버렸을 거다!"라고 서슬퍼렇게 울부짖었던 그 저주가 '40년을 묻혀 있다가 낡은 도끼처럼 내려찍은 느낌'이 들었다. 번개, 화재, 기차를 가장 무서워했던 마트료나 바실리예브나 그리고리예바는 자신의 헛간을 부순 나무를 싣고 가는 일을 도와 기차 건널목을 건너다가 변을 당하게 된다.

〈회오리〉는 한때 건강한 생명력을 내뿜었을 마트료나를 떠오르게 한다. 젊은 시절 그녀는 "시어머니가 허리 부러지겠다고 걱정할 정도로 5푸드(pud, 1푸드는 16.38kg)씩 짐을 나르곤 했던" 건강하고 강인한 러시아 여성이다. 나이 들어서도 남의 일 돕는 데 자신의 몸을 아끼지 않았지만 가진 것이라곤 무화과 꽃 화분, "혼자 먹기에 충분한 젖을 주었던 암염소 한 마리", 아무도 돌보지 않았던 고양이, 그리고 오두막이 전부였다.

마트료나의 집을 처음 보았을 때 "뜰과 오두막, 그리고 모든 것이 하나의 연관 속에 있었다"는 화자의 말처럼 헛간을 무너뜨림으로 그 연관과 통일성이 파괴되자 마트료나도 더 이상 존재할 수 없었던 것은 아닐까. 마트료나는 역사와 운명의 회오리 속에서 그것을 거스르지 않고 춤을 추듯 몸을 맡긴 채 살아왔던 또 다른 러시아 영혼의 모습을 보여주고 있다.

필립 말랴빈(1869~1940) 카잔마을(현재 오렌부르크 주 토츠키 지역) 다자녀 농민 가정에서 태어났다. 1885년 정교회 수도원에 보내져 성상화를 제작하는 곳에서 배우며 일하게 된다. 그 후 당시 유명한 건축가 V. 베클레미셰프의 눈에 띄어 페테르부르크로 가게 된다. 1892년 페테르부르크예술아카데미 회화과에 청강생으로 입학하였고 1894년 아카데미 산하에 레핀 화실이 개관되자, E. 그라바리, C. 소모프, A. 오스트로우모프 등과 함께 레핀의 제자가 된다. 1900년 말랴빈은 파리 전시회에 〈웃음〉을 출품해서 금메달을 땄으며 이 그림은 베네치아에서도 전시되는데 베네치아아카데미를 위

해 이탈리아 정부가 구입하였다.

필립 말랴빈, 〈자화상〉, 1927

러시아로 돌아온 후 1900년대에 말랴빈은 이동파 전시회에 참여하였고 1906년에 작품 〈회오리〉, '예술 세계' 전시회에 전시하였다. 이후 그는 '러시아 화가 동맹'의 회원이 된다. 러시아혁명 이후 1920년 모스크바로 이사하였으며, 1922년 프랑스로 전시회를 개최하러 떠났다가 파리에 정착해서 러시아로 돌아오지 않았다. 그 후 해외에서 성공적으로 작업하면서 전시회를 개최하였으며 1930년대에 니스로 옮겼다. 제2차 세계대전 당시 벨기에의 브뤼셀에 있었는데 독일군에 의해 스파이 혐의로 고소당하였다가 풀려난 후 니스까지 걸어서 도착한 후 1940년 12월에 사망했다.

알렉산드르 솔제니친

알렉산드르 솔제니친(1918~2008) 솔제니친의 삶을 정리하면 대략 다음과 같다.

- 1918년 러시아의 유명한 휴양지 키슬로봇스크에서 태어났다. 장교였던 아버지는 어릴 적 사냥 중에 사고로 죽고 신실한 정교회 신자였던 어머니와 가난 속에서 자랐다.
- 로스토프 국립대학교 물리 수학 학부에 입학하여 우등으로 졸업하였다. 대학생활 중에 독학으로 역사, 철학, 문학 등을 공부하다가 모스크바 철학 문학 역사 대학교를 비출석과정으로 다녔다.
- 1941년 제2차 세계 대전이 일어나자 포병 장교로 전쟁에 자원입대하였다. 군복무 중 스탈린을 '빠한(도적의 우두머리, 노련한 범죄자)'이라고 지칭한 편지를 친구에게 보냈다가 1945년 체포되어 8년간의 수감생활과 3년간의 유형 생활을 했다.
- 유형을 마치고 1962년 트바르돕스키가 편집장으로 있던 《신세계》지 11월호에 중편 〈이반 데니소비치의 하루〉를 발표하여 일약 세계적인 작가가 되었다.
- 1970년 노벨문학상 선정, 이후 1974년 추방되어 독일을 거쳐 미국에 거주하였다.
- 1994년, 20년간의 망명생활을 마치고 귀국하여 러시아 시민권을 회복하였다. 1993년부터 1996년에는 《신세계》지에 '2부로 된 단편들'을 발표하였다.
- 2007년 푸틴 대통령은 예술가들의 최고 명예상인 국가공로상을 직접 수여하였고, 2008년 8월 3일 심장마비로 타계, 모스크바 돈스코이 수도원에 묻혀있다.

솔제니친의 삶에서 가장 눈에 띄는 부분은 수감생활과 유형이다. 조금 과장되게 말하면, 유형은 러시아문학가가 지나가야 할 통과의례 중 하나였다. 물론 모든 작가들이 유형을 간 것은 아니지만, 많은 작가가 유형을 경험한다. 19세기에는 푸시킨과 도스토옙스키가 대표적이고, 20세기에는 솔제니친이 그렇다. 8년의 수감 생활과 유형생활 3년, 도합 11년을 사회로부터 격리된 삶을 산 솔제니친은 1956년 풀려나 수학교사 생활을 한다. 그 와중에서 집필활동을 시작한다. 그리고는 1962년 당시 가장 큰 사회적 영향력을 보여주던 저널, 《신세계》(우리로 하면 1970년대의 《사상계》나 1980년대의 《창작과 비평》쯤 되겠습니다)에 『이반 데니소비치의 하루』를 발표하면서 일약 시대를 대표하는 작가로 부상한다. 대부분의 작가가 20~30대에 이미 작가로서의 위상을 다지기 시작했다면, 솔제니친은 40대에 들어서서 단번에 문단을 장악하였고 노벨문학상을 받는 최고의 영예를 누린다.

흥미로운 상태

P. 페도토프,
「어린 과부」

러시아에선 임신한 상태를 '흥미로운 상태에 있다' 또는 '상태에 있다'라고 말하는데, '재밌는, 흥미로운'이란 뜻의 'interesnyj'라는 단어가 사람을 수식할 때는 '매력적인'이란 뜻도 되니 '매력적인 상태에 있다'라는 말도 된다. 임산부는 자신의 상태를 흔히 '아기를 기다리고 있다'라고 말한다. '흥미로운 상태에 있는' 여인의 운명을 가장 아름답고 애처롭게 표현한 그림이 페도토프의 〈어린 과부〉이고 임신한 여인에 대한 영화가 1999년에 개봉된 타지기스탄 영화 〈달아빠〉이다.

임신을 했음에도 가냘프고 마른 앳된 여인이 눈물이 마르지 않은 얼굴을 기울인 채 손수건을 든 손을 배 위에 올려놓고 서랍장에 기대어 서 있다. 서랍장 위에는 남편의 초상이 놓여 있고 그 곁에 성상화가 자리하고 있다. 여인의 모습은 자신의 운명을 힘없이 받아들이고 조용히 감내하는 청순함과 순수함으로 보는 사람의 마음에 애처로움을 더한다.

페도토프가 이 그림을 그린 것은 여동생 류빈카의 운명 때문이었다. 류빈카의 남편은 파산해서 빚만 남긴 채 임신한 아내를 두고 죽어버린다. 그런 여동생의 운명은 페도토프로 하여금 붓을 들게 만들었다. 하지만 페도토프는 여동생과 제부의 초상을 그림에 옮기지는 않았다. 서랍장 위의 남편 초상에는 제복 입은 자신의 얼굴을 그려 넣었고, 어린 과부의 얼굴 부분을 제외하고 그림을 마친 페도토프는 과부의 얼굴을 찾으려고 스몰렌스키 수도원 묘지 등에서

P. 페도토프, 〈어린 과부〉, 캔버스, 유화, 62×47, 1851~1852

슬퍼하고 있는 젊은 여인들을 살피기도 했다. 그런데 이 초상의 주인공은 따로 있었다. 페도토프가 친구와 함께 한 콘서트에 갔다가 거기서 젊은 여인을 우연히 보게 되는데 그 여인의 눈매와 모습을 그려 넣게 된 것이었다. 그렇지만 페도토르는 이 그림에 만족하지 못했다고 한다. 어린 과부의 모습이 고통에 순응하고 너무 고통에 녹아버린 느낌이어서 잔혹한 운명에 맞서는 고양된 정신성과 나약한 육체를 제대로 표현하지 못했다고 생각했다.

이 그림이 잔혹한 운명에 녹아든 여인의 모습을 그려내고 있다면 영화 〈달아빠〉는 잔혹한 운명에 맞서는 여인을 코믹하면서도 따뜻한 시선으로 그려내고 있다.

영화는 태아인 '하비불라'가 세상에 태어나기 전까지 자신의 엄마에게 일어났던 일을 이야기하는 형식으로 진행된다. 1999년 러시아 · 독일 · 스위스 · 오스트리아가 참여하여 바흐티요르 후도이나자로프 감독이 중앙아시아의 타지기스탄에서 제작하였다. 저예산 영화임에도 불구하고 수많은 영화제에서 '여우주연상', '각본상', '감독상' 등을 수상하였다.

여주인공 '마믈라카트' 역을 맡은 1975년생 '출판 하마토바'는 카잔 태생으로 젊은 나이에 이미 '러시아 인민배우' 칭호를 받았고, 2005년 러시아에서 TV 시리즈물로 제작된 〈닥터 지바고〉에서 '라라' 역할을 맡는 등 다수의 영화와 연극에 출연한 러시아의 대표적 여배우다.

중앙아시아의 바닷가 어느 마을 파르호르에 사는 마믈라카트는 '추수'라는 시골 공연팀에서 '수박' 역할을 맡아 연기와 춤을 하며 연극배우로서의 꿈을 키우는 18세 소녀다. 세상에서 무엇보다도 '연극'을 좋아하는 마믈라카트는 전쟁에 참여한 후 정신이상이 된 오빠와, 마믈라카트를 낳다 아내가 죽은 후 혼자서 두 아이를 키워낸 홀아버지와 함께 살며, 카페에서 일한다. 마을에 유랑극단이 도착하는 날 연극을 보고 싶어 하는 딸과 아들을 데리고 집에서 기른 토끼를 팔러 갔던 아버지는 미안한 마음에 토끼 판 돈으로 흰 원피스를 딸에게 선물하고 연극을 볼 것을 허락한다. 그러나 마믈라카트가 도착한 야외극장에서는 순회공연이 끝나버렸고 돌아오는 밤길에 여러 연극 대사들을 읊조리는 목소리에 이끌려, 자신을 '27세의 연극배우'라고 소개한 한 남자에게 겁탈을 당한다. 어두운 달밤에 그의 얼굴조차 보지 못하고 목소리와 배우라는 말만을 기억한 채 집으로 돌아온 마믈라카트는 그 일로 임신을 하게 된다.

그날 보려고 했던 연극이 셰익스피어의 4대 비극 중 하나인 〈오셀로〉였고, '오셀로'가 간악한 신하의 이간질하는 목소리에 속아 아내 데스데모나의 정절을 의심하여 결국 아내를 죽이고 자신도 자결하는 비극이라는 것을 염두에 두면 그의 목소리에 현혹되어 인생이 뒤바뀌게 된 상황이 우연은 아니다.

마믈라카트는 임신 사실을 알고 여자친구와 함께 마을의 유일한 의사를 찾아가서는 상황을 말하고 중절수술을 부탁한다. 다리를 올려놓게 되어 있는 산부인과 침대 의자에 손을 올려놓고 거꾸로 엎드려 눕는다. 순진하고 어린 소녀를 수술한다는 것이 안쓰러웠던지 잠시 머뭇거리던 나이든 의사는 병원 앞 아이스크림 행상 아주머니에게 두 처녀에게 줄 아이스크림을 사러 나간다. 아직 내전이 멈추지 않는 복잡한 중앙아시아의 국내 상황을 반영해주듯이, 거기서 의사는 우연한 총격전에 휘말려 목숨을 잃게 되고, 마믈라카트는 배 속 아이를 중절할 기회를 잃게 된다.

"애 아빠만 찾으면 떳떳하게 결혼하고 아이를 낳을 수 있을 것이다"라고 말하는 아버지를 따라 정신병자 오빠와 함께 마믈라카트는 낡은 왜건을 타고 애 아빠를 찾아서 셰익스피어의 〈오셀로〉 연극을 하는 순회 공연단을 따라 전국을 떠돌게 된다. 그 달밤 목소리의 주인공을 찾아 '애 아빠 찾아 삼만리'가 시작된 것이다.

그 과정에서 노잣돈이라도 보태려고 마믈라카트는 헌혈하면 5달러를 준다는 광고를 보고는 구급차로 위장한 불법 매혈을 하는 곳을 찾아가게 되고 흰 가운을 입은 '알리크'를 만나게 된다. 단속을 나온 경찰에 쫓겨 마믈라카트는 매혈을 못하게 되었지만, 임신한 여자가 매혈하려는 딱한 처지를 가늠한 알리크가 쥐여 준 5달러를 들고는 그를 좋은 의사라고 착각하게 된다.

'27세 연극배우 아빠'를 찾는 각고의 노력은 모두 실패로 끝나고 더 이상 아버지와 오빠를 힘들게 할 수 없다고 생각한 마믈라카트는 막달의 배를 안고 혼자 길을 떠나기로 결심한다. 여행길의 기차 안에서 카드노름을 하다 사기 시비에 걸려 곤경에 빠진 알리크를 다시 만나게 된다. 알리크를 살리려고 마믈라카트는 다급한 마음에 '애 아빠'라고 거짓말을 하게 되면서, 자신을 '좋은 의사선생님'으로 알고 목숨을 구해준 마믈라카트와 협잡꾼 알리크는 사랑에 빠진다. 그 둘은 결혼하기로 약속하고 고향으로 함께 돌아온다. 드디어 '애 아빠'를 찾았다며 기뻐하는 아버지는 곧장 혼인식을 준비한다. 마을 사람들도 그동안의 멸시와 천대를 뒤로하고 축하해 주며 만삭의 신부와 신랑의 선상 결혼식이 시작된다.

그러나 아름다운 만삭의 신부 마믈라카트의 결혼식에서 아버지와 알리크가 사진을 찍으려던 순간, 하늘에서 별안간 소가 떨어져 덮쳐서 바다에 빠져 익사하고 만다.

정신병자 오빠와 단둘이 남겨진 마믈라카트는 다시 카페에서 일을 하게 된다. 어느 날 카페에 우연히 몇 번 들렀던 여객수송기 조종사가 '얼마 전에 소를 운반하다가 비행기가 균형을 잃어 바다 위에서 소를 떨어뜨려버렸다'는 일화를 동료들에게 웃고 떠들며 얘기하는 것을 듣게 되고 그가 바로 아버지와 신랑을 죽인 장본인이라는 사실을 알게 된다. 그런데 그 여객수송기 조종사도 그녀를 알아보고 무엇인가를 말하려는 듯이 황급히 그녀의 뒤를 쫓는다.

그가 바로 그 달밤에 셰익스피어의 연극 순회 공연팀 배우들을 싣고 왔던 조종사였고 자신을 배우라고 속이고 소녀를 범했던 인물이었다. 아버지와 신랑의 원수를 갚고자 집으로 돌아와 권총을 찾아 조종사에게 겨누던 마믈라카트에게 자신이 바로 그날 밤의 '배우'라고 밝히지만 그녀는 그 사실에 더욱 치를 떨게 되고 그에게 총을 쏘지만 총을 피한 그는 깊은 잠에 빠져들어 버린다.

아무리 깨워도 일어나지 않는 조종사와 정신병자 오빠와 마믈라카트의 새로운 생활이 시작되고, 마을 사람들은 그 사람이 깊은 잠에 빠졌다 하더라도

애 아빠라면 그와 결혼해야 한다고 마믈라카트를 압박한다. 마을 사람들에게 쫓기던 만삭의 마믈라카트를 오빠는 지붕 위로 올려 보내고 마을 사람들을 저지하는 사이 마믈라카트는 오빠의 바람과 상상대로 지붕을 타고 하늘로 날아가며 진통을 시작한다. 영화는 하늘로 날아가며 바다 위를 빙빙 도는 지붕 위에서 마믈라카트 배 속 태아 하비불라가 "자, 이제 제가 세상에 태어날 차례입니다"라는 멘트로 끝이 난다.

『닥터 지바고』에서 지바고의 아이를 낳은 토냐를, "항구에 입항하여 짐을 다 부리고 나서 항구에서 쉬고 있는 범선"에 비유하며 "한 영혼을 부두에 내려놓고 빈 배로 조용히 정박하고 있다"고 묘사했듯이 마믈라카트도 하비불라를 세상에 내어놓고는 이제는 정히 쉴 수 있기를 바라본다. 마믈라카트가 그렇게도 좋아했던 셰익스피어가 '인생은 연극이다'라고 했듯이 때로는 희극으로, 때로는 비극으로 치달았던 길고 긴 '흥미로운 상태'로부터 벗어나는 순간이다.

영화에 '우리의 어머니들에게'란 헌사가 붙은 것도, 여주인공의 이름이 '맘'을 연상시키는 '마믈라카트'인 것도, 그 모든 나름대로의 '흥미로운 상태'를 겪고 기어이 세상에 한 사람을 배출시킨 모든 어머니들에 대한 경의를 표한 것이 아닌가 싶다.

파벨 페도토프(1815~1852) 러시아의 풍속화가이다. '러시아의 호가스'로 알려질 만큼 19세기 중엽 러시아 민중의 삶을 특유의 해학과 풍자로 그렸다.
1815년 러시아 모스크바에서 은퇴한 장교의 아들로 태어났다. 모스크바 제1군사학교를 졸업하고 19세에 상트페테르부르크에 있는 근위대에서 장교로 군복무를 했다. 그림에 관심이 있었던 그는 밤에는 미술아카데미에서 드로잉 수업을 청강했다. 1843년 그의 나이 28세 되던 해 10년간 복무하던 부대에서 전역을 신청하고 화가로서의 삶을 선택했다.
파벨 페도토프는 제대 후 미술아카데미에 등록하여 그림공부를 계속했다. 그리고 모스크바에 있는 식구들을 부양하기 위해 가까운 친구들과 친척들의 초상화를 그리기 시작했다. 그의 초상화는 복잡하지 않고 단순 명료했다. 특히 인물의 내면을 묘사하는 데 탁월했으며, 삶 속에 녹아 있는 진솔한 모습을 담아내는 것에 열중했다.

페도토프는 1846년부터 유화로 작업을 시작했다. 이전에는 연필과 수채화를 이용했다. 그는 유화를 재료로 하여 러시아 민중의 삶을 담아내는 풍속화를 그려 나갔다. 여기에는 19세기 중반 러시아 부르주아에 대한 풍자와 비평이 짙게 깔려 있다. 당시 진보적인 문필가 및 평론가들과 어울렸던 그는 그림으로 삶의 진실과 모순을 드러내고자 했다. 비록 현실에 대한 신랄한 비판을 바탕에 두고 있지만 그의 그림은 위트와 유머로 웃음을 짓게 한다. 페도토프는 1852년 37세로 상트페테르부르크의 한 정신병원에서 사망했다.

P. 페도토프, 〈자화상〉, 1840년대

농민의 결혼식에 온 주술사

V. 막시모프,
「농민의 결혼식에 온 주술사」

19세기 러시아 이동파 화가들의 전시장에 V. 막시모프의 새로운 그림들이 도착할 때면 화가 I. 크람스코이는 오랫동안 그 작품들을 바라보곤 했다고 전한다. 그림 앞에서 아주 가까워졌다, 멀어졌다 하면서 감상하기도 하고 그 앞에 아예 쭈그리고 앉아 골똘히 몰입하곤 했다. 그러고는 "민중 자신이 자기 그림을 그렸군……"이라고 감동스럽게 말하곤 했다.

막시모프는 이동파 중에서 가장 '농민적' 화가였다. 그가 농부의 아들로 태어나서 어린 시절을 볼호프 강변에서 보낸 탓인지 농민들의 삶을 그만큼 진솔하고 가치 있게 표현한 화가도 없다. 그는 일찍이 부모를 여의고 지방 성상화가 작업실 도제로 들어가게 되면서 그림을 시작했다. 1863년에는 당대 최고의 화가 양성소였던 '상트페테르부르크미술아카데미'에 입학, 이듬해에 〈병든 아이들〉이란 작품으로 아카데미에서 금메달을 획득했다. 그러나 그는 먼저 러시아와 러시아 농촌을 더 잘 알아야만 한다는 생각에서 1866년 해외 유학 기회를 제공하는 대금메달 콩쿠르 참가를 거부한 후 아카데미에서 나와 시골로 내려간다.

이 당시 농민들의 삶은 어땠을까? A. 푸시킨은 단편집 『벨킨 이야기』 중 「귀족 영애–농민 아가씨」에서 귀족 아가씨가 부친과는 껄끄러운 사이인 이웃 영지의 귀족 청년이 궁금해서 농민 아가씨로 변장해 그를 만나는 내용을 묘사했다. 귀족 영애는 농민 아가씨로 변장하기 위해 무명 블라우스에 사라판(점퍼스

커트 같은 러시아 전통의상)을 입을 뿐만 아니라 농민의 말까지도 하녀에게 배운다. 귀족은 어렸을 때부터 가정교사를 두어 불어를 배웠고 사교모임뿐만 아니라 집에서도 불어를 사용했지만, 농민들은 그 지방의 사투리가 섞인 러시아어를 썼기 때문이다. 귀족은 프랑스나 유럽의 문화를 답습하고자 했고 농민들은 러시아 전통 속에서 생활했기 때문에 전혀 다른 문화에서 생활했다. 푸시킨은 유모 아리나 로지오브나(1758~1828)를 통해서 어려서부터 폭넓은 러시아의 민속과 전승을 접했다. 그래서 푸시킨은 러시아의 전래동화도 쓸 수 있었다. 그런 유모가 없었다면 농민의 언어와 일상이 담긴 이런 작품도 창작하지 못했을 것이다. 푸시킨은 유모에 관한 시까지 몇 편 남길 정도로 그녀에 대한 애정이 남달랐다. 푸시킨이 유명해지자 후대 사람들은 아리나 로지오브나가 살았던 코브리노 마을의 농가를 박물관으로 만들어 전시하고 있다.

막시모프는 1872년부터 이동파로 활동하며 그에게 익숙하고 친숙한 농민들의 일상을 그리는 데 전념하였다. 1875년에 발표된 〈농민 결혼식에 온 주술사〉도 그중 하나다. 그는 유명 화가가 된 후에도 농민들과 함께 보통의 농가에서 살면서 거기서 작업을 하였다. 농민들은 작품의 주인공이자 첫 번째 관람자였다. 막시모프는 그들의 충고를 소중히 여겨서 그림들에서 많은 부분을 시골 친구들의 지적에 따라 고치곤 했다. 농민들은 그에게 "우리를 그리는 것은 좋지만, 그리려면 제대로 그려 달라"고 부탁했다고 한다.

〈농민 결혼식에 온 주술사〉에 대한 구상은 어린 시절에 보았던 결혼식에 대한 회상에서 비롯되었다고 한다. 그가 아직 소년이었을 때 신랑 신부는 '붉은 구석'(성소, 러시아 가정에서 성상화를 걸어 놓고 초를 항상 켜놓는 곳으로 보통 입구 맞은편 오른쪽이다. 지금도 여전히 상석으로 취급된다)에 서 있었는데 너무 아름다워서 모두가 감

V. 막시모프, 〈농민의 결혼식에 온 주술사〉, 캔버스, 유화, 116×188, 1875

탄하고 있었다. 그때 갑자기 개를 데리고 어떤 이가 들어와 부츠도 벗지 않고 문턱에 서 있었다. 모두 놀라서 수군댔다.

"주술사다, 주술사가 왔다."

그러자 아저씨가 일어서서 "여보게, 젊은이들의 건강을 위해 한 잔 마시게, 그리고 잔치를 방해하지 말게나"라고 말하며 술잔과 얼마의 돈을 손에 쥐여 주자 그는 개를 데리고 사라졌다는 일화다.

이 작품에서 막시모프는 관객석에서 보는 무대처럼 농가 안의 모습을 보여주고 있다. 거기서 신랑 신부는 성장을 하고 혼인식을 올리고 있다. 주인공인 신랑 신부는 상석인 '붉은 구석'의 성상화 아래 서 있다. 친척들과 이웃들이 식탁의 자리를 메웠다. 즐거운 잔치가 시작됐다. 그런데 갑자기 문이 열리면서 손에 옹이가 많은 지팡이를 들고 눈 덮인 모피 외투를 입은 노인이 들어왔다. 시골 주술사였다. 모두가 놀라서 문 쪽으로 고개를 돌렸다. 대화와 농담이 뚝 그쳤다.

여주인이 서둘러 자세를 낮추며 그에게 빵과 소금(러시아에서는 귀한 손님이 오면 환영의 의미로 빵과 소금을 내민다. 그러면 손님은 빵을 한 조각 떼어내어 소금에 찍어 먹는다)을 가져온다. 매부리코에 날카로운 눈의 주술사가 눈 속을 걸어왔는지, 외투와 부츠의 눈도 털지 않고 곧바로 신랑 신부를 향해 서 있다. 놀란 사제는 자리에서 조금 일어서서 무언가 신랑에게 팔을 들어 해명을 하는 듯하다. 불청객이니 자신이 괜히 미안한 노릇이다.

준수한 외모의 신랑이 무엇인가를 해명하는 사제를 갸우뚱하게 고개를 약간 신부 쪽으로 기울인 채 미심쩍은 듯이 보고 있는 것에 반해, 신부는 소곤대는 노파의 말에는 아랑곳하지 않은 채 꼿꼿하게 서서 입을 꼭 다문 야무진 표정이다. 예복인 붉은 사라판(러시아 여인들의 전통의상)을 입고 화려한 머리장식과 귀걸이로 멋을 냈지만 농사일과 집안일로 불그레하게 탄 얼굴과 뚜렷한 이목구비는 자연스럽고 강인한 러시아 여인들의 아름다움을 잘 나타내주고 있다. 그녀는 주름투성이의 주위 친지들과 이웃들 사이에서 유일하게 젊고 반

듯한 아름다움을 드러낸다.

결혼을 나타내는 러시아어는 '브라크'(공식적인 의미로 많이 쓰임), '스바지바'(우리말로는 혼인과 비슷함), '제니치바'[제니흐(신랑)에서 나온 말로 주로 남자의 결혼을 의미한다] 등이 있다. 이 작품에서는 농민의 결혼식을 '스바지바'로 표현했다. 주로 공식적이고 의식적인 성격의 결혼식을 표현하는 '브라크'에 비해서 러시아식 전통 혼례를 나타내는 말이기 때문이다.

막시모프는 이 그림에서 하찮고 비참하게만 그려졌던 농민들의 삶 속에도 경건하고 아름다운 순간들이 존재하고 전통과 풍습이 이어져 내려오고 있다는 것을 보여주고 싶었던 것 같다. 그는 마지막 20년 정도를 쓰디쓴 가난과 질병으로 신음하며 보냈다. 이미 새로운 경향의 화가들이 등장하여 그의 그림을 사려는 사람들도, 주문하려는 사람들도 거의 찾을 수가 없었기 때문이다. 그러나 그런 막시모프로 인해 우리는 러시아 농민의 일상과 그들 인생의 중요한 순간들을 접할 수 있다.

바실리 막시모프(1844~1911) 러시아 이동파 화가, 풍속화의 대가이다. 농노의 아들이며 페테르부르크의 성상화 제작소에서 공부했다(1855~1862). 1863년 황실예술아카데미에 청강생으로 들어가서 F. 브루니, A. 마르코프 등에게 사사했다. 1865년 〈자유로운 아이들〉로 금메달을 획득하고 제3급 예술가 칭호를 받지만(1866) 민중의 모습을 표현하는 창작을 하고자 트베르 현으로 떠난다. 1871년부터 1912년까지 이동파 전시회에 출품하였다. 주로 농민생활을 묘사하였고 시골생활의 긍정적인 부분과 러시아 민중의 장점들을 화폭에 담았다. 말년에는 빈곤 속에서 생활하다 생을 마감하였다.

I. 크람스코이, 〈막시모프의 초상〉, 1878

소령의 구혼

P. 페도토프,
「소령의 구혼」

중매자가 나서서 결혼을 성사시키는 것은 오래된 관습이다. 러시아도 마찬가지다. 러시아에서는 중매를 하려면 우선 신부 될 처녀에 대한 정보를 수집한다. 처녀가 어떤 '집안'인지를 자세히 알아보는 것이다. 수집된 정보가 신랑 가족의 마음에 들면 날을 정한다. 몇 단계로 중매 절차가 진행되기도 하고 한날에 모든 것을 정하기도 했다.

그러나 정보가 아무리 훌륭해도 처녀는 신랑 측에 반드시 '선'을 보여야 하는데 대개는 처녀 집에서 행하곤 했다. 신랑과 중매쟁이가 있는 방 중앙으로 처녀를 데려와서 이러저러한 행동을 할 것을 요구한다. 중매쟁이가 앉아있는 의자 옆으로 지나가 봐라, 차례로 손을 들어 올려 봐라, 머리에서 머플러를 풀어 봐라 등등. 그렇게 자세히 처녀를 살펴보면 신체적 결함이 드러나기 마련이다.

'신체검사'가 끝나면 신랑이 결정을 내릴 차례다. 신부가 맘에 들면 바로 다음 사항들을 합의하게 된다. 신부에 대한 결정을 내리기 위해 선을 본 사람들이 현관 계단으로 나가기도 한다. 그럴 경우 신랑이 다시 방으로 돌아오면 신부 측 엄마가 그에게 꿀물을 건네준다. 그가 한 번에 잔을 다 비우면 청혼을 기다리기만 하면 된다. 만약 신랑이 잔을 입에만 댔다가 식탁에 놓으면 없던 일로 한다.

때로는 신랑 측이 중매쟁이에게 결혼을 이미 약속한 한 후에 선을 보기도 한다. 이것을 '스비다니에'(만남이란 뜻으로, 끝인사로 주로 사용된다)라고 불렀다.

그 '만남'에 대한 공표는 신부 집에서 '많은 사람들'이 보는 앞에서 행해졌다. 이 경우 신랑이 신부 측에 오면 반드시 그 앞에서 음식 접대가 이루어지곤 했다.

중매 절차는 농촌과 도시가 확연히 달랐다. 농촌에서는 보통 신랑의 친척들이 중매를 했다. 신부의 집으로 들어가서 처음에는 차를 마시며 일반적인 대화를 나누다가 "당신네는 물건이 있고, 우리에겐 살 사람이 있지요"라고 말한다. 부모들이 중매에 반대하지 않는다면 대답은 하나다. "그렇죠. 처녀에게 중매 들어오는 것이 흉은 아니죠……."

그렇게 선을 본 후 곧바로 스가보르(쌍방의 결혼 합의. 이때 신부의 지참금 정도가 결정된다)가 이루어지면 파모프카(약혼 발표)와 오브루체니에(반지 교환)가 동시에 이루어지기도 했다. 그런 다음 일정한 절차에 의해서 결혼식이 진행되었다.

〈소령의 구혼〉이란 작품은 P. 페도토프에게 영예와 명성을 가져다주었다. 이 그림은 중매쟁이의 주선으로 결혼하려는 나이 든 소령과 상인 집안 처녀의 모습을 묘사한 작품이다. 발표 1년 전 페도토프는 「소령의 결혼 또는 상황의 수정」이라는 서사시를 썼다. 그 서사시는 부유한 상인 딸에게 결혼하려는 자신의 계획을 수정하기로 결심한 소령에 대해 묘사하고 있다. 그러므로 이 그림의 제목은 문학 작품 테마의 독특한 전개 형식이 된 셈이다.

화가는 우리에게 신랑을 맞을 준비를 마친 상인의 집을 보여주고 있다. 거실로 보이는 방 안은 고가의 그림들, 화려한 샹들리에, 값비싼 벽지, 촛불이 타고 있는 은촛대들, 테이블보와 여러 소품들로 가득하여 주인의 재력을 한껏 뽐낸 흔적이 엿보인다. 귀족들 사이에 유행이던 애완용 고양이까지 보인다. 꼬리가 구부러진 것이 '샴' 고양이 같은데 집안에서 벌어지는 일에는 무관심한 채 바닥에 앉아 제 장난에 열중이다. 혈통 있는 고양이 양반께서 어찌 상놈들 하는 일에 끼어드시겠느냐는 식이다.

손님이 도착했다는 소식에 따끈한 블린(러시아식 팬케이크)을 막 내오는 중년의 하녀, 뒤에서 소곤대는 집사들로 보이는 아낙네들, 머쓱하게 서 있는 신

P. 페도토프, 〈소령의 구혼〉, 캔버스, 유화, 58.3×75.1, 1848

부 측 아버지로 보이는 허연 수염의 노인, 중매쟁이 여인, 문밖에 못 마땅하다는 듯 서 있는 신랑, 팽 돌아선 신부, 그런 신부의 치맛자락을 황급히 붙잡은, 값비싼 숄과 드레스로 한껏 멋을 낸 신부 어머니 등은 마치 한 편의 드라마가 정지된 장면을 보여주는 듯하다.

문밖에 서 있는 신랑의 모습으로 봐서 신부 집에 도착한 것이 조금은 시간이 흐른 것 같다. 신부 측의 환영이 못마땅한지 한 손은 허리에 대고 한 손은 문에 기댄 채 수염을 꼬고 있는 폼이 '나를 뭘로 보냐'는 거드름이 느껴진다. '내가 비록 지금은 너희 집안과 결혼하려고 여기까지 왔지만 왕년엔 잘나갔다'는 듯 눈을 가늘게 뜨고 떨떠름하게 입을 다문 표정이다. 그 나이에 소령밖에 안 된 것도, 신부의 지참금이나 노리고 상인 집안을 기웃거리는 지금의 신세도 그리 자랑거리는 아닌 것 같은데 허세가 대단하다.

중매쟁이로 보이는 아낙네는 한 손으로는 문 밖의 신랑을 가리키며 '이렇게 신랑을 문밖에 홀대할 것이냐'는 듯 신부 아버지로 보이는 노인에게 얼굴을 들이대며 따지는 모양새다. 거의 다 된 것 같았던 혼사가 눈앞에서 틀어지는 것 같아 안타까운 듯 손수건을 꽉 쥔 손이 불안한 기색이다. 이 중매로 부자 상인에게서 한 몫 뜯어낼 셈이었는데 새침한 신부 때문에 여기까지 데려온 신랑한테도 면목이 없다.

아마 벌써 한 잔 한 것인지, 오래된 술버릇으로 주독이 오른 것인지 콧등과 볼이 불그레한 노인은 벌어지고 있는 일에 대해 그냥 무대책으로 서 있다. 자신에게 항의하는 중매쟁이에게 뭐라 말을 하지도, 딸의 치맛자락을 붙잡은 아내를 거들 수도 없는, 입을 꾹 다문 무력한 아버지의 모습이다.

획 돌아선 딸을 당황스럽게 잡아 챈 엄마의 거친 행동이 옷차림과 비교된다. 귀족 사위 한번 맞아보겠다고 번쩍번쩍한 붉은 드레스를 입고 귀걸이, 목걸이에 레이스 손수건을 챙겨 드는 것까지 잊지 않았지만 엉겁결에 딸의 치맛자락을 붙잡은 모습은 귀족 부인의 품새와는 거리가 멀어 보인다. 아마 이 혼사는 중매쟁이와 신부 어머니의 합작품인 것 같다.

신부 될 아가씨는 신랑 맞을 준비로 아침부터 매만졌을 머리 모양하며, 발그레하게 화장한 얼굴, 진주 귀걸이, 세 겹이나 되는 진주 목걸이, 두 개씩이나 낀 진주 반지, 양쪽 팔 모두에 낀 금팔찌, 화려한 레이스 숄로 감싼 하늘하늘한 드레스로 보아 꽤나 공을 들인 차림이다.

너무 지나쳐 면사포만 쓰면 벌써 결혼식을 올리러 가도 될 것 같다. '어머나 세상에' 하듯 팔을 과장되게 올린 모양이나, 눈을 내리 깔며 턱을 약간 쳐들어 얼굴을 돌린 모습이 정말 이 결혼을 피하고 싶기보다는, 그렇게라도 자신의 저항을 새치름하게 나타내고 싶었던 것 같다. 신랑이 올 것을 알고 준비는 하고 있었지만 그래도 이렇게까지 나이든 신랑을 적극적으로 반기거나 다소곳이 받아들이기에는 자존심 상하는 일일 테니까. 게다가 막상 문밖에 나타난 나이든 신랑의 모습을 보자 갑자기 자신의 현실이 눈앞에 닥쳐와 일단은 외면하고 싶었는지도 모른다. 손수건까지 떨어뜨리고 팽 돌아섰다.

하지만 그렇게 계속 자신의 현실 앞에서 돌아설 수 있을까? 어머니와 중매쟁이는 마치 입을 맞춘 듯 붉은빛 드레스를 입고는 결혼 성사에 대한 의지를 드러내고 있는 것 같은데, 분홍빛이 감도는 하얀 드레스를 입은 처녀는 그들을 물리치기엔 너무 연약해 보인다. 게다가 이 현실을 타계할 수 있는 유일한 구원자인 아버지도 너무 무력해 보인다. 신랑이 집에까지 온 것을 보니 혼사는 거의 다 된 밥이고, 그녀를 데리고 도망쳐 줄 흑기사라도 있었다면 혼담이 여기까지 진행되기 전에 이미 그녀를 데리고 줄행랑을 쳤을 것이다.

페도토프는 이 그림에서 상인 집안의 허영심과 소령의 탐욕이 빚어낸 거래 수단으로서의 결혼을 비판하고 있다. 그런 결혼은 19세기 중반 러시아에서 어느 누구에게도 놀랄 일이 아니었다. 미술비평가 V. 스타소프가 "이것은 유쾌하고 우스운 표면적 덮개 때문에 오히려 무섭게 들여다보이는 또 다른 비극이다"라고 말했듯이, 화가는 19세기 중반의 러시아 결혼 풍속도를 크지 않은 자신의 작품 속에 해학적이고 풍자적으로 담아내고 있는 것이다. 그 시대를 살아간 여인들에게 이런 결혼은 감내하기 어려운 비극이었다.

I. 레핀, 〈스타소프의 초상〉, 1883

블라디미르 스타소프(1824~1906) 러시아의 음악예술비평가, 예술사학자, 사회활동가이다. 1936년 아버지가 그해에 설립된 법률학교에 보내지만 학창시절에 이미 예술에 대한 관심을 나타냈고 1843년 법률학교를 졸업한 후에 원로원과 법무성 등에서 일했다. 1847년 처음으로 예술에 관한 논문들을 발표하기 시작하여 1년 동안 20여 편의 논문이 세상에 나왔다. 1948년 도스토옙스키도 연루되었던 '페트라솁스키 사건'으로 페트로파블롭스키 요새에 갇혔다가 1851년 풀려나서 예술 애호가였던 우랄의 사업가 A. 데미도프의 서기 자격으로 해외로 떠나게 된다. 1854년 5월 페테르부르크로 돌아와서 그의 도움으로 '5인조 국민음악파'(무소륵스키, 큐이, 발라키레프, 보로딘, 림스키 코르사코프) 작곡가 예술 동맹이 형성되었으며 직접 '모구차야 쿠치카(강력한 무리)'라는 이름을 지어주었다. 1860년대에는 '이동파' 예술가들을 지원하여 이동파 화가들의 지원자이자 비평가로 활동하면서 첫 전시회와 이후 전시회들에 적극적으로 참여했다. 스타소프는 당시 러시아 예술계에 막대한 영향력을 행사하였으며 1900년에 상트페테르부르크황실과학아카데미의 명예회원에 위촉되었다.
1906년 페테르부르크에서 영면하여 알렉산드로 넵스키 수도원에 안치되었다.

어울리지 않는 결혼

V. 푸키레프,
「어울리지 않는 결혼」

몇 살이나 차이가 날까? 신랑과 신부라고 하기엔 너무 지나쳐 보이는 이 두 사람. 신랑은 아무리 적게 잡아도 칠십대 후반은 된 것 같고, 신부는 아무리 많아도 스무 살을 넘기지 않은 것 같아 보인다.

나이 들어 쓰러질듯 구부정한 사제가 탁자도 없이 성서를 들고 신랑 신부를 마주하였다. 온갖 멋을 부려 성장을 한 신랑이 꼿꼿하게 서서 옆의 신부를 못마땅하게 곁눈질하고 있다. 성스러운 예식에 눈물바람인 신부가 불쾌하다는 표정이다. 잊지 않고 목과 가슴에 매단 '성 안나' 훈장을 보면 러시아 제국에 대한 공로가 꽤 많으신 분 같다. 이런 소녀와 결혼을 하는 것도 마치 내가 아직은 생을 정리할 나이가 아니고, 제국에 할 일이 많이 남은 짱짱한 나이라는 사실을 입증이라도 하고 싶은 게다. 화관까지 쓰기는 머쓱했는지 벗겨진 백발은 그대로 드러냈지만 조금이라도 젊어 보이려고 얼굴에는 불그레하게 화장까지 한 모습이다.

그에 반해 신부의 모습은 측은하기가 그지없다. 화려한 드레스가 무색하게 그녀의 청초함과 연약함은 눈부시게 돋보인다. 얼마나 울었는지 눈은 벌겋게 부어올랐고 눈가에는 지금이라도 뚝 떨어질 것만 같은 눈물이 맺혀 있다. 초를 제대로 들 기운도 없는 듯 곧 쓰러질 기세다. 그녀를 평생 구속하게 될 반지가 끼워지는 순간이다. 포기한 듯 내리깐 눈이 어쩔 수 없는 자신의 운명을 눈물로 받아들인 듯하다. 그녀의 가슴에는 아직 피지도 않은 은방울꽃이 달려

V. 푸키레프, 〈어울리지 않는 결혼〉, 캔버스, 유화, 173×136.5, 1862

있고 머리에는 그 꽃으로 만든 화관이 씌워져 있다. 꽃이 너무 청초해서 '성모의 눈물'이라는 애칭으로 불리는 이 꽃의 꽃말은 '행복, 순결'이다. 그래서인지 서양에서는 신부들이 결혼식 부케로 많이 드는 꽃인데, 이 상황에는 너무 아이러니다. 아직 꽃망울이 활짝 피지도 않은 꽃이 마치 어린 신부를 상징하는 듯하다.

신부 뒤쪽에서 팔짱을 끼고 냉철하고 냉담한 시선으로 신랑 쪽을 향하고 있는 한 젊은이가 있다. 샤페르(러시아의 교회 결혼식에서 신랑 신부를 보조하는 사람)로 보이는 그는 배경의 인물 군상들 사이에서 도드라지며 신랑 신부와 삼각구도를 이룬다. 바로 V. 푸키레프, 화가 자신의 초상이다. 푸키레프는 샤페르로 자신을 그려 넣음으로써 단순히 배경 속의 인물이 아닌 결혼식에서 한 부분을 담당하는 참가자가 되었다. 게다가 약간 턱을 내리깔고 시선을 위로 한 그의 표정이며 팔짱을 낀 모습은 그의 비판적 시각을 드러내고 있다.

그래서 〈어울리지 않는 결혼〉(1862)이 화가 자신의 비극적 사랑 얘기로 사람들에게 회자되었는지도 모르겠다. 그러나 다른 설들도 있다. 푸키레프의 친구 S. 바렌초프의 불행한 사랑 얘기라는 설과, 우크라이나 작가 E. 그레벤키의 단편들 중의 한 주제라는 것이다.

〈어울리지 않는 결혼〉은 1863년 아카데미 회원 전시회에서 발표되었고 푸키레프의 이름을 러시아 전체에 알리는 계기가 되었다. 이 그림을 환영했던 지지자들의 입장은 "마침내"라고 말한 V. 스타소프가 가장 정확히 드러냈다. '마침내 대작이 나왔다'는 것이다. 그림 속의 인물들이 거의 실물 크기로 묘사되었기 때문에 대작이란 말은 직접적 의미도 되고, 19세기 사회상에서 너무나 흔한 일이었던 '돈(또는 권력)과 미의 결합'이라는 주제를 훌륭히 묘사한 것에 대한 찬사이기도 하다.

체호프의 단편 「목에 건 안나」(1895)도 같은 주제를 다루고 있다. 이 작품은 18세를 막 넘긴 아름다운 처녀 안나가 돈 때문에 늙고 뚱뚱하고 못생긴 52세의 관리와 결혼하는 내용이다. 김나지움 미술 선생인 안나의 아버지는 아내가 죽자 집안을 돌보지 않고 술에 의지하게 되어 학교에서 해고될 위험에 처하게 된다. 이에 보다 못한 안나는 "각하와 좋은 관계"이기 때문에 "교장에게 편지를 써 줄 수 있다"는 나이 많고 "돈 많은 좋은 사람"을 소개받아 결혼을 하게 된다.

'목에 건 안나'란 제목은 이중적 의미이다. '성 안나' 훈장과 부인 이름 안나를 동시에 일컫기 때문이다. 신랑인 모데스트 알렉세이치는 결혼식장에서 지인 코소로토프가 제2급 '성 안나' 훈장을 받던 장면을 회상하게 된다. 각하가 이 훈장을 수여하면서 코소로토프에게 "자네는 이제 안나가 셋이군, 하나는 가슴팍에, 둘은 목에"라고 한 말을 떠올렸던 것이다. "그때 마침 경박하고 앙알거리는 안나라는 이름의 그의 아내가 돌아왔었다"라는 부연설명이 붙었는데, '목줄을 쥐고 있는 부인 안나'도 그 셋에 포함된다는 뜻이다. 모데스트의 신부 역시 이름이 안나이기 때문에 자신이 후에 '안나' 훈장을 받게 되면 각하가 또 그런 말을 하지 않을까 하고 상상도 해본다. '안나 훈장'을 받고 싶은 모데스트의 은밀한 욕망이자, 어리고 아름다운 신부 안나를 '목에 거는 훈장'처럼 자랑하고픈 속내를 드러낸 대목이다.

"법대로" 사는 모데스트 알렉세이치가 결혼 생활에서 가장 중요하게 생각한 것은 '종교와 도덕성'이다. 어린 신부에 대한 불안감을 그렇게 표현한 것이리라. 그래서 그들은 교회에서 결혼식을 하자마자 신혼여행을 떠나는 대신 수도원으로 이틀간 순례를 갔다. 그러나 돈으로부터 자유로워지고픈 희망으로 결혼한 안나의 기대와는 달리 인색한 수전노인 모데스트 알렉세이치는 친정에도 안나에게도 돈 한 푼 주지 않는다. 대신 '어려운 때'에 쓸모 있기 때문이라는 말과 함께 '반지, 팔찌, 브로치' 등은 사주는데 가끔씩 그 물건들이 잘 있는지 서랍장을 검사하는 것도 잊지 않는다.

이런 지루하고 힘든 몇 개월간의 결혼생활이 반전된 것은 12월 29일 '궁정무도회'에서이다. 모데스트는 안나에게 드레스를 맞춰 입으라며 100루블을 선뜻 주며 무도회에서 "각하의 부인에게 꼭 인사하라"라고 당부한다. 화려하고 아름다운(게다가 결혼 전 5년 동안 귀족 집안의 가정교사였던 어머니에게서 프랑스어부터 눈짓하는 것까지 사교계를 위해 여성이 갖추어야 할 온갖 예법을 자연스럽게 섭렵했던) 안나는 당연히 무도회의 꽃이 된다. 다음날 바로 돈 많고 젊은 유명한 카사노바 아르트이노프와 '각하'의 방문을 받게 된 안나는 이제 과거의 안나가 아니다. 자신의 "인생에서의 놀라운 변화가 이렇게 빨리 일어난 것"에 놀라워하면서, "강한 권력자" 앞에서 하듯이 굽실대고 아첨하는 표정으로 자신 앞에 선 남편을 보며 이제 상황이 역전되었음을 감지한다.

안나는 남편이 항상 주장했던 "모든 사람은 자신의 의무를 수행해야만 한다"는 원칙처럼, '목에 걸린 훈장'이 되어 사교계에서 남편의 출세가도에 나름의 역할을 해나가며 자신도 그것을 즐기게 될지도 모르는 일이다. 정도의 면에서 누가 봐도 지나친 〈어울리지 않는 결혼〉 속 가련한 여인도 결혼식장의 눈물이 잊히기도 전에 늙은 장군의 팔짱을 끼고 사교계의 샛별로 등장할 날이 머지않아 보인다.

1980년대 말에서 1990년대에 미국에선 '트로피 와이프'란 말이 유행했다. 1980년대 말 미국의 격주간 종합 경제지(誌) 「포천(Fortune)」이 커버스토리로 보도하면서 널리 알려진 용어인데, 사회적 · 경제적으로 성공한 중장년 남성들이 마치 부상(副賞)으로 트로피를 받듯이 젊고 아름다운 아내를 얻는다는 뜻에서 붙은 명칭이었다.

소설 속 안나와 그림 속 여인은 과연 〈어울리지 않는 결혼〉의 희생양일까, 범부(凡婦)로는 만족할 수 없는 미모의 여인들이 선택할 수밖에 없었던 '트로피 와이프'의 원형은 아닐까…….

안톤 체호프(1860~1904)　체호프는 흑해 위에 있는 아조프해 연안의 항구 도시 타간로그에서 태어났다. 체호프의 아버지는 농노 출신 식료품 잡화상으로 근근이 살아가면서도 신앙심이 두터운 엄격한 사람이었다. 아버지는 체호프에게 가게 일을 시켰고 자신이 지휘하는 교회 성가대에 들어가게 했다. 후에 체호프가 작품에 그려낸 어린 시절의 경험은 생기 넘치고 흥미진진한 것이었지만 그의 기억은 어머니의 다정함에도 불구하고 고통스러운 것으로 남아 있었다. 그리스 소년들을 가르치는 지방의 한 학교를 잠시 다닌 뒤 타간로그의 중등학교에 입학했다. 그는 10년간 이 학교를 다니면서 당시로서는 가장 훌륭한 정규교육을 받았다. 그러나 교과과정은 딱딱했고 그리스어와 라틴어 고전 일색이어서 그는 평생 이 과목들을 싫어했다. 학교생활의 마지막 3년 동안은 어린 학생들을 가르치며 혼자 생활을 꾸려야 했는데, 이는 아버지 가게가 파산하자 새 출발을 위해 식구들이 모스크바로 이사했기 때문이었다.

1879년 가을 체호프는 모스크바의 식구들과 합류했고 1892년까지 이곳에 주요기반을 두고 활동했다. 그는 곧 의과대학에 들어가 1884년 의사자격을 얻고 졸업했다. 그 무렵 벌써 식구들의 경제적 대들보 역할을 했다. 아버지는 형편없는 보수로 고용되어 있었고 저널리스트인 알렉산드르 형과 예술가인 니콜라이 형은 차례로 방랑길을 떠나 거의 재정적인 도움을 주지 않았기 때문이다. 식구들의 비공식적인 가장이 된 그는 신문·잡지에 기고하거나 희극적 소품을 써서 별도의 수입을 올림으로써 커다란 책임감과 정력을 보여주었으며 어머니와 어린 동생들을 기꺼이 부양했다. 체호프는 또한 전업작가로의 길로 들어서 주옥같은 단편들과, 『개를 데리고 다니는 여인』(1899) 등의 소설을 내놓았다. 체호프의 말년을 대표하는 희곡들도 발표되었다. 『갈매기』(1898), 『바냐 아저씨』(1900), 『세 자매』(1900), 『벚꽃동산』(1903) 등이 모스크바예술극장에서 공연되어 관객들로부터 호평을 받았다. 1900년에는 러시아 아카데미 회원으로 선출되나 고리키가 제명되자 스스로 사임하였고 1904년 체호프는 폐결핵으로 독일의 휴양도시에서 44년의 생애를 마쳤다.

I. 브라스(1873~1936), 〈체호프의 초상〉, 1898

모스크바 노보데비치 사원의 체호프의 묘

체호프와 부인 올가

바실리 푸키레프(1832～1890) 러시아의 풍속화가이다. 농민 출신으로 초등교육을 받은 후 모길레프 현의 무명화가의 도제로 들어갔다. 그 후 우연한 기회로 모스크바회화조각건축학교에 입학하게 된다. S. 자랸코 교수 밑에서 회화를 배웠는데 곧 탁월한 재능을 나타내서 1853년 예술아카데미로 보내진다. 1860년 초상화 작품으로 아카데미 회원 칭호가 수여된다.
1861～1873년 모스크바회화조각건축학교에서 교편을 잡지만 말년의 작품들도 〈어울리지 않는 결혼〉(1863)만큼 성공을 거두지는 못한다.

V. 푸키레프, 〈자화상〉, 캔버스, 유화, 86 x 69, 1868

현대의 결혼식

V. 푸키레프,
「지참금 목록」

신부의 어머니로 보이는 중년 여인이 드레스를 내보이고 있고, 신랑 측에서 보낸 사람으로 보이는 사람이 지참금 목록을 들고 있다. 하녀는 트렁크에 여러 혼수품을 챙기고 있으며 문 앞에는 신랑 측 사람이 거드름을 피우며 서 있다. 19세기 러시아 극작가 A. 오스트롭스키(1823~1886)는『지참금 없는 신부』(1878)에서 가난한 여인이 처할 수밖에 없는 상황을 잘 묘사하고 있다. 이 작품은 연극으로도 꾸준히 공연되고 있으며, 1984년에 랴자노프 감독에 의해 〈잔인한 로맨스〉라는 제목으로 영화화되어 큰 인기를 끌었다.

얼마 전에 행한 러시아의 한 여론조사에 따르면 남자는 30%가 사랑보다는 여자의 조건을 보고 결혼하고 여자는 18%가 남자의 조건을 보고 결혼한다고 한다.

현대 러시아의 결혼식에서도 정교회 사원에서의 예식을 제외하고는 구소련 시대의 결혼 예식이 대부분 유지되고 있다. 또한 '비쿠프(신부의 몸값 지불)'라는 혁명 전 러시아의 전통이 보존되어 행해지고 있다. 결혼식 날 신랑은 신부를 위한 부케 외에도 신부와 신부 친구들을 위한 선물이 들어 있는 함을 따로 준비한다. 남자친구들을 포함한 신부 측 친구들은 신부의 집 앞에서 신랑을 기다렸다가 신랑에게 여러 가지 과제(게임이나 문답놀이 등)를 내주어 그것들을 해결해야만 신부를 데려갈 수 있도록 했고, 풀지 못하면 벌칙을 주면서 간단한 놀이를 했다. 이런 놀이가 끝나면 신랑은 신부에게 부케를 선물하고

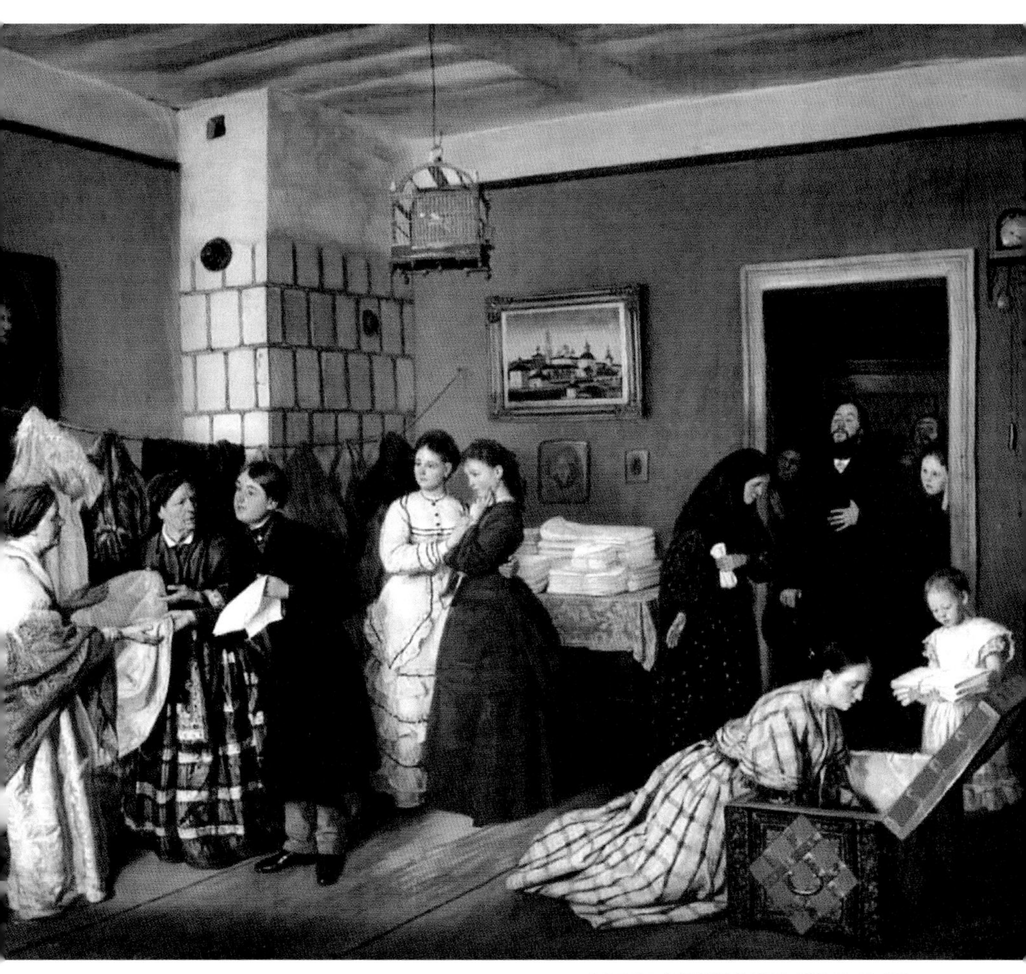

V. 푸키레프, 〈지참금 목록〉, 캔버스, 유화, 67×73, 1873

친구들과 간단한 파티를 한 후 '작스(호적등록과)'로 향하게 된다.

준비된 차를 이용해서 신랑과 신부, 양측 증인들, 친구들과 손님들이 함께 동행한다. 작스나 결혼 궁전에서 결혼 등록을 하는 것이 결혼식으로 간주된다. 모든 서류를 작성하고 신랑 신부는 보통 멘델스존의 〈결혼 행진곡〉에 맞춰서 손님들이 보는 앞에서 증인들과 함께 결혼 등록을 위한 홀로 들어선다. 대부분이 여자인 결혼 등록인이 신랑 신부의 결혼 의사를 확인하는 물음과 신랑 신부의 '예' 하는 긍정의 대답이 울리고 신랑 신부가 결혼 서류에 서명하면 결혼식이 끝나는 것이다.

결혼 등록 후에 준비해온 술과 간단한 안주로 그 자리에서 작은 파티가 벌어지는데 증인들을 선두로 모든 손님들은 결혼을 축하하는 잔을 들고는 '고리커(쓰다)'를 외친다. 이 말은 축배를 든 '술이 쓰니 신랑 신부의 입맞춤으로 술을 달게 하라'는 뜻이다. 이 말을 들으면 신랑 신부는 반드시 키스를 해야만 한다.

작스나 결혼 궁전을 나오는 신랑 신부에게 밖에서 기다리던 친지들과 친구들은 풍요와 다산을 상징하는 쌀과 꽃송이를 흩뿌리거나 신랑 신부를 조준해서 행운을 비는 동전들을 던지기도 한다. 그 후 신혼부부는 친구들과 함께 명소를 돌아다닌다. 도시 관광 후에 신혼부부는 시댁을 방문하거나 바로 피로연장에서 시부모와 친척들을 만나기도 한다. 시부모는 그들을 '빵과 소금'으로 맞이한다. 신랑과 신부는 손을 대지 않고 빵 조각을 물어뜯는다. 큰 조각을 물어뜯은 사람이 집안의 우두머리가 된다는 말이 전해진다. 피로연장에서는 파티와 춤으로 결혼을 축하한다. 사회자가 진행을 하기도 하고 지인들이 작은 공연을 펼치기도 한다. 손님들은 순서대로 축하의 말을 하면서 선물이나 축의금을 건넨다. 피로연이 끝나면 손님들은 흩어지고 신혼부부는 호텔이나 준비된 곳에서 첫날밤을 보낸다. 첫날밤에 서양처럼 러시아에서도 신랑은 악령이 데려가지 못하도록 신부를 안아서 집 안으로 들어간다.

과거엔 18K 반지 한 쌍에 호적등록소에서의 간단한 파티면 족했던 결혼이 최근 러시아에서는 부의 척도가 되고 있다. 호적등록소나 결혼 궁전이 아니라 야외나 유람선 등에서 하는 결혼식이 유행하고, 결혼 등록도 출장을 나와 해주는데 이벤트 에이전시들이 그런 서비스를 담당하고 있다. '출장 뷔페'도 성행한다. 답답한 실내 레스토랑이 아닌 숲이 있는 강변이나 여름 별장에서 피로연을 할 수 있도록 출장 서비스를 한다.

신문에서 '현대의 결혼식 비용'이란 기사를 본 적이 있다. 신부가 드는 비용은 약 1,200달러에서 3,000달러 정도로, 드레스가 약 300～1,500달러(러시아에선 빌리는 값이 200달러 정도이니 사는 값과 비슷해서 보통 구입을 한다), 면사포나 화관, 장갑, 머리장식 등이 약 150～200달러, 화장과 머리 손질 120～250달러, 매니큐어 30～100달러, 부케 100달러 등이었다. 신랑이 드는 비용은 약 600～1,000달러 정도인데, 양복 · 와이셔츠 · 넥타이 등이 350～500달러, 신발 120～200달러, 신부의 선물 값(비쿠프) 30～100달러, 이발료 30～70달러 등을 포함한 것이다.

피로연을 위한 레스토랑 식비는 1인당 60달러 정도로 40～50명 기준으로 3,000달러 정도가 든다. 이외에 전문 사회자 초청이 300～500달러, 보드카(vodka)는 30달러부터이고 사진과 비디오 촬영이 1,000달러 이상, 신혼부부용 호텔 투숙비가 250～750달러였다. 러시아에선 신혼부부가 도시 관광을 할 때 리무진을 타는 것을 선호하는데 4시간 기준으로 시간당 150～400달러로 자동차의 등급이나 평일이냐, 휴일이냐에 따라 차별화되어 있다. 여기에 결혼반지도 다양화되었고, 뮤지션 초청비, 예식홀 장식비, 자동차 장식비 등이 포함될 수 있어서, 절약해도 약 7,000달러였고 호화롭게 한다면 15,000달러 이상이 든다.

2009년의 통계로 이혼율은 40%에 달하고 있지만 새 삶을 시작하는 두 사람이 대중 앞에 서는 첫 표현인 결혼식에 대한 욕구와 그 형식은 더욱더 다양해지고 있다.

블린과 캐비어

수도원의 식사

못 들여보내요!

흑빵

아이들과 교육

러시아 차

러시아의 음식문화

이반 뇌제와 그 아들 이반

페테르고프에서 알렉세이 황태자를 심문하는 표트르 I 세

타라카노바 공주의 죽음

위로할 수 없는 슬픔

친위병 사형 날의 아침

모든 것은 과거에

기다리지 않았다

시골 마을의 설교

볼가 강의 인부들

어디나 삶

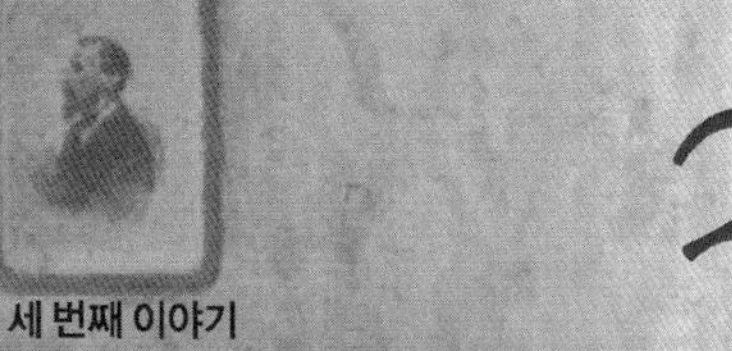

3

세 번째 이야기

삶이 그대를 속일지라도

청년시대에 청년다웠던 자는 행복하다
적절한 때가 되어 성숙한 사람은 행복하다
나이와 더불어 점진적으로
인생의 냉혹함을 견디어내는 자
기묘한 꿈에 중독되지 않는 사람
유행을 좇는 속물들을 마다하지 않은 사람
스무 살에 멋쟁이로나 사내답다고 인정받은 사람
그리고 서른에는 부잣집에 장가든 사람
쉰 살에 공사의 의무에서 해방된 사람
명예와 돈과 지위를 차례차례
차분하게 거머쥔 사람
일생 동안 누구누구는 훌륭한 사람이라는
말이 따라다니는 사람
이 모든 사람들은 행복한 이들이다.

A. 푸시킨의 『예브게니 오네긴』 중에서

블린과 캐비어

M. 시바노프,
「결혼합의의 축하」

아시겠어요. 블린은 이미 천 년이 넘었어요……. 러시아 역사 이전에 세상에 등장했고 러시아 역사를 처음부터 끝 페이지까지 함께 겪었죠. 게다가 어떠한 의심도 없이 사모바르(러시아식 차 끓이는 주전자)처럼 러시아인들의 머리로 고안된 것이에요…….

- A. 체호프의 『블린』 중에서

'러시아' 하면 떠오르는 먹을거리는 블린, 캐비어, 보드카로 러시아의 삼두마차 '트로이카'처럼 서로를 견인하며 러시아 역사의 긴 여정을 함께해 왔다. 블린이 러시아인의 일상을 이끌어갔던 중심 말(馬)의 역할을 담당했다면, 보드카와 캐비어는 일상 속의 일탈과 축제를 담당하는 곁말로서 일상을 채색하고 융화시켰던 충실한 원조자이자 보조자였다.

러시아 유학 중 거리에서 파는 블린 먹는 재미가 쏠쏠했다. 한국 사람들이 길거리에서 바로 만들어주는 토스트를 사먹듯이 러시아인들은 널찍한 쇠판 위에 기름을 두르고 바로 반죽을 부어 넓게 펴서 부친 블린을 사먹는다. 앞치마와 머릿수건을 두른 펑퍼짐한 러시아 아줌마가 팬에 기름을 너무 많이 두르지 않기 위해 반쪽으로 썬 감자에 식

블린과 산딸기 조림

용유를 찍어 넓은 프라이팬에 펴 바른다. 그 다음 무른 반죽을 붓고 둥글고 긴 막대의 가운데를 잡아 휙 돌려 얇게 편다. 뚱뚱한 아줌마의 빠른 손놀림이 펼쳐주는 기술을 보는 것도 신기하고 재밌다.

얇게 펴진 무른 반죽은 금방 익어서 지름이 약 20cm 정도 되는 부드럽고 구멍이 숭숭 난 먹음직스러운 부침개가 된다. 블린에는 손님의 기호에 따라 버터, 연어알, 스메타나(sour cream)나 잼, 사과나 산딸기 조림을 얹거나, 쇠고기 · 닭고기 · 돼지고기를 갈거나 썰어 양념한 것, 소금에 절인 청어 등을 올린 후 원 모양의 블린을 두 번 접으면 잡고 먹기 편한 부채꼴 모양이 된다. 이스트로 적당히 부풀려지고 담백한 우유 맛이 더해진 블린은 입 안 가득 따끈함과 부드러움을 선사하며 마음속까지 훈훈하게 만든다.

블린과 같이 곡식가루로 만든 음식은 거의 모든 민족에게 있는 요리 형태다. 그 기원이 중국이라고도 하고 이집트라고도 하는데 어쨌든 몇 천 년 이상은 된 음식이다. 이것은 최소한의 밀가루로 최대한의 액체(물이나 우유)를 사용해 만들 수 있는 가장 경제적인 밀가루 음식이기도 하다. 중국의 '지엔삥(전병)', 프랑스의 '크레페', 영국의 '팬케이크', 인도의 '도사', 에티오피아의 '은제라', 멕시코의 '브리토', 이슬람 문화권의 '난' 등으로 다양하게 불리며 전 세계인의 식탁에서 한자리를 차지하고 있다.

러시아 블린의 역사도 꽤나 오래다. 기독교 수용(988년) 전인 9세기 이전에 이미 만들어 먹었던 음식으로 알려져 있다. 러시아가 역사상에 기록된 첫해가 862년임을 감안하면 러시아의 시작(물론 역사적 기록에 따른 시작)과 함께한 음식이 블린이다. 블린의 어원은 '믈린(mlin)'이다. 이 말은 동사 '몰로치(molot: 가루로 만들다, 빻다)'에서 파생된 단어로서 믈린, 멜린(melin)은 가루로 만든 음식, 즉 모든 밀가루 제품을 칭하는 것이었다. 우크라이나어에서는 오늘날에도 '믈린'이란 말이 존재하며 방앗간을 뜻한다.

19세기 러시아의 작가 A. 쿠프린은 "천년이 된 블린, 다즈보그(고대 슬라브의 수확의 신이자 태양의 신)의 손자인 블린은 풍성한 태양처럼 둥글다. 블린은 모든 것을 데워주며 붉고 뜨겁다. 블린에 녹인 버터를 붓는 것은 강력한 우상들에게 바쳐졌던 희생물을 떠올리게 한다. 블린은 태양, 아름다운 나날들, 풍작, 행복한 결혼과 건강한 아이들의 상징이다"라고 말했다. 쿠프린이 지적했듯이 기독교 수용 전의 동슬라브족들에게 블린은 제물로 바치는 빵이었다. 또한 블린은 전통적인 러시아의 춘분 행사이자 봄맞이 축제인 '마슬레니차' 축제 기간의 대표 음식이기도 했다.

마슬레니차는 기독교 수용 이전, 이교 시대에 존재했던 봄맞이 축제였는데 현대 러시아에서도 즐기고 있다. '블린 없이는 마슬레니차도 없다'는 속담처럼 블린은 이 축제의 대표적 음식이다. 대부분의 봄맞이 축제가 태양 숭배와 연관되듯이, 그 대표 음식인 블린은 긴 겨울밤에 대한 여름 햇볕의 승리를 상징하는 태양처럼 둥글다. 그래서 어쩌면 추도식들과도 연관되는 것인지 모른다. 춘분은 봄의 '탄생'이자 겨울의 '죽음'을 상징하기 때문이다. 블린은 모든 장례식, 추도식, 심지어 결혼식(처녀로서는 죽고 진정한 여인이 된다는 의미에서)에서도 빠질 수 없는 음식이었다. 추도식에서 처음 구운 블린은 고인에 대한 공양으로 창가에 두거나 고인을 좋게 기억하라고 거지에게 먼저 나누어 주었다.

러시아에서 기독교를 수용한 이후에 정교회는 이교적 의식이었던 이 춘분 축제 기간(보통 2월 중순)이 시기적으로 부활절 전 40일간의 고난 주간인 사순절과 연결되었기에 혹독한 금욕기간인 사순절을 시작하기 전에 카니발적 성격의 축제로 허용하게 되었다. 마슬레니차는 마슬로(버터)에서 유래된 말로, 육류와 유제품까지도 엄격히 금하는 사순절에 비해, 이 기간에는 블린 등을 비롯해 유제품은 마음껏 먹을 수 있어서 붙은 이름이다.

블린은 주로 밀, 보리, 호밀, 메밀가루로 만들어지는데 메밀과 밀가루가 가장 인기가 있다. 옛날에는 페치카(화덕)에서 주철 냄비에 구웠다. 이스트를 넣은 블린은 1005~1006년 사이에 나타났다고 전하는데, 지금의 러시아식 블린은 항상 이스트와 우유를 넣어 만들고 프라이팬에 기름을 두르고 넓고 얇게 부쳐낸다. 블린에는 구멍이 송송 뚫려 있어야만 하고 그래야 먹음직스럽다고 여겼다.

러시아 교수님댁에 후배와 함께 초대받아 갔을 때 블린에 버터를 바르고 캐비어를 얹어 먹는 것을 보고는 후배가 "언니도 러시아 사람 다 되었다"라고 말한 적이 있다. 우리 식으로 보면 밀가루 부침개에 명란젓을 얹어 먹은 격이니 그럴 만도 하다. 그렇지만 철갑상어알을 입안에서 씹으면 알알이 터지면서 약간 고소한 맛이 나는 것이 충분히 맛을 음미할 수 있는 독특한 풍미가 있다. 연어알도 철갑상어알보다는 비리지만 빵에 버터를 바른 후 얹어 먹거나 블린과 함께 먹으면 건강식으로도 좋고 맛도 괜찮다. 역시나 블린과 가장 잘 어울리는 것은 캐비어(이크라)란 말을 실감하게 된다.

캐비어를 먹기 시작한 것은 농민들이 먹을 것이 없었을 때나, 수도사들이 영양을 보충하기 위해서였다. 러시아정교 의례상으로 육식을 금하는 재계 기간이 일 년 중 200일이 넘었기 때문이다. 캐비어는 보통 두 종류로 나뉜다. 철갑상어알과 연어알이다.

러시아어로 '오쇼트르'인 철갑상어는 인류보다 훨씬 먼저인 2억5천만 년 전에 등장한 것으로 알려져 있다. 호모 사피엔스가 4만 년 전에 등장한 것을 감안해서 오쇼트르와 호모 사피엔스의 탄생일을 비교해보면, 오쇼트르는 7월 25일 아침 4시에 탄생했고, 사람은 12월 31일 11시 56분 30초, 즉 새해가 시작되기 3분 30초 전에 태어난 셈이니 인류에게 오쇼트르는 가히 신기할 뿐이다. 맛을 떠나서 그런 철갑상어의 알이니 인간에게 어떤 의미일지 상상이 간다. 철갑상어는 진화상 특별한 종이다. 수많은 지질학적 변동을 견뎌내고도 유전성을 보존했으며, 가장 깨끗한 물에 살면서도 수많은 기후 변화와 환경 변화에 적응해 왔다.

그리스인들은 캐비어(cavier)가 'avyon, 알'에서 유래했다고 생각했다. 즉, 생명의 발생 운동과 생명 자체의 근원이란 뜻이다. 또한 캐비어는 '왕의 진주알'이라고 불려서 르네상스 시대엔 영국에서 잡힌 철갑상어는 모두 왕의 재산이라고 간주했다. 프랑수와 라블레(1494~1553)는 가르강튀아』(1534)와 『팡타그뤼엘』(1532)에서, 캐비어가 약사만이 판매할 수 있는 정력 강화제로 인식되고 있는 이탈리아를 여행한 후에 팡타그뤼엘의 음식 메뉴에 넣기도 했다. 러시아에선 '몽골 타타르' 압제 기간(1240~1480)에 칭기즈칸의 손자 바투칸이 우글리치의 '부활' 수도원을 방문했을 때 설탕 절임을 한 사과 위에 이크라를 얹어 먹는 것을 즐겼다는 기록이 있다. 또한 중국전설에 따르면 투란도트 공주를 유혹하기 위해 약혼자가 일부러 캐비어를 먹었다는 이야기도 전한다. 유럽의 카사노바 시대의 귀족들도 캐비어를 '사랑의 음식'으로 여겨 즐겨 먹었다. 현대 러시아에서 캐비어는 오메가3 및 DHA 성분이 많이 함유되어 있으며, 단백질이 30%, 지방은 20%나 되는 고열량 식품이기에 수술 후 환자들의 회복식이나 보양식으로 각광받고 있다.

철갑상어알은 철갑상어의 종류에 따라, 상급 벨루가(알갱이가 그대로 보존된 것), 중급 오쇼트르(어란 주머니로 된 것), 하급 세브루가(소금에 절여 인공 막으로 싼 것) 등 세 종류로 나뉜다. 합법적인 채취나 판매량은 매우 한정되기에 90% 이상이 주로 암시장에서 거래되는 철갑상어알의 가격은 상급 벨루가 캐비어가 러시아 암시장에서 1kg에 620유로 정도인 반면, 해외에선 7,000유로까지 한다.

이에 비해 가격이 저렴한 연어알은 1800년대 말부터 모스크바와 상트페테르부르크에서 활발하게 음식으로 이용되기 시작했다. 왜냐하면 17세기 중반에서야 극동과 모스크바를 연결하는 도로가 처음 등장했기 때문이다. 연어알은 처음엔 그렇게 많은 인기를 누리지 못했지만 극동에선 오래전부터 사냥꾼과 어부들의 주요 식량이었다. 칼로리가 높아서 포만감을 주기 때문에 주식 대용으로도 많이 쓰였기 때문이었다. 현대엔 너무 비싼 철갑상어알의 자리를 연어알이 대신하고 있다.

M. 슈바노프, 〈결혼합의의 축하〉, 캔버스,
유화, 199.9×244, 1777

미하일 시바노프(?~1789) 미하일 시바노프의 삶과 창작에 대한 정보는 별로 없다. 출신과 출생연도, 교육정도도 불분명하다. 다만 농노화가로서 페테르부르크와 모스크바에서 개인 주문을 받아 그림을 그렸다고 전해진다. 화풍으로 보건대 D. 레비츠키의 영향을 받은 것으로 보이며 그의 제자였을 가능성도 배제할 수 없다. 알려진 것은 그가 예카테리나 여제의 총신이었던 G. 포촘킨의 농노였다는 것이다. 그는 예카테리나 여제의 초상을 비롯해서 5점의 그림을 남겼다. 시바노프의 그림 중에서 가장 유명한 것은 〈농민의 점심〉(1774)과 〈결혼 합의의 축하〉(1777)이다. 당시만 해도 농민에 대한 관심도 없었고 농민을 주제로 그림을 그리지도 않았기에 그의 작품은 독창적이고 특별하다.
〈결혼 합의의 축하〉는 신부 집에 신부를 선보러 온 신랑과 그를 맞이하는 신부집안의 풍경을 그려내고 있다. 신부는 전통의상인 사라판에 목걸이, 귀걸이, 머리장식까지 하였고 창백한 얼굴에는 긴장한 표정이 역력하다. 신랑은 파란색 코프탄을 입고 신부를 손을 잡은 채 흐뭇한 표정이다. 신부 집에 놀러온 이웃집 사람들로 보이는 여인들도 전통의상을 차려입은 모습이다. 한 여인이 자랑스레 신부를 신랑에게 선보이는 듯한 포즈를 취하고 있고 신부의 오빠로 보이는 남자는 신랑에게 빵을 권하는 손짓을 한다. 하얀 식탁보 위에 차린 것은 없지만 그들의 옷과 표정에서 축제 분위기가 느껴진다. 예카테리나 여제 때에 최초의 농민반란이 있었던 사실을 상기하면 그 당시 농민들의 생활은 극도로 비참했다. 그래서 〈결혼 합의의 축하〉에서 시바노프는 농민의 삶을 이상화했다는 평가를 받기도 하지만 그 자신이 농노였다는 사실을 감안하면 농민에 대한 애정과 진정성을 표현했다고 볼 수 있다.

수도원의 식사

V. 페로프,
「수도원의 식사」

보드카는 말갛지만 코를 빨갛게 만들고 명성을 검게 한다.

- A. 체호프

수도원 식당에 승려들이 모여 질펀하게 식사를 하고 있다. 식탁 위에 여기저기 흩어져 있는 음식이 그들의 식탐을 말해주고 있고 술도 빠지지 않았다. 한 사제는 아예 바닥에 꼬꾸라졌고 다른 사제들도 웬만큼 배가 찼는지 담소를 나누거나 식탁에는 별로 관심이 없어 보인다. 맨 왼쪽의 사제는 수건을 어깨에 두르고 술병을 따고 있는 시중드는 사람에게 술병을 빨리 따지 않는다고 재촉하는 손짓을 하고 있다. 한 사제는 후원자 귀족마님에게 함께 자리할 것을 권하고 있는데 시큰둥한 그녀는 나이든 남편의 팔짱을 끼고 몸은 이미 교회 출입구 쪽으로 반쯤 돌렸다. 어느 누구도 바닥에 엎드려 구걸하고 있는 사람들에게는 아랑곳하지 않는다. 흥청망청거리며 흐트러진 사제들의 모습이 도저히 수도원의 검소한 식사라고는 믿어지지 않는다.

러시아인들에게 술은 사제들의 식사 때까지도 빠지지 않고 포함되었던 음료 같은 존재였다. 특히나 보드카에 대한 러시아인들의 사랑은 역사적으로도 그 뿌리가 깊다. 보드카를 최초로 만든 사람은 1430년경 모스크바 크렘린 내에 있던 추도프 수도원의 이시도르라는 수도승이라고 한다. 술을 만들려면 장비도 필요하고 재료도 많이 드니 상류 계층이었던 승려계급이 만들고 향유할

V. 페로프, 〈수도원의 식사〉, 캔버스, 유화, 99×126, 1865~1876

수 있었던 것은 어쩌면 당연한 일이었을 것이다. 오랜 기간 수도승들은 술을 개발하고 발전시키는 든든한 후원자이자 비호자 역할을 했다.

18세기 중반까지는 주로 밀주로 보드카를 제조했다. 이 당시엔 거의 모든 지주가 보드카에 대한 고유한 상표를 가졌을 정도였다. 보드카는 대중 사이에서 너무나 인기를 누려서 1860년경에는 5,000여 개의 공장이, 1870년에는 4,000개의 공장들이 난립하게 되어, 1884년 러시아에서는 보드카에 대한 품질과 생산을 감독하기 위한 특별 '기술위원회'가 창설되었다. 주기율표로 유명한 D. 멘델레예프(1834~1907)도 이 위원회에 참여했다. 원래 멘델레예프는 보드카에 대한 논문(1865)으로 박사학위를 받기도 했다. 그 논문 제목은 "물과 알코올의 결합에 대하여"였는데, 거기서 멘델레예프는 마시기에 가장 이상적인 알코올 함량을 40도로 규정했다.

하지만 2006년 10월 페테르부르크에서 모스크바로 옮겨온 '보드카 박물관'의 자료에 따르면, 멘델레예프는 원래 이상적 알코올 도수를 38도로 생각했는데 주류에 대한 세금 계산을 편리하게 하기 위해 40도로 올렸다고 한다. 또한 그 박물관 관장인 I. 드미트리예프에 따르면 멘델레예프는 사실 보드카에는 별로 관심이 없었고 더 높은 도수의 알코올과 물의 혼합에 많은 주의를 기울였을 뿐, 위의 자료는 길핀이라는 영국 화학자의 초기 저작들을 참고한 것이라고도 했다.

사실 멘델레예프는 보드카를 가까이하지 않았으며 드라이한 와인을 더 좋아했다고 한다. 여하튼 멘델레예프는 이 위원회에 참여하여 왕성하게 활동하게 되고, 그렇게 해서 1890년에는 보드카를 만드는 공장들이 2,050개로 줄어들게 된다. 1894년 러시아 정부는 멘델레예프의 의견을 받아들여 곡물을 숯(너도밤나무, 보리수, 참나무, 자작나무 숯을 사용하는데 가장 좋은 것은 자작나무 숯이다)으로 만든 필터에 증류한 알코올 함량 40도의 보드카를 '모스크바의 특별한'이라고 이름 붙여 특허를 냈다. 그리고는 보드카 생산과 판매에 대한 국가 독점권을 행사하게 된다.

'보드카'란 이름도 멘델레예프에 의해서 공식적인 명칭으로 확정된다. 이전까지 와인, 곡물 와인, 호프 와인, 고릴카('타다'에서 나온 말), 펜니크(화주) 등으로 불렀지 보드카라고 불리는 경우는 드물었다고 한다. 보드카란 물이란 뜻의 '보다(voda)'에서 나온 것으로 애칭형 어미인 '카'가 붙어 만들어진 것이란 설이 우세하다. 러시아인에게 물처럼 친숙하다는 말도 되고 물처럼 없어서는 안 될 존재란 말도 된다.

보드카가 사회에 미친 영향은 대단했다. 이 술에 한 번 빠지면 웬만한 성격의 소유자가 아니면 헤어나질 못했다. 그러니 대작가인 도스토옙스키의 관심도 피할 수가 없었다. 그는 라스콜리니코프의 '고백' 형식으로 구상했던 『죄와 벌』과는 별개로 〈술주정뱅이〉란 작품을 따로 구상하고 있었다. 그는 지인에게 1865년경에 보낸 편지에서 "이번 소설의 제목은 '술주정뱅이'인데, 요즘 한창 떠들썩한 문제인 음주에 관한 것입니다. 그 문제 하나에 대한 분석뿐 아니라 그것에서 파생되는 곁가지들, 특히 이런 상황에서의 가정생활, 아이들 양육 문제 등도 보여줄 것입니다"라고 밝혔다. 그런데 그는 이 구상을 『죄와 벌』에 녹여내게 되고 여주인공 소냐를 매춘으로 내몬 나약한 아버지인 술주정뱅이 마르멜라도프를 그려내게 된다.

도스토옙스키의 『죄와 벌』에 나오는 마르멜라도프는 술로 인해 인생을 망친 사람의 전형이다. 그는 9등관이었는데 애가 셋 딸린 가난한 과부를 아내로 맞을 정도로 동정심 많고 성실한 관리였지만 정원 감축으로 관직을 잃고 술에 빠져버려서 결국 적빈(赤貧)으로 떨어진 불쌍한 인물이다. 선술집에서 라스콜리니코프를 처음 만나 그가 하는 말은 처절하다.

"저는 아내의 양말까지 팔아먹은 놈이랍니다. 구두가 아닙니다. 구두 같으면 어느 정도 물건 축에 낄 수 있겠습니다만, 그런 축에도 낄 수 없는 아내의 양말마저 팔아서 술 마셔버린 놈입니다. (……) 저에게 단 하나 있는 딸애(소냐)가 처음으로 황색감찰(매춘부의 감찰)의 일을 하러 나갔을 때에는 저도 바깥으로 나와버렸습니다요. (……) 그런데도 (소냐와) 피를 나눈 아버지인 제가 그 30코페이카란 돈을 해장술 값으로 탈취한 것입니다. 그래서 이렇게 마시고 있어요! 벌써 다 마셔버리고 말았습니다! (……)"

라스콜리니코프가 그를 만나지 않았다면 고리대금업자 노파를 죽일 생각을 하지 못했을지도 모를 일이다. 그의 인생 속에서 자신의 미래를 보게 되었고 그런 현실을 벗어날 수 있는 것은 자기 자신을 나폴레옹 사상으로 무장한 강한 존재로 인식시켜 줄 수 있는 살인밖에 없다고 생각했던 것이다.

보드카에 대한 폐해가 속출하고 중독성이 높아지자 1914년 니콜라이 Ⅱ세는 전쟁 기간에 금주령을 시행했다. 1917년 12월부터 소비에트 정부는 이 조치를 유지했고, 1924년 초에야 해제가 된다.

전 세계에 잘 알려진 스미르노프(미국), 앱솔루트(스웨덴), 쇼팽(폴란드), 네미로프(우크라이나) 등은 모두 러시아제가 아니다. 러시아에서 유명한 보드카는 '스탄다르트'나 '유리 돌고루키', '크리스탈' 등이다. 각국이 보드카를 놓고 각축을 벌였는데 1982년에 국제중재위원회는 러시아를 보드카의 원조국으로 그 권위를 인정해 주었다. 하지만 지금은 러시아가 보드카를 수입하는 실정이고 그 액수도 2006년에는 미화 105,377달러에서 2007년에는 미화 148,917달러로 거의 1.5배가 증가했다.

러시아인들은 보통 보드카를 단숨에 마셔버리는데 원래는 아주 차갑게 해서 와인처럼 천천히 마셔야 최상의 맛을 느낄 수 있다고 한다. 보드카와 어울리는 안주는 캐비어, 절이거나 훈제한 연어나 철갑상어, 절인 버섯 등이다. 이렇게 비싼 안주 말고도 신선한 파나 절인 오이, 삶은 감자, 청어, 블린(러시아식 팬케이크) 등과도 잘 맞는다. 와인이나 다른 주종에 잘 어울리는 치즈, 생선요리, 양고기, 소시지 종류 등은 보드카와 어울리지 않는다. 대신 매운 안주와는 잘 어울리는 편이다. 보드카는 100g당 235칼로리로 열량이 좀 높은 편이지만 무색 · 무취 · 무미라서 다른 종류의 주류들하고도 잘 섞이고 아무 재료하고도 잘 어울려 최고의 칵테일 원료이기도 하다.

수도승들도 즐겼던 보드카로 인해 러시아에선 매년 겨울이면 길거리에서 취해 잠들어버린 수십 명에서 수백 명의 동사자들이 발생하지만 견디기 힘든 현실과 이기기 어려운 추위를 함께 해온 조용한 위안이자 삶의 동반자였다는 사실도 부인하기 어렵다.

V. 페로프, 〈자화상〉

바실리 페로프(1833~1882) 페로프는 현지사 게오르기 크리데네르 남작의 사생아로 탄생 연도가 1833년인지 1834년인지 불분명하다. 그가 태어난 후 부모는 결혼하였지만 아버지의 성과 남작 칭호를 받지 못하였다. 공식 문서에는 대부의 이름을 따서 '바실리예프'라는 성으로 등록되었다. '페로프'라는 성은 그가 글씨를 열심히 잘 썼기에 그의 선생이 붙여주었던 '페로'(펜이라는 뜻)라는 별명에서 굳어진 것이었다.
성직자의 타락을 폭로한 〈부활절의 마을 십자가 행렬〉의 통렬한 풍자로 물의를 일으켰고, 1862~1864년의 유럽 체류 후의 일련의 작품 〈트로이카〉, 〈고인의 환송〉 등에도 사회적 항의의 자세가 역력하다. 크람스코이와 레핀 등이 주도한 '이동파'에 몇 년 동안(1871~1877) 참여하여 작품을 전시하였다. 도스토옙스키, A. 오스트로프스키 등의 초상화도 주요 작품으로 꼽힌다.

표도르 도스토옙스키(1821~1881) 1821년 10월 30일 모스크바 자선병원의 군의관인 미하일 알렉산드로비치 도스토옙스키의 둘째아들로 태어났다. 1838년 육군중앙공병학교에 입학하고, 이때부터 발자크 · 위고 · 호프만 등의 소설을 탐독한다. 1843년 공병학교를 졸업한 다음, 1844년 중위로 진급하면서 공병대에서 제대하고는 처녀작 『가난한 사람들』을 준비한다. 1845년 『가난한 사람들』을 발표하면서 문단의 극찬을 받았다. 1849년 사회주의 서클에 참여했다는 이유로 체포되어 사형선고를 받아 형장에 끌려갔으나 황제의 칙령으로 4년 징역형과 병역의무로 감형된다. 시베리아에서 군복무를 하던 중에 마리아 이사예바를 만나 1857년에 결혼식을 올렸으나 마리아는 폐결핵으로 사망했다. 1850년부터 시베리아에서 유형생활과 병역의무를 지다가 만 10년 만인 1859년에서야 페테르부르크로 돌아온다. 1866년 『죄와 벌』을 발표하여 세계적 대문호의 반열에 오른다. 1867

년 『도박사』의 집필을 도와주던 속기사 안나 스니트키나와 결혼한 후 가정의 안식을 맛본다. 1868년 대표작 『카라마조프가의 형제들』을 2부작으로 구상하여 집필을 시작하는데 결국 완성하지 못하고 1881년 1월 28일 페테르부르크에서 죽음을 맞는다. 이후 『카라마조프가의 형제들』은 미완의 상태로 1부만 출간된다.

구소련의 붕괴 이후 모스크바에 있던 '레닌 동상'들이 철거될 때 국립도서관 앞에 서 있던 레닌 동상도 철거되었다. 그 후 국립도서관 앞에 누구의 동상을 세울 것인가가 한참 동안 논쟁거리였다. 푸시킨, 톨스토이 등의 위대한 작가들과 철학자들이 거론되었지만 결국 러시아인들은 '러시아의 지성' 도스토옙스키를 선택했다. 이 동상은 페로프가 그린 〈도스토옙스키의 초상〉을 바탕으로 해서 조각가 알렉산드르 루카비슈니크가 제작한 것이다. 1997년 모스크바 850주년 기념일에 맞춰 일반에 공개되었다. 도스토옙스키의 불편한 포즈에 대해 "러시아 치질환자의 동상"이라는 둥, "대장항문과 의사 대기실 앞에 있는 모습"이라는 둥 모스크바 시민들은 말들이 많았다. 조각가 자신은 《모스크바 콤소몰회원》 신문과의 인터뷰에서 "어떻단 말인가. 괜찮다. 이것은 시민들의 문화를 표현한 것이다"라고 말했다.

하지만 구부정한 어깨와 고뇌와 우수에 가득 찬 도스토옙스키의 모습은 러시아의 과거, 현재, 미래를 고민하고 있는 대작가의 모습이다. 당당한 그 누구의 동상보다 더 큰 울림을 주는 동상이다.

모스크바 국립도서관 앞, 〈도스토옙스키 동상〉

V. 페로프, 〈도스토옙스키의 초상〉, 유화, 99×80.5, 1872

도스토옙스키의 두 부인, 마리야 이사예바와 안나 스니트키나 도스토옙스키의 전기 작가 모출스키에 따르면, 1854년 세미팔라틴스크의 '상류사회'에서 마리야 이사예바를 만나게 된다. 친구 브랑겔 남작의 표현에 따르면 "서른 살이 넘은 여인. 보통 키에 몹시 가냘프고 정열적이며 명랑한 성격으로 금발의 미인이었다. 기숙학교를 졸업했으며, 이사예프라는 교사와 결혼하여 아들 파벨을 두었다. 남편이 알코올중독자로 빈곤 속에서, 비참한 시골생활을 겪고 있었다"라고 회상하고 있다. 마리야 이사예바는 스무네 살의 베르구노프를 사랑했는데, 마리야 · 베르구노프 · 도스토옙스키는 '세 연인의 합석 장면'을 연출하기도 했다. 도스토옙스키는 마리야를 위해 죽은 남편의 사후 보조금을 받게 해주고 그녀의 아들을 사관학교에 입학시켰고, 베르구노프를 좋은 자리에 옮겨주려고 발 벗고 나섰다. 1856년 도스토옙스키는 장교로 승진했고, 1857년 쿠즈네츠크에서 마리야와 결혼하여 7년 동안 결혼생활을 지속했으나 마지막 몇 해 동안은 별거 상태였고 마리야는 폐결핵으로 죽었다.

도스토옙스키의 두 번째 부인 안나 스니트키나는 "표도르는 첫 번째 부인을 깊이 사랑했습니다. 그의 생애에서 이것은 첫 번째 감정 표출이었습니다……. 마리아 이사예바와의 사랑은 기쁨과 고통이 함께하는 강렬한 감정이었습니다"라고 회상했다.
그러나 도스토옙스키의 장녀 류보피의 말에 따르면, "결혼 전날 밤 마리야는 자신의 정부, 하찮은 미남 가정교사(베르구노프)와 밤을 보냈다"고 한다.
도스토옙스키는 후에 이렇게 고백했다. "난 그녀를 너무나 사랑했지만 우린 행복하지 못했습니다……. 그녀와 나, 두 사람 모두 불행했습니다(이것은 그녀의 정열적이고 불신에 가득 찬 그리고 병적일 정도로 변덕스러운 기질 탓이었습니다). 하지만 우린 서로에 대한 사랑을 멈출 수 없었습니다. 실제로 우리 사이가 불행하면 할수록, 서로에게 그만큼 더 이끌렸습니다."

마리야 이사예바

도스토옙스키는 1866년 『도박사』를 집필하기 위해 속기사를 구하다가 안나 스니트키나를 만났다. 안나 스니트키나의 『회상록』에 따르면, "그는 정말 신경질적이었고 생각을 가다듬지 못했다. 내 이름을 묻고 나서 금세 또 잊어버리곤 했다. 그리고는 아예 나라는 존재는 잊은 듯 방안을 이리저리 걸어다니거나 밖으로 나가 오랫동안 산책을 했다"라고 말하고 있다. 도스토옙스키는 10월 29일 집필 후 한 달 만에 『도박사』를 끝내고 11월 8일 안나에게 청혼하게 된다.
두 사람은 1867년 2월 15일 25세의 나이차를 극복하고 결혼한다.
안나 그리고리예브나의 어머니는 핀란드계 스웨덴인이었고, 안나는 회색 눈, 차분하고 적극적인 성격, 고상함 등을 어머니에게서 물려받았다.

안나 스니트키나

안나는 신앙심이 독실하고 약간 미신적이기까지 했으며, 검소하고 사리분별이 정확하며, 행동에 분명한 선을 그어놓는 성격이었다. 평생토록 그녀는 헌신적인 아내였고 희생적인 협력자이자 도스토옙스키의 열렬한 숭배자였다. 비교적 유복했던 작가의 말년, 가정의 평안, 정돈된 생활 등이 모두 그녀 덕분이었다.

못 들여보내요!

V. 마콥스키,
「못 들여보내요!」

〈못 들여보내요!〉에서는 선술집으로 들어가려는 남편을 애와 함께 막고 있는 아내의 모습이 그려져 있다. 이미 얼근히 취한 남편의 허술한 몸가짐과 결연하면서도 앙상한 아내의 표정에서 술로 인해 망가진 가정의 단면이 드러나는 듯하다. 엄마의 품에서 겁에 질린 얼굴로 아버지를 바라보는 아이의 눈빛도 보는 사람의 마음을 끌면서 안타깝게 만든다. 그런데 그런 알코올중독자가 주인공으로 등장하는 소설이 있다. 바로 베네딕트 에로페예프의『모스크바발 페투슈키행 열차』이다. 그 작품에서 알코올중독자 주인공은 다음과 같이 술회한다.

> "인간의 삶은 영혼의 일순간 취함이 아닌가? 영혼의 상실이 아닌가? 우리는 모두가 마치 취한 것과 같다. 다만 각자가 자기 나름대로이고, 누구는 더 마시고 누구는 덜 마신 것뿐이다. 반응도 제각각이다. 누구는 대놓고 이 세상을 비웃고, 누구는 이 세상의 가슴에 대고 울곤 한다."

베네딕트 에로페예프의『모스크바발 페투슈키행 열차』는 러시아 포스트모더니즘 소설의 시초로 꼽히는 작품이다. 이 작품의 주인공은 알코올중독자 인텔리 베니치카이다. 주인공 베니치카가 모스크바에서 페투슈키까지 가는 열차 안에서 술을 마시면서 승객들과 대화를 나누는 것이 소설의 내용이다. 술

V. 마콥스키, 〈못 들여보내요!〉, 캔버스, 유화, 1982

이 취해가면서 스토리도, 대화도 흐릿해진다. 주인공이 직접 만드는 칵테일 종류도 다양하고 자세히 소개되며 무소륵스키, 체호프 등 러시아 작가들과 음악가들의 술에 관한 일화들도 나온다. 구소련의 수많은 지식인들이, "그 당시 술은 유행이었다. 아마 유행이었다기보다는 일종의 '반체제운동'이자 현실 극복의 독특한 시도"였다고 지적하였듯이 술은 러시아 현실에 대한 일종의 탈출구였다.

문학평론가 V. 쿠리친도 "(……) 술은 중요한 것 이상이었다. '거리 청소부와 경비들'의 전설적 세대들은 심오한 정치적 하부 텍스트가 담긴 술 문화를 일궈냈다. 이것은 소련 정권에 복무하지 않는 것과, 두 번째로는 낭만적 반체제적 우정의 유대감을 강화시켜 주는 것을 의미했다"고 회상하였다. 다음의 보드카에 관한 속담을 보아도 러시아 사회에서 보드카가 가지는 의미와 그 안에 담긴 유머를 느낄 수 있다.

보드카에 관한 속담

- 아침부터 마시면 하루가 자유로워진다.
- 오늘 마실 수 있는 것을 모레로 미루지 말라.
- 보드카는 학생들의 적이다. – 학생은 적을 두려워하지 않는다.
- 보드카는 두 종류밖에 없다: 좋은 것과 아주 좋은 것.
- 보드카 없는 술병보다는 술병 없는 보드카가 더 낫다.
- 현명한 사람은 좋을 때까지 마시고, 바보는 나빠질 때까지 마신다.
- 바보를 술 사러 보내면 한 병만 사온다.
- 마실 거냐고 묻지 말고 무엇으로 해장할 거냐고 물어라.
- 술 취한 사람은 깨기 마련이지만 바보는 결코 깨지도 않는다.
- 보드카는 치료하는 게 아니라 불구를 만든다.
- 보드카는 식기를 제외하고 모든 것을 깨뜨린다.

V. 페로프, 〈자화상〉

블라디미르 마콥스키(1846~1920) 러시아의 이동파 화가이며 풍속화가의 대가이자 교육자이다. 화가 콘스탄틴 마콥스키의 동생이다. 1873년 아카데미 회원, 1893년 페테르부르크예술아카데미 집행위원이었다. 아버지가 설립자들 중 한 명이었던 모스크바의 회화조각건축학교를 마치고 1872년부터 이동파에 참가했다. 대표 작품으로는 〈혁명가의 심문〉(1904), 〈밤의 집회〉(1875~1897), 〈가로수 길에서〉(1886~1887) 등이 있다.

술을 마시고 있는 베네딕트 예로페예프

베네딕트 예로페예프(1938~1990) 러시아의 소설가, 희곡작가, 에세이스트이다. 아버지는 철도 노동자였고, 다자녀(여섯째 아이였다) 가정에서 태어났다. 부친은 1946년 58-10조항에 따라 '반(反)소비에트 선전과 선동'이란 죄목으로 '인민의 적'으로 간주되어 유죄를 선고받았다. 절망한 어머니가 갑자기 가출해버리자 형과 함께 몇 년을 고아원에서 보냈다. 모스크바국립대학교 인문학부에 입학했으나 1957년 3월 '군사훈련 수업에 결석'한다는 이유로 제적당하였다. 1957~1959년에는 모스크바와 모스크바 주의 건설현장에서 일하였다. 1959년 오레호보-주보프스키사범대학에 입학했다. 그런데 1년 후 '도덕적 타락'을 이유로 제적당했다. 그 후 보일러공, 짐꾼 등으로 케이블 부설 현장 등지에서 일하였다. 1961년에 블라디미르스크사범대학에 입학하였지만 '이데올로기적으로 확고하지 못함'(성경 독서)을 이유로 제적당하였다. 1974년까지 페투슈키를 포함해서 여러 도시들에서 잡부로 일하였다. 1974년 결혼하여 모스크바 거주등록의 기회를 얻었다. 작품으로는 『모스크바발 페투시키행 열차』, 희곡 『발푸르기스의 밤 또는 기사단장의 발걸음』(1985년 작, 1989년 출간) 등이 있다.

흑빵

V. 마콥스키,
「만남」

이 그림을 보면 빵이 러시아인에게 차지했던 비중을 느낄 수 있다. 〈만남〉에서는 도제일을 하고 있는 것으로 보이는 여덟, 아홉 살짜리 아들을 빵 한쪽 들고 찾아온 어머니의 애잔한 모습이 보인다. 줄 것이라고는 빵 한쪽이 전부지만, 엄마는 보지도 않고 빵만 허겁지겁 먹고 있는 아들을 바라보고 있는 어머니의 모습에서 모자의 소중한 만남을 엿볼 수 있다. 집안이 가난하거나 부모가 없어서 도시의 수공업자들에게 일을 배우라고 맡겨진 소년의 비참한 생활상은 안톤 체호프의 「반카」(1886)에서도 엿볼 수 있다. 제화공에게 구두 만드는 법을 배우라고 맡겨진 아홉 살짜리 주인공 소년 반카 주코프는 할아버지에게 편지를 쓴다. 자신이 얼마나 힘들게 생활하고 있고 주인이 어떻게 때리며 일은 못 배우고 애만 보고 있으며 배를 곯기가 일쑤라고 하소연하면서 자신을 데려가 달라고 애원한다. 단편의 마지막에서 편지를 다 쓰고 봉투에 잘 넣고는 봉투에 '시골에 계신 할아버지께'라고 쓰고 소년은 할아버지가 편지를 받아보고 자신을 데리러 올 것이라는 기대에 부푼다. 체호프의 단편은 이렇게 끝나고 독자들의 마음속에는 소년의 처지와 할아버지께 가 닿지 못하는 편지에 대한 안쓰러움이 계속 남는다.

고통받는 아이들에 대한 그림으로 가장 유명한 것은 V. 페로프의 〈트로이카〉이다.

바실리 페로프의 〈트로이카〉는 도스토옙스키의 "어린아이의 눈물 속에 담

V. 마콥스키, 〈만남〉, 캔버스, 유화, 40×31.5, 1883

V. 페로프, 〈트로이카〉, 캔버스, 유화, 123,5×167,5, 1866

긴 세상의 불의"(『카라마조프가의 형제들』중 제5편 Pro와 Contra)란 주제를 심화시킨 그림이다.

『카라마조프가의 형제들』에서 이반 카라마조프는 "나는 어른들의 고통에 대해서는 아예 말도 하지 않겠어. 그들은 선악과를 먹었으니까 빌어먹을 악마가 그들을 죄다 잡아가든 말든 될 대로 되라지만, 하지만 아이들, 아이들은!"이라고 순수한 아이들의 고통에 대해 토로한다. 이반(카라마조프가의 맏형)은 이

장에서 여러 종류의 아이들의 학대에 대해 논하면서 세상의 부조리와 신의 존재에 대한 회의를 역설하고 있다. 그의 서사시 〈대심문관의 전설〉도 비열하고 나약한 인간에게 필요한 것은 자유가 아니라 권위, 기적, 빵이라고 피력하고 있다.

페로프는 이 그림에서 도제로 일하는 아이들이 물동이가 담긴 썰매를 힘겹게 끌고 가는 모습을 그렸다. 남루한 옷과 지친 표정의 아이들이 안쓰럽다. 오른 쪽의 아이는 거의 쓰러질 듯하고, 왼쪽의 소녀는 잠도 제대로 못 잔 듯 반쯤 눈을 감은 표정이다. 트로이카에서도 가운데 말이 중심말의 역할을 하듯, 가운데 아이는 가슴을 펴서 내밀며 힘을 내어 앞으로 가고 있다. 페로프는 이 그림의 제목을 '트로이카'로 붙였다. 러시아를 이끌어가는 상징적 의미의 삼두마차(트로이카)라는 이름을 이 아이들에게 붙여준 것이다. 1860년대 러시아는 대혼란의 시기였지만, 어쨌든 힘겹고 지친 그런 러시아를 이끌고 나갈 원동력은 아이들이라는 것을 페로프는 '트로이카'란 제목으로 보여주고 있다.

한 조각의 빵을 위한 고단한 수고는 아이들에게도 예외가 아니었다.

흑빵(호밀빵)은 10~11세기부터 먹었다고 전해진다. 누룩(효모)으로 발효시키고 발효법은 비밀로 유지되었고 세대를 통해 이어졌다. 특유의 신맛은 누룩맛이 아닌, 유산 박테리아 맛이다. 1626년 빵의 계량법에 "황제령에는 26종류의 호밀빵이 언급되어 있었다. 호밀빵은 40~45% 탄수화물을 함유하고 있고, 일반적 밀가루빵보다 100g당 200칼로리가 낮아 다이어트 식품으로 각광받고 있다. 호밀빵은 밀가루빵보다 영양가가 높지만 소화가 잘 안 되는 단점이 있다. 7~12도의 산성을 포함하고 있어서 위나 장에 궤양이 있는 사람에게 권장하지 않는다. 100% 호밀빵을 매일 섭취하는 것은 무리이다. 80~85%의 호밀에, 15~25%의 밀가루가 가장 적합하다고 여겨진다. 과거 평민들은 흑빵을 먹고, 귀족들이나 부유층은 흰빵을 먹었다. 20세기 초에는 전체 빵 소비량의 60%를 차지했으나, 지금은 10% 안팎으로 줄어들었다.

마콥스키의 이 그림도 고용살이 하는 소년의 모습을 담고 있다. 손에는 걸레를 들고 주인 없는 시간에 주인의 의자에 앉아 담배를 피우며 주인 흉내를 내고 있는 소년의 모습이 애처롭기도 하고 웃음을 자아내게 만들기도 한다.

V. 마콥스키, 〈주인 없이〉, 캔버스, 유화, 1911

빵에 대한 속담

- 땅은 어머니, 빵은 아버지.
- 배부른 사람은 일에 대해서 생각하고 배고픈 사람은 빵에 대해 생각한다.
- 빵이 잘 구워지면 일도 잘된다.
- 소금으로는 술 마시고 빵은 베고 잔다.
- 하늘 쳐다보지 마라. – 거기엔 빵이 없다. 하지만 땅으로 낮아지면 빵에 가까워진다.
- 등에 땀이 나면, 식탁엔 빵이 오른다.
- 빵이 있는 곳에 쥐도 있다.
- 내일까지는 빵만 남겨두고 일은 남겨두면 안 된다.
- 일찍 일어나면 빵이 늘고 오랫동안 잠을 자면 빚이 는다.
- 빵이 없으면 식사를 한 것이 아니다.
- 메밀죽은 어머니, 호밀빵은 아버지다.
- 하루 떠나가더라도 빵은 일주일치를 가져가라.
- 빵 조각이 없으면 어디나 슬픔이다.

아이들과 교육

N. 보그다노프-벨스키,
「계산, S. A. 라친스키 인민학교에서」

러시아의 화가 N. 보그다노프-벨스키는 자신에게 교육의 기회를 주고 또 후원해주었던 S. 라친스키에 대해 "그는 나를 정도로 이끌었으며, 인생의 스승이고, 나는 그에게 모든 것을 빚졌다"라고 자주 말했다. 그래서 라친스키의 초상을 여러 그림들에 표현하였다. 스몰렌스크 현에서 태어난 천한 날품팔이 여인의 사생아였던 보그다노프-벨스키는 세례 받을 때 보그(신)-단(주신)이란 이름을 받게 되었고, 후에 자신의 고향 이름인 벨스키를 성에 붙여 근본 없이 태어난 자신의 성(姓)을 스스로 만들었다.

그는 모스크바 대학교 교수였던 세르게이 라친스키(수학자이자 생물학자였다)가 세운 자선 학교에서 공부를 시작하게 되었고, 어렸을 때부터 그림에 소질을 드러냈나. 라친스키는 그를 '모스크바 회화건축조각 아카데미'에 보내서 폴레노프, 마콥스키 등 유명한 화가들에게 수학하게 하였고, 그 이후엔 페테르부르크의 '예술아카데미'에서 공부할 수 있게 도왔다.

1890년에 그는 콘스탄티노플과 아폰을 여행하게 되는데 그곳에서 19세였던 보그다노프-벨스키는 성상화에 전념하고 있던 17세의 F. 말랴빈을 만났다. 말랴빈은 그의 스케치들에 많은 감동을 받았다고 전한다. B. 베클레미쉐프(후에 페테르부르크 예술아카데미의 총장이 됨)는 그곳에 있던 말랴빈을 페테르부르크로 데려가서 훌륭한 화가로 키워낸 일화도 전해진다.

보그다노프-벨스키는 1896년에 그린 〈계산, S.A.라친스키 인민학교에서〉

N. 보그다노프-벨스키. 〈계산, S. A. 라친스키 인민학교에서〉, 캔버스, 유화, 107.4x79, 1895

(1896)와 〈학교 대문 앞에서〉(1897)란 그림으로 유명해지기 시작했는데, 그 당시엔 귀족들을 위한 리체이나 김나지움이 학교 교육의 전부였지만, 라친스키는 평민들을 위한 학교를 열어 교육 후원 사업을 했고 그 모습을 그린 것이었다. 라친스키가 수학자였기 때문에 칠판에 수학 문제가 쓰여 있다. 러시아의 전통적 루바슈카(남성용 윗도리)를 입고 짚신을 신은 학생들의 모습이 다양하다. 문제를 풀어 선생님께 귀띔을 하는 학생, 머리를 긁적이는 학생, 곰곰이 생각에 잠긴 학생, 칠판 주위에 모여 웅성거리는 모습 등 제각각이다. 재미있는 것은 수학시험도 구술시험으로 본다는 사실이다. 러시아에서는 모든 시험이 구술시험과 필기시험으로 치러진다.

1914년 보그다노프-벨스키는 46세에 예술아카데미 회원으로 추대되었다. 1917년 혁명 이후 좌파 화가들에 밀려 M. 네스테로프, B. 바스네초프, B. 폴레노프 등의 리얼리즘 계열 화가들의 생활이 힘들게 되자 그도 라트비아의 리가로 망명(1921)하였다. 그 후 여러 차례 파리에서 개인전(1921, 1922, 1923, 1936, 1940)을 열었고, 마젤란(1921), 뉴욕(Grand Central Palace, 1924), 프라하(1928), 암스테르담(1930), 베를린(1930), 벨그라드(1930)에서 전시회를 개최함으로 화가로서의 명성을 날렸다.

라친스키와 같은 스승이 없었다면 화가 보그다노프-벨스키는 없었을 것이다.

러시아의 교육 체계는 11학년제 의무교육(2008년 이전에는 9학년제였는데, 모스크바에서 이 제도가 먼저 실시되었고, 2009~10년에 러시아 전역으로 확대될 전망이다)이다. 취학 전 과정은 유아원과 유치원이 있다. 1살에서 1살 반이면 유아원에 보낼 수 있다. 유치원은 3세부터 보낸다. 드문 경우에는 유아원에서 생후 2개월부터 받기도 한다. 대부분의 유치원은 국가, 시, 관청으로부터 재정지원을 받는다. 현재 수많은 사립과 반(半)사립 유치원들이 생겨났지만 아직은 전체의 8% 미만 수준이다. 그리고 시립 유치원들에서도 부모들에게 원비의 10~15%를 부담시키는 경향이다. 종일반, 반일반, 반주일반 등등 다양하게 선택할 수 있다.

6세부터는 초등학교에 입학하여 4년간 공부한다. 일부 명문 초등학교에서는 러시아어와 수학능력시험으로 입학시험을 치르기도 한다. 초등학교의 기본 과목은 러시아어(문자/서체), 러시아어 읽기, 수학, 우리 주변 세계, 체육, 음악, 지리, 노동, 미술 등이고, 2학년부터 외국어 교육(영어)이 시작된다. 일부 학교에서는 영어 외에도 제 2외국어로 독어, 불어, 스페인어 등을 가르치고 있다. 또한 2학년부터 컴퓨터 교육도 실시한다. 1학년은 1주에 20시간까지, 4학년은 30시간까지 수업을 한다. 5점제 성적 산출 방식을 취하는 러시아에서 1학년에서는 점수를 매기지 않고, 5점은 '별', 4점은 '네모', 3점은 '삼각형'이지만 보통은 말로 '좋다', '잘함', '아주 잘함' 등으로 나타낸다.

4학년 말에 성적표를 받아 1년을 유급해서 더 공부하거나 5학년으로 올라가거나, 중학교 교육 과정인 리체이, 김나지움이나 5년제 공립학교로 옮긴다. 그러나 보통 공립학교가 11학년제이므로 계속 그 학교에서 공부하는 경우가 많다. 9년의 중등교육을 마치면 기술학교, 콜리지, 다른 직업 교육기관을 입학할 수 있는 자격이 주어지며, 11학년의 중등학교나 김나지움이나 리체이(이 두 종류의 학교는 엘리트 학교라는 인식이 있다) 졸업생들은 대학교 등의 고등 교육 기관에 들어갈 수 있다.

러시아란 나라가 강국의 반열에 다시 올라선 것도 라친스키와 같이 후학 양성에 앞장섰던, 평생을 회상하며 빛졌다고 고백할 수 있는 스승들이 있어서가 아니었을까 하는 생각을 다시금 해본다.

V. 페로프, 〈상인집안에 도착한 가정교사〉, 캔버스, 유화, 44 x 53,5. 1865

안톤 체호프의 단편 「어수룩한 사람」(1883)과 「가정교사」(1884)를 보면 당시 몰락한 집안의 자녀들이나 가난한 고학생들이 부유한 상인 집안에서 가정교사를 하는 장면들이 잘 묘사되어 있다. 체호프도 집안이 몰락하자 중학교 시절부터 가정교사를 하였고 의과대학에 다닐 때도 초창기에 가정교사를 했었다. 보통 입주 가정교사가 많았는데 급여가 밀리는 경우도 허다했고 밀린 급여를 못 받고 내쫓기는 경우도 많았다. 비로도 가운을 입고 위풍당당하게 서 있는 상인 앞에 주눅이 든 여자 가정교사의 모습이 애처로워 보인다.

V. 마콥스키, 〈시골마을에 도착한 여교사〉, 캔버스, 유화, 67 x 90, 1896~1897

위의 그림은 시골 마을에 도착한 여교사의 심란한 모습과 그런 여교사를 바라보는 아낙네의 모습이 한 편의 풍속화 같이 잘 표현되어 있다. 이 그림을 보면 유리 나기빈의 『겨울 떡갈나무』(1953)가 생각난다. 이 작품에서는 시골 학교의 존경받는 젊은 여선생 안나와 항상 지각하는 소년 사부슈킨의 이야기를 다루고 있다. 아이들에 대해 모든 것을 알고 있는 경험 많은 러시아어 선생이라고 자부하던 안나는, 학교 오는 길에 거쳐 오게 되는 숲 때문에 항상 지각하는 사부슈킨을 따라 그 숲에 들어갔다가 러시아 숲의 아름다움을 재발견하게 된다. 어린 사부슈킨은 전쟁 통에 아버지를 여의고 마을 요양소에서 일하는 어머니와 함께 어렵게 생활하고 있지만 러시아 겨울 숲에 당당히 서 있는 떡갈나무처럼 굳건히 뿌리 내리고 있었다. 겨울 숲에서 발견한 떡갈나무를 보며 안나 선생은 사부슈킨이 어떤 환경에서도 꿋꿋하고 위풍당당하게 자랄 것이라는 믿음을 갖게 되고 자신에 대해 반성하게 된다.

> 숲 한가운데에 커다란 떡갈나무 한 그루가 반짝이는 새하얀 옷을 입고 대사원처럼 우뚝 서 있었다. 나무의 왕 떡갈나무의 힘을 마음껏 나타낼 수 있도록 숲은 뒤로 공손히 물러서 있는 것 같았다. 떡갈나무는 가지를 들판 가득 펼치고 있었다. 나무껍질의 깊은 주름에 단단히 박힌 눈이 세 아름이나 되는 나무 밑동을 은실로 꿰매어 두르고 있었다. 가을이 되어 말라 버려도 겨울 내내 거의 떨어지지 않는 잎은 한 장 한 장 작은 눈자루를 쓰고 꼭대기까지 떡갈나무를 빈틈없이 감싸고 있었다.
>
> - 유리 나기빈, 『겨울 떡갈나무』 중에서

자신이 모든 것을 알고 경험 많은 선생이라고 자부했던 안나 선생님이 처음에 그랬던 것처럼 위의 여교사도 시골마을에서 모든 것을 가르쳐야 한다고 생각하고 갑갑한 시골 마을의 생활 속에 놓인 자신의 처지를 개탄하고 있을지도 모른다. 하지만 위의 여선생도 시골 아이들의 진정성과 농촌 풍경의 아름다움에 곧 경도되어 자연만이 위대한 스승이라는 사실을 깨닫게 될지도 모른다.

니콜라이 보그다노프 벨스키(1868~1945) 러시아의 이동파 화가, 회화아카데미 회원, 쿠인지협회 회장을 지냈다.
보그다노프 벨스키는 스몰렌스크 현에서 하녀의 사생아로 태어났다. S. 라친스키 초등학교에서 공부하였고 1894~1895년에 황실예술아카데미에서 레핀에게 사사받았다. 1921년 이후 그는 라트비아의 리가로 이주했다. 보그다노프 벨스키는 주로 농촌 아이들을 그린 풍속화나 초상화 등을 그렸다. 1945년 베를린에서 사망하였고 베를린의 테겔 러시아 공동묘지에 안장되었다.

N. 보그다노프 벨스키, 〈자화상〉, 1915

러시아 차

V. 페로프,
「모스크바근교 미티세의 티타임」

이 그림에서 보면 특이한 점이 있다. 바로 찻잔에 차를 마시는 것이 아니라 접시에 차를 마신다는 것이다. 러시아는 혹한으로 유명하며 뜨거운 차는 혹한 속에서 몸을 녹여줄 필수품이었다. 그래서 사모바르라는 차 끓이는 주전자도 인기였다. 그런데 차가 너무 뜨거우니 옛날부터 찻잔 밑의 접시에 뜨거운 차를 따라 식혀 먹는 것이 습관이 되었다. 접시에 물이나 차를 절대 따르지 않는 우리 문화와는 사뭇 다르다.

> 전에 있던 집에서는 꼭꼭 30루블씩 지불했기 때문에 여러모로 절약을 했었죠. 차도 매일 마실 수가 없었는데, 이제는 찻값과 설탕값이 공짜로 생긴 거나 다름없습니다. 차를 마시지 않는다면 어쩐지 좀 창피한 것 같습니다. 더욱이 이 집에 사는 사람들은 모두 넉넉한 생활을 하고 있으므로 더더구나 떳떳하지 못한 것 같습니다. 그래서 체면상 겉치레라도 차를 마신답니다.
>
> \- F. 도스토옙스키,『가난한 사람들』 중에서

도스토옙스키의『가난한 사람들』에 나오는 대목인데, 이 대목을 보면 러시아인들의 생활에 차 문화가 얼마나 깊숙이 침투해 있는지 짐작이 간다. 차는 비공식적으로는 아시아로부터 12세기에 들어왔다고 전해지고 처음에는 아는 사람들 사이에서 약으로 마셨다고 한다.

V. 페로프, 〈모스크바근교 미티세의 티타임〉, 캔버스, 유화, 43.5×47.3, 1862

문서 자료에 따르면, 1638년 9월 20일이다. 러시아의 외교관이자 대귀족 바실리 스타리코프가 4푸드(16.38g)의 찻잎을 받아서 러시아로 가져왔다고 전해진다. 찻잎에 향신료, 약초 등을 첨가하여 수프를 만들었다가 이후에야 차 끓이는 법을 터득하게 된다. 황제와 귀족들 사이에서 귀족 두마(회의)나 긴 예배 시간에 '잠을 쫓기 위해' 이 새로운 음료가 각광을 받게 되어 인기를 누리게 된다. 그 후 동방으로부터 외교관들이 모스크바로 여러 번 차를 들여오게 되고, 1679년에 중국과 차 공급에 대한 조약을 체결하였다. 1814년에 니키트스키 식물원에서 첫 번째 차나무를 재배하였고, 그 후 19세기에 러시아 전역으로 퍼지게 되었다. 러시아에서 차 무역은 가장 인기 있는 사업들 중 하나였다. 러시아인들은 1리터에 4g 정도의 차를 끓여 연하게 마신다.

차와 항상 동반하는 것이 러시아식의 차 끓이는 주전자인 사모바르('스스로 끓는다'라는 뜻이다)이다. 사모바르가 처음에 어디서 등장하였는지는 알려지지 않았다. 사모바르 제작으로 가장 유명한 지역은 모스크바 근교의 툴라 지방이다. 1701년 우랄에 I. 데미도프가 툴라의 구리수공업자들과 자신의 권속들을 데려갔다는 기록이 있어 그때 이미 툴라에서 사모바르가 제작되었다고 추정하고 있다. "툴라에 사모바르를 들고 갔다"는 어리석은 체호프의 에피소드가 유명할 정도로 툴라는 사모바르 제작명소였다. 1785년에 A. 모로조프의 사모바르 공장이 설립되었고, 1787년 F. 포포프의 공장이, 1796년에 미하일 메드베제프의 공장 등이 설립되었다.

1808년 툴라에는 8개의 사모바르 공장, 1812년에는 바실리 로모프, 1813년엔 안드레이 쿠라쉐프, 1815년에는 에고르 체르니코프, 1820년 스테판 키셀레프 공장 등이 설립되어 명실공이 사모바르 제작으로 이름을 날리게 된다.

C. 코로빈, 〈차를 마시며〉, 마분지, 유화, 60.5×48.5, 1888

차와 관련된 속담

- 차를 마시는 것은 장작을 패는 일이 아니다.
- 차를 마시면 슬픔도 잊게 된다.
- 사모바르가 끓으면-나가면 안 된다.
- 차 마신다고 취하지 않는다.
- 차를 마시면 100살까지 산다.
- 차가 있는 곳이 나무 아래의 천국이다.

사모바르와 차

저물었다. 식탁 위에는
반짝거리는 저녁의 사모바르가 끓고 있다.
차 주전자 아래서 가벼운 수증기가
중국 차 주전자를 데우면서
빙글거리며 올라간다.

– A. 푸시킨

V. 세로프,
〈콘스탄틴 코로빈의 초상〉, 1891

콘스탄틴 코로빈(1861～1939) 러시아의 화가, 극장 예술가, 교육자, 작가이다. 화가 세르게이 코로빈과 형제이다. 대상인 가문에서 태어났다. 14세에 모스크바회화조각건축학교의 건축과에 입학했다가 회화과로 전과했으며 A. 사브라소프와 V. 폴레노프에게 사사했다. 졸업 후에 페테르부르크로 가서 예술아카데미에 입학하였다가 교수법에 실망해서 자퇴했다. 1894년 친구였던 V. 세로프와 함께 북유럽을 여행하고 여러 풍경화를 그렸다. 그는 1887, 1892, 1893년에 파리여행을 하면서 인상파와 접하게 된다. 1900년대에는 극장 예술가로 활동하였다. 1901년부터 세로프와 함께 모스크바회화조각건축학교에서 교편을 잡았다. 1917년 러시아 혁명 이후 예술 작품 보존에 힘을 쏟았고 풀려난 정치범들을 돕기 위해 옥션과 전시회를 조직하였다. 1922년 A. 루나차르스키의 권고로 해외로 출국해서 프랑스에 정착했다.
문학적 재능도 뛰어나서 시력을 완전히 상실하여 미술활동을 그만 둔 후에는 단편들을 집필하였고 1939년 파리에서 사망하였다. 대부분의 작품들이 루스키 박물관에 소장되어 있다.

러시아의 음식문화

K. 마콥스키,
「17세기 귀족 결혼식 피로연」

이 그림에는 17세기 귀족 음식문화의 사치스러움이 잘 드러나 있다. 주요리로 등장한 새 요리는 귀족의 부를 상징한다. 새를 요리한 후 다시 깃털을 꽂아 장식하여 식탁의 호화로움을 더 했다. 아무나 사냥을 할 수 없었기에 새를 사냥할 수 있는 영지를 가지고 있다는 것 자체가 부와 권력의 상징이었다.

러시아 음식은 익히거나 굽거나 훈제할 때 완전히 조리하는 것을 특징으로 하고, 오이, 마늘종, 고추, 버섯 등의 절인 음식이 발달하였다.

러시아의 유명한 요리 연구가이자 음식 문화사를 연구한 엘레나 몰로호베츠(1831~1918)는 러시아 음식 문화의 시기를 다음과 같이 구분하고 있다.

1단계는 10세기경에 빵이 러시아에 등장하여, 모든 식탁에 빵이 사용된 시기이다. 왕부터 농민까지 모두가 빵을 먹게 된다.

기독교 수용(988년)으로 1년에 200일이 넘는 재계일에는 생선(굽기보다는 찌거나 훈제하거나 소금에 절여서 먹었다), 버섯, 채소 등의 요리가 많이 이용되었다.

2단계는 17세기 사회의 분화와 계층 분화와 연관된 시기이다. 이 시기에 궁정 요리사들은 음식 장식에도 신경을 쓰기 시작

K. 마콥스키, 〈17세기 귀족 결혼식 피로연〉, 1883

하였다. 채소나 과일로 장식하거나, 만두 모양을 다양하게 만들었고, 수프를 채소나 향신료 풀로 장식하였다. 만찬 시간이 8시간 지속되기도 하였다. 보통 2시에 시작해서 10시에 끝났는데, 10~20가지의 요리로 구성된 1차례의 식사 순서를 20차례까지 했다.

3단계는 17세기 말~18세기의 급격한 계층 분화와 연관된 시기로, 표트르 대제의 개혁으로 음식뿐만 아니라 다방면에서 변화가 일어났다. '자쿠스키(전채 요리)'가 정착되었고, 5시경에 차와 함께 여러 음식을 먹는 것이 습관화되었다.

4단계는 1812년 나폴레옹과의 '조국전쟁' 이후에 애국주의와 슬라브주의의 경향으로 러시아 민속 음식에 대한 부활이 일어나게 되는 시기이다. 순서는 4~5번으로 줄어들고 칼로리 많은 음식에서 가벼운 음식으로 바뀌게 되었다. 사이드 메뉴에는 표트르 대제가 도입한 감자가 등장하게 된다.

5단계는 19세기 2/3분기이다. 러시아 음식이 프랑스, 독일 음식과 더불어 유럽 음식에서 중요한 자리를 차지하게 된다. 산업화의 영향으로 하루 3끼, 그 후엔 2끼(아침과 퇴근 후 저녁)로 음식문화가 정착하게 된다.

현대는 러시아 음식에서 수프가 큰 비중을 차지하게 되었고, 생선, 가금류, 버섯 등의 비중이 많이 줄어들고 고기 요리가 늘어났으며 향신료를 적게 넣는다.

이반 뇌제와 그 아들 이반

I. 레핀,
「이반 뇌제와 그의 아들 이반」

카펫 옆에 팽개쳐진 쇠 지팡이, 밀려 올라간 카펫에 남은 선명한 핏자국, 노인의 얼굴에 튄 피, 넘어진 의자와 나뒹구는 베개 등이 상황을 짐작하게 해준다. 노인의 품에 안겨 피 흘리는 젊은이는 황태자 이반(1554~1581)이고 그를 안은 노인은 이반 뇌제(1530~1584)다.

쇠 지팡이로 내리친 아들이 쓰러져 관자놀이에서 피를 흘리자 정신이 든 아버지가 아들을 일으켜 안은 것이다. 피가 솟고 있는 아들의 머리를 앙상한 손으로 황급히 막아보지만 손가락들 사이로 흘러나오는 뜨끈한 피가 멈추질 않는다. 분홍빛이 감도는 자개 색의 아들 옷이 그의 무고함을 드러내 주는 것 같다. 검은 옷의 노인과 음침한 실내 분위기 속에서 오직 피 흘리고 있는 아들만이 환하게 드러난다. 그의 표정은 이미 모든 것을 용서하고 포기한 듯, 생기를 잃은 눈은 삶에 대한 희망을 놓아버린 듯하다. 아버지마저도 이해한 듯한 그가 마른 노인의 품에 온전히 자신을 맡기지도 못하고 한 손으로는 마지막 힘을 다해 마루를 짚고 있다. 깡마른 아버지에게 이미 자신도 가누기 힘든 육체의 무게를 온전히 싣기가 미안한 것일까.

뜨거운 피가 뚝뚝 흐르는 아들의 머리를 감싸 안은 아버지의 핏발 선 눈은 절망으로 공허하다. '내가 지금 무슨 일을 저지른 건가?' 하고 스스로에게 자문하듯 퀭하니 뜬 눈은 백내장이 다 드러나 있고 이성과 광기, 현실과 비현실을 넘나드는 것 같다. 꿈인지 생시인지……. 이것이 차라리 꿈이라면…….

I. 레핀, 〈이반 뇌제와 그의 아들 이반〉, 캔버스, 유화, 199×254, 1885

이 그림은 러시아 최초의 차르를 그린 〈이반 뇌제와 그의 아들 이반. 1582년 11월 16일〉이다.

I. 레핀은 1882년에 이반 뇌제에 의해 진압된 프스코프 반란 이야기를 소재로 한 림스키 코르사코프의 콘서트를 보고 이 작품을 구상했다. 그는 오랫동안 이반 뇌제와 황태자 이반의 형상을 어떻게 그려낼지 고심하다가 '이동파의 양심'이라 불렸던 G. 먀소에도프(1834~1911, 러시아 이동전람파의 대표자)를 모델로 이반 뇌제의 얼굴을 그렸고, 황태자 이반은 V. 가르신(1855~1888, 러시아 작가)을 모델로 그렸다.

비운의 황태자처럼 가르신의 운명도 비극적이었다. 그는 귀족 집안 출신으로 아버지는 크림 전쟁(1853~56)에 참가한 장교였고 어머니는 해군 장교의 딸이었다. 그의 어머니는 1860년대 혁명적 민주주의 운동에 참여했었는데, 가르신이 5세 때 가정 교사였던 비밀혁명단체의 활동가 P. 자바드스키를 사랑해서 가정을 버렸다.

가르신은 1877년 터키 전쟁 때 지원군으로 입대하였는데 얼마 후 부상으로 후송되어 병원에서 집필한 전쟁 이야기인 『4일』(1877)을 발표하여 유명해진다. 그는 1인칭 수기 형식으로 뼈아픈 정신적 고통을 이야기해서 "가르신은 피로 쓴다"는 말이 통용되기도 했다. 그는 항상 지식인의 양심과 행동의 문제를 고민했다.

1880년 2월에 혁명가 I. 믈로데츠키가 최고공판위원회 위원장 M. 로리스-멜리코프 백작을 암살하려 한 사건이 발생하자 가르신은 백작에게 그의 사면을 부탁한다. 그러나 믈로데츠키는 결국 사형당하고 가르신은 우울증이 깊어져 하리코프와 페테르부르크의 정신병 요양소에서 2년 정도 치료를 받는다. 인민주의자들은 가르신의 작품이 인텔리들의 양심의 가책이 얼마나 고통스럽고 상처를 주는 것인지를 보여주는 예라고 말했다. 1883년 겨울에 N. 졸로틸로바라는 의과대학 학생과 결혼하면서 행복한 나날을 보내지만, 1887년 우울증이 재발하면서 일을 그만두게 되고 아내와 어머니의 불화가 시작된다. 결국 1888년 4월 5일 자살로 생을 마감한다.

1913년 1월 29일에는 정신병을 앓고 있던 아브람 발라쇼프라는 성상화가가 "다볼리노 크로피(피는 더 이상 그만)!"라고 외치며 작품 속 이반 뇌제의 얼굴을 세 번이나 칼로 그었으나 레핀이 그토록 심혈을 기울인 눈은 무사하였고, 그림은 복원된 후 유리로 덮여서 전시되었다. 레핀은 이반 뇌제의 눈을 어느 방향에서 보든지 보는 사람을 바라보도록 그리는 기법을 사용했기 때문에 더욱 섬뜩한 전율이 느껴진다.

그림에 묘사된 장면은 과연 역사적 사실이었을까? 레핀은 N. 카람진의 러시아 역사에 관한 저서 『러시아사』에 근거했을 것으로 추측된다. 『러시아사』에는 이반 뇌제가 그 아들 이반을 죽인 내용을 러시아에 왔던 로마 교황의 사절 안토니오 포세비노의 이야기를 바탕으로 서술하였다.

1581년 11월 9일 모스크바 근교의 알렉산드로프 슬로보다(마을)에서 이반 뇌제는 며느리의 처소에 우연히 들렀다가 임신한 며느리 엘레나 쉐레메치예바(황태자 이반의 세 번째 아내였는데, 이반 뇌제는 아들의 첫 번째, 두 번째 부인을 모두 수도원에 보내버렸다)가 옷을 하나만 걸친 것을 보고 분노가 치밀어 올라(귀족의 예절로 여인들은 보통 3개 이상의 겉옷을 입어야만 했다) 구타하기 시작했다. 황태자 이반은 아내를 보호하려다가 아버지가 내리친 쇠 지팡이에 관자놀이를 맞게 된다. 그 결과 다음 날 밤 며느리는 유산하고 아들은 열흘 뒤인 1581년 11월 19일 사망(27세)하게 된다. 이반 뇌제는 그 충격으로 거의 미칠 지경이 되었고 다시는 알렉산드로프 슬로보다에 나타나지 않았다고 한다.

그러나 러시아 민중생활 연구자들은 이를 반박한다. 그 당시 모스크바에 있지도 않았던 안토니오 포세비노(폴란드에 포위된 프스코프에 있다가 모스크바로 간 것은 사건이 있은 몇 달 후였다는 기록이다)가 기술한 내용을 그대로 믿기는 어렵다는 것이다. 게다가 예절에 어긋나게 옷을 하나만 입었다고 황제가 분노했다는 부분에 대해서도, 아무리 황족이지만 자신의 처소에선 아무거나 입어도 상관이 없었고 황제라 하더라도 외간 여인의, 그것도 며느리의 거처에 함부로 들어갈 수는 없다는 것이 궁중 예법이라는 것이다. 그들은 『연대기』에 적힌 내용을 근거로 황태자 이반의 죽음을 정치적인 것으로 해석한다.

이반 뇌제는 최초로 '차르'란 명칭을 쓴 황제다. '차르'는 케사르(시저)라는 말에서 나온 것으로 로마제국의 정통성을 자신에게 부여하고자 이반 Ⅳ세가 처음으로 사용한 말이다. 그는 3세 때 아버지가 죽었고 8세 때 어머니마저 사망하는데, 독살되었다는 설이 있다. 어렸을 때부터 권력을 둘러싼 왕족과 귀족들 간의 살인, 간계, 폭력 등을 보며 자랐다. 그런 환경은 그의 성격에 지대한 영향을 미쳐 모든 사람을 의심하였고, 쉽게 적개심을 품었으며 잔인하게 되었다고 전한다. '그로즈느이'(groz는 우뢰를 뜻함, 영어로는 Ivan The terrible)라는 칭호를 갖게 된 것도 귀족들이 맘대로 휘둘렀던 권력을 '오프리치나'(황실 친위대, 또는 황실령의 영토를 뜻한다)를 창설해 중앙 집권을 꾀하면서 그 전횡이 너무 심하였고, 노브고로드 대학살을 감행했기 때문인 것 같다. 오프리치나는 수도사처럼 검은 옷을 입고 다니면서 말안장에는 빗자루(배신자를 쓸어버리기 위해)와 개의 머리(배신하는 놈들을 갉아먹어 버리기 위해)를 달고 다녔다. 이반 뇌제는 귀족들의 세습영지를 강제로 몰수해서 친위대 소속의 궁중 귀족들에게 넘겨주었는데, 그에게 반대했던 노브고로드가 라트비아 편으로 넘어가려 한다고 의심을 하고 1570년 1~2월 노브고로드 원정을 직접 지위했다. 모스크바에서 노브고로드까지 모든 도시들이 강탈당했다. 3만 명 정도가 거주했던 노브고로드에서 희생자가 1만~1만5천 명이었다고 전한다.

1570년 노브고로드 학살 때부터 부자 간의 불화가 시작되었다고 한다. 이반 Ⅳ세는 첫 부인(그는 7번 결혼했고 8명의 부인이 있었다. 1번은 동거에 대한 축복만

받고 정식 결혼을 하지 않았기 때문이다. 교회법상 3번 이상의 결혼은 금지였는데 그것으로도 그의 황권이 어떠했는지 증명해준다)의 소생이었던 장남 이반을 황태자로 책봉하고 군사교육을 포함한 후계자 교육을 시켰다. 황태자 이반은 13세 때 아버지와 함께 리보니아(현재의 라트비아, 에스토니아 지역) 전쟁에 참여하였고 노브고로드 원정도 동행했다. 그러나 황태자 이반은 오프리치나의 횡포에 반대하였다고 한다.

1581년 8월에 폴란드 왕은 프스코프를 포위하였는데 이반 뇌제는 리보니아 전체를 폴란드에 양보하면서까지 폴란드와 평화협정을 맺으려고 했다. 그러나 황태자 이반은 폴란드와의 화친에 반대하여 싸우려고 했고 군사령관들도 황태자를 지지하였지만 이반 뇌제는 그 뜻을 굽히지 않았다.

역사학자들은 그가 안드레이 쿠르프스키(변절한 귀족) 공에게 보낸 서한(문학사적으로도 의의가 깊다)에서 "콘스탄틴 왕은 국가 이익을 위해서는 아들마저도 죽였다(326년 콘스탄틴 황제는 아들 크리스푸를 처형하였다)"고 썼는데, 이것을 자신의 계획에 대한 합리화로 간주하기도 한다.

1581년 11월 9일 한 귀족에게 보낸 서한에서 "아들이 아파서" 알렉산드로프 슬로보다에서 나갈 수가 없다고 썼다. 열병이라고도 하고 간질이었다는 기록도 있다. 치료를 위해 양 젖, 곰 쓸개즙을 먹이기도 했고, 연기를 쐬기도 했고, 고추냉이와 마늘을 갈아서 가슴에 얹기도 했다. 이상한 것은 궁중 의사들과 약사들이 있었고, 이반 뇌제에게는 두 명의 외국인(이탈리아인 한 명, 네덜란드인 한 명) 주치의가 있었는데도 그런 식으로 치료했다는 것이다. 결국 10일 후 11월 19일 황태자 이반은 사망하고 동생 표도르가 황태자가 된다.

크렘린의 아르한겔스크 사원에서 이반 뇌제와 아들들의 무덤을 발굴했을 때, 황태자 이반의 뼈에서 치사량의 수은이 발견되었는데 뼈에서 발견된 비소의 함량은 허용량의 3.2배나 초과되었다. 전문가들의 의견은 "독살이나 만성적 음독에 의한 죽음을 배제할 수 없다"는 것이었다.

이반 Ⅳ세, 즉 이반 뇌제는 폭군이었지만 교양 있고 학식 높은 사람이었다.

그는 놀라운 기억력의 소유자였고 많은 서신들의 저자였다. 그런 그를 아들을 죽이는 광인으로 내몬 이유가 단정치 못하게 옷을 입은 며느리 때문이었다는 것은 일반인이 봐도 좀 납득이 안 간다.

사람을 자식마저 못 알아보게 미치도록 만드는 것은 과연 무엇일까? 권력욕일까? 광기일까? 아니면 아들이라도 상대를 죽여야만 내가 살 수 있다는 절박한 삶에의 집착이었을까? 권력욕으로 천륜을 끊고 아들을 죽인 후 후회로, 아들에 대한 사랑으로 절규하는 그의 눈빛은 이미 온전치 못할 그의 여생을 보여주는 듯하다.

1584년 3월 17일 이반 뇌제는 54세를 채우지 못하고 죽었는데, 측근 귀족이 독살했다는 소문이 돌았다. 네델란드 상인 이사악 마사가 회고록에서 "벨스키(비밀 업무 외에도 황제의 건강도 책임지는 귀족이었다)가 이오간 에일로프(이반 뇌제의 궁중 네덜란드인 의사)가 처방한 음료에 독을 넣어서 바쳤다"고 썼다. 며칠간 말도 못하고 먹지도 마시지도 못한 채 있다가 인사불성이 되어 아들 이반을 부르며 죽었다고 전한다.

그 누구도 차르를 이런 모습으로 그린 사람이 없었기 때문에 '인민의 의지당'에 대한 피의 보복이 있었던 당시에는 반대자나 찬성자 모두에게 비인간적 전제에 대한 폭로와 저항으로 비쳤다. 전시뿐만 아니라 모사도 금지되었지만 트레티야코프의 노력으로 개인 미술관에 보관되다가 일반에 전시되었다.

'나 어떡해' 하며 보는 이를 응시하는 이반 뇌제의 핏발선 두 눈이 이제는 소용없는 용서를 구하는 것 같다.

페테르고프에서 알렉세이 황태자를 심문하는 표트르 Ⅰ세

N. 게,
「페테르고프에서 알렉세이 황태자를 심문하는 표트르 1세」

위풍당당하게 다리를 꼬고 앉아 아들을 차갑게 바라보고 있는 아버지, 아버지의 시선을 외면한 채 비스듬히 서 있는 연약한 아들. 부자간의 관계를 이미 벗어나버린 두 사람의 거리가 느껴진다. 배경이 된 바둑판 무늬의 차가운 느낌의 바닥이 반듯하게 펼쳐져 배경을 이루듯 둘의 감정은 이미 끈끈한 혈육의 정이라기보다는 냉정한 추궁, 그에 따른 처벌만이 남은 듯하다. 차라리 표트르 대제가 변변치 못한 아들에게 화를 내는 분노에 찬 모습을 그렸다면 그것이 더 아버지다운 모습이 아니었을까 싶다. 그보다는 아랫사람을 나무라는 권위에 찬 절대자의 모습에 더 가까워 보이기 때문이다. 러시아 초상화와 역사화의 대가였던 N. 게의 〈페테르고프에서 알렉세이 황태자를 심문하는 표트르 Ⅰ세〉(1871)이다.

표트르 대제(1672~1725)는 러시아 로마노프 왕조의 제4대 왕으로 1721년 원로원은 표트르 Ⅰ세에게 '임페라토르'라는 칭호를 선사하고 '대제'로 부르게 되었다. 열두 번째 아들이었지만 두 번째 부인과의 사이에서 태어난 장남으로 서자였던 그는 어린 시절에 크렘린 궁에서 쫓겨나 모스크바 근교 마을에서 자랐다. 대제는 정규 교육을 제대로 받지 못하고 자랐지만 어린 시절부터 총명하고 건강하였고, 왕위에 오른 후에도 신분을 속이고 서유럽 국가들을 다니면서 스스로 직공이 되어 포술과 조선술 등을 익히고 견문을 넓혀 북유럽 국가들과 전투를 할 때 실전에 적용하였다.

N. 게, 〈페테르고프에서 알렉세이 황태자를 심문하는 표트르 Ⅰ세〉, 캔버스, 유화, 135×173, 1871

1676년 알렉세이 차르가 죽자 표트르의 이복형인 표도르 알렉세예비치가 왕위에 오르지만 1682년 병약했던 그가 죽고 또 다른 이복형 이반, 소피아 공주와 아직 어린 나이였던 표트르 Ⅰ세가 왕위를 두고 혼란을 겪다가 어머니인 나탈리아 나르이슈키나 황후가 측근들과 함께 표트르를 왕위에 오르게 한다. 이후 총병의 반란(1862)을 진압하고 병약한 이반과 소피아 공주를 축출하면서 왕권을 강화시켜 나가게 되고 정치 · 사회 · 경제 · 문화 · 종교 · 외교 전반에 근본적인 개혁을 펼치면서 러시아 제국 시대를 열었다.

그는 33년(1682~1725) 동안 제위에 있으면서 "유럽으로 향한 창을 열겠다"며 상트페테르부르크(성 피터의 도시)를 세우고 수도를 모스크바에서 그곳으로 옮겨[1712~1918년 표트르 Ⅱ세 재위 기간(1727~1730)을 제외하고는 러시아 제국의 수도였다] 발트해 지배를 위한 기지로 삼았다. 네바 강 하구에 도시를 세우기 위해 '표트르 대제의 하숙방'으로 불리는 방 한 칸을 얻어 살면서 진두지휘했던 일화로도 유명하다. 페테르부르크는 요새가 건립된 1703년 5월 16일을 '도시의 날'로 기념하고 있다.

그러나 자신이 세운 페트로파블로프스크 요새의 감옥에서 황태자를 죽게 한 아버지가 표트르 대제이기도 하다. 그런 정력적이고 위대한 아버지를 둔 아들은 어떨까?

알렉세이 페트로비치(1690~1718)는 표트르 대제와 그의 첫 번째 부인 에브도키야 로푸히나(표트르 대제가 17세 때인 1689년 결혼)와의 사이에서 태어난 첫 번째 아들이었다. 알렉세이는 표트르 대제에게 적대적이었던 분위기 속에서 성장하였다. 표트르는 아들이 러시아의 근본적인 개혁을 계속해주기를 바랐던 것 같다. 이름도 할아버지의 이름을 따서 지은 것을 보면…….

그러나 알렉세이는 그런 아버지의 뜻에 부합하지도 않았고 아버지의 개혁을 제대로 이해하지도 못했으며 알렉세이를 둘러싼 종교계와 귀족들은 그런 그를 황제에 반대하도록 부추겼다. 표트르 대제는 알렉세이에게 상속권을 빼앗고 수도원에 감금하겠다고 위협하곤 했다. 1716년 알렉세이는 결국 아버지의 분노를 피해서 처음엔 비엔나로 그 후엔 나폴리로 도피했다. 1717년 위협과 회유로 아들을 러시아로 돌아오게 한 후 표트르 대제는 왕위를 포기하게 만들었다. 알렉세이도 기꺼이 그것을 받아들였다.

표트르 대제는 왕위를 포기하고 잘못을 인정하면 아들에게 처벌하지 않겠다고 약속했다. 그러나 왕위를 포기함으로 정치적 소용돌이에서 비켜가고자 했던 황태자의 희망은 이루어지지 않았다. 표트르 대제는 아들에 대한 심리를 명령하였고 알렉세이 주변 인물들은 고문을 당한 뒤 처형되었다. 황태자도 고문을 피할 수 없었다. 1718년 6월 14일 그는 페트로파블로프스키 요새 감옥에 갇혔고 6월 19일 고문이 시작되었다. 처음에는 다섯 대의 태형과 심문이 진행되었다. 6월 22일 새로운 증거들이 나와서 그는 표트르 대제의 권력을 전복하려 했고 아버지의 개혁에 반대하여 봉기하려 했다는 것을 시인하였다. 알렉세이는 오스트리아 황제 카를 Ⅵ세가 군사적 도움을 주기로 약속했다고 합의한 것처럼 밝히기도 했다.

6월 24일 최고 재판소(장관들, 원로원, 종무원 등 127명으로 구성된다)는 황태자에게 사형을 언도한다. 그러나 이 결정 후에도 알렉세이 황태자는 계속 심문과 고문을 당하였고 6월 26일 아침 8시에는 표트르 대제가 측근 9명과 함께 페트로파블로프스크 요새로 가서 직접 3시간을 고문과 심문을 한 후 떠났다. 그리고 오후 6시쯤 알렉세이 황태자는 죽었다. 표트르 대제는 황태자가 사형 선고를 받은 후 공포에 휩싸여 아버지 보기를 요청한 후 그에게 “모든 죄를 완전히 뉘우치며 용서를 구하고 죽었다”고 공식적으로 발표하였다.

알렉세이 황태자의 정확한 사인에 대해서는 의견이 분분하다. 어떤 역사가들은 그가 정신적 고통으로 죽었다고 했고, 어떤 사가들은 황태자의 공개 처형을 피하려는 표트르 대제의 명령에 따라 베개로 질식사시켰다고 했고, 또 어떤 이들은 고문에 의해 죽었다고 했다.

다음 날인 6월 27일은 폴타바 전투(1709년 표트르 Ⅰ세가 스웨덴의 카를 Ⅵ세와 리보니아를 두고 격전을 벌여 승리한 결정적 전투) 기념일이어서 표트르 대제는 축제를 열어서 향연을 베풀고 즐겼다고 전한다.

1718년 6월 30일 알렉세이 황태자의 장례식이 치러졌다. 표트르 대제는 두 번째 부인 예카테리나 알렉세예브나(1703년 19세 때 스웨덴 요새인 마리엔부르크에서 포로로 잡혀와 표트르의 여인이었다가 후에 공식적으로 결혼했다)와 함께 장례식에 참석했다. 추도 기간은 없었다.

알렉세이 황태자는 표트르(1715~1730, 1727년 표트르 Ⅱ세로 제위에 올랐다)와 나탈리야(1714~1728)를 남겼지만 그들도 명을 다하지는 못하였다.

니콜라이 게(1831~1894) 러시아의 화가로 보로네슈 지주 집안에서 출생하였으며 초상화, 역사화, 종교화의 대가이다. 키예프 김나지움을 졸업한 후에 처음에는 키예프대학에 입학하였다가 페테르부르크대학교 물리수학학부에 입학하였다. 그 후 1850년에 자퇴하고 페테르부르크미술아카데미에 입학하여 7년을 공부했다. 우수한 성적으로 미술아카데미를 졸업한 후 파리와 로마 등을 여행하면서 작품 활동을 하였다. 1863년 〈비밀 회합〉을 전시회에 출품하여 아카데미 회원을 거치지 않고 바로 교수 칭호를 받았다. 1871년 이동파의 첫 전시회에 〈페테르고프에서 알렉세이 황태자를 심문하는 표트르 대제〉를 출품했다. 1882년 모스크바에서 L. 톨스토이와 친분을 나누게 되어 1884년 그의 초상화를 그렸다. 만년에는 〈진리란 무엇인가〉(1890), 〈유다〉(1891) 등 종교적 주제의 그림들을 그렸다.

N. 야로센코, 〈니콜라이 게의 초상〉, 1890

타라카노바 공주의 죽음

K. 플라비츠키,
「타라카노바 공주의 죽음」

폭풍은 더욱더 기승을 부리고/네바 강은 부풀어 오르며 울부짖고/끓는 물처럼 요동쳤다./돌연 강물은 격노한 짐승처럼/도시를 덮쳤다. 그 앞에/모든 것은 굴복했다. 주위의 모든 것이/갑자기 폐허처럼 변했다. 강물이 불시에/지하실에 흘러들고/운하는 난간을 뚫고 넘쳐나/뻬뜨로뽈은 둥실 떠올라/트리톤처럼 허리까지 물에 잠겼다.

- A. 푸시킨의『청동 기마상』(1833) 중에서

매년 가을이면 페테르부르크는 네바 강의 범람으로 홍수 피해를 겪는다. 그래서 강 주변은 18세기 초까지도 사람들이 거의 살지 않았다. 그러나 표트르 대제는 자연에 역행해 이곳에 도시(1703년 5월 16일 도시 창건일)를 건설한다. 그는 "이곳에 도시를 세워 오만한 이웃나라를 제압하리라. 대자연이 우리에게 유럽을 향한 창을 열고 바다에 튼튼한 두 발을 디디라 명하였다"며 "숙명적인 의지로 바닷가에 도시를 세운" 황제였다. 도시는 그의 이름을 따서 '성 피터의 도시'(상트페테르부르크)로 불렸다.

수많은 나무 기둥을 늪지에 박아 건설한 페테르부르크는 농노들의 목숨과 피로 이루어졌다고 불릴 만큼 많은 희생을 치르고 세워졌다. 푸시킨도 "이 젊은 수도 앞에서 모스크바는 마치 새 황후 앞에 선 과부 황태후처럼 빛을 잃었다"라고 페테르부르크의 위용을 묘사했다.

K. 플라비츠키, 〈타라카노바 공주의 죽음〉, 캔버스, 유화, 245×187.5, 1864

푸시킨은 『청동 기마상』에서 자연에 역행한 표트르 대제와 그 결과인 홍수로 인해 약혼녀 파라샤를 잃고 미쳐버린 가난한 주인공 예브게니를 대비시키며 1824년에 있었던 페테르부르크 대홍수의 참사를 그리고 있지만, 역사상 가장 큰 홍수 피해로 기록되는 최초의 연도는 1777년이다. 1777년 페테르부르크 대홍수는 대도시를 건설한 표트르 대제를 비웃기라도 하듯이 수많은 목숨을 앗아가며 러시아 역사에서 유례를 찾을 수 없는 재난을 가져왔다. 1824년 홍수가 수위는 더 높았지만 피해는 1777년이 훨씬 더 컸다.

K. 플라비츠키(1830~1866)의 〈타라카노바 공주의 죽음〉(1864)은 그해에 지하 감옥에 있다가 죽음을 맞이했다는 가짜 타라카노바 공주의 전설을 소재로 한 그림이다. 역사 화가였던 플라비츠키는 이 작품으로 교수 칭호를 받게 되었고 예술계와 대중의 관심을 동시에 끌게 되지만 젊은 나이에 폐결핵으로 죽었다.

작품 전체를 가득 채운 가짜 타라카노바의 아름다움과 천재지변 앞에서의 절망감이 잘 드러난다. 창문으로 세차게 밀려들어 이미 침대까지 차오른 물을 피해 침대 위로 뛰어오른 쥐들과 가망 없는 현실 앞에 선 그녀의 무력감이 보는 사람을 압도한다. 작품의 구성도, 색채도, 극적인 긴장성도 매우 뛰어나서 한 번 보면 잊을 수 없는 인상을 남긴다. 자신을 타라카노바 공주라고 참칭했던 이 여인은 왜 지하 감옥에서 죽게 된 것일까.

진짜 타라카노바(남편 성을 따른 것임) 아부구스타 티모페예브나(1744년경~1810년) 공주는 엘리자베타 페트로브나 여제(1709~1762, 제위기간은 1741~1762)와 알렉세이 A. 라주몹스키 사이에서 태어났다. 어디서 태어났는지, 언제 해외로 보내져 양육되었는지, 어떻게 결혼하였는지 밝혀지지 않았다. 엘리자베타 여제는 후사가 없자 조카인 프로이센의 왕족 카를 울리히를 데려다 계승자로 삼았다. 그는 엘리자베타 여제가 죽자 러시아의 황제(표트르 Ⅲ세)로 등극하지만 부인이었던 예카테리나 여제에 의해 제위에서 물러나게 되고(1762) 곧 의문의 죽음을 맞이하였다.

1785년 예카테리나 여제는 해외에 머물던 타라카노바 공주를 러시아로 소환하여 강제로 모스크바의 이바노프 수도원에 유폐시켰다. 매우 아름다웠다고 전해지는 그녀는 도시페야란 이름의 수녀가 되어 죽을 때까지 교회의 미사마저도 그녀만을 위해 따로 행해질 정도로 완전히 고립되어 지냈다. 평생을 자선활동과 독서와 수예 등을 하며 보냈던 그녀는 예카테리나 여제가 죽은 후(1796)에야 친척들과 접촉하게 된다. 몇몇 귀족들과 라주몹스키의 친척들이 그녀를 방문하기 시작했던 것이다. 그녀는 죽은 후에 모스크바의 노보데비치 사원에 묻혔다.

그러나 가짜 타라카노바 공주는 자신의 미모를 이용하여 예카테리나 여제의 권력에 도전하려 했던 대범한 여인이었다. 마리아 앙투아네트까지도 그녀의 미모를 질투했다는 이 여인은 수많은 숭배자와 연인을 두었던 것으로도 유명하다. 프랑스의 가장 유명했던 바람둥이였던 로젠 왕자와, 예카테리나 여제의 연인이기도 했던 러시아의 알렉세이 오를로프 백작이 그녀에게 사랑을 고백했다.

그녀의 출신에 대해서는 아직도 자세히 밝혀지지 않았다. 프라하의 술집 작부 딸이라는 설에서부터 독일 뉴른베르크 지역의 빵집 딸이라고도 하고 러시아의 블라디미르 공후 가문 출신이라는 주장까지 다양하다. 그녀는 이글거리며 불타는 듯한 검은 눈을 가진 터키 여자 같다고도 했고, 얼굴은 슬라브족 같은 동양적 풍모에 몸매는 전형적인 이탈리아 여자 같다고도 했다. 어쨌든 이 세상 사람 같지 않은 신비한 아름다움의 소유자였음에는 이견이 없다.

미모와 지성으로 전 유럽에 수많은 숭배자들을 두었던 그녀는 자신의 연인이기도 했지만 결국은 예카테리나 여제에게 사랑과 충성을 바쳤던 오를로프 백작의 손에 의해 1775년 5월 유럽에서 러시아로 잡혀오게 된다. 페트로파블로스크 감옥에 갇혀 온갖 심문을 받지만 사제에게도 자신의 정체를 결국 밝히지 않은 채 예카테리나 여제와의 면담만을 요구했다고 전한다. 몇 개월 후 그녀는 감옥 안에서 폐결핵으로 사망(1775년 12월 4일)했다.

참칭자 타라카노바가 1777년 홍수가 나기 2년 전에 감옥에서 이미 사망했다는 기록을 염두에 두면 이 그림은 역사적 사실에 근거했다고 볼 수는 없다. 그러나 화가는 전 유럽의 사교계를 떠들썩하게 하며 한 시대를 풍미했지만 예카테리나 여제의 권력 앞에서, 자연의 재앙 앞에서 너무나 무력하고 나약했던 한 여인의 운명을 대홍수를 배경으로 더욱 극적으로 그려냈다.

올해에도 302번째 홍수를 기록한 네바 강변 페테르부르크의 모습을 통해서 푸시킨도, 플라비츠키도 대자연 앞에 무력할 수밖에 없는 인간의 운명을 보여주고 있다.

콘스탄틴 플라비츠키(1830~1866) 러시아의 역사화가이다. 모스크바 관리 집안에서 태어났다. 페테르부르크황실아카데미에서 F. 브루니 교수에게 사사받았다. 이 아카데미에서 정물화로 은메달을 받았으며 1854년 〈솔로몬의 재판〉으로 금메달을 수여받았다. '야곱의 아들들이 형제 요셉을 파는 장면'을 표현한 그림으로 금메달을 받고 아카데미 연금수혜자 신분으로 이탈리아로 떠난다.

1862년 러시아로 돌아와 아카데미 전시회에서 〈타라카노바 공주의 죽음〉(1864)을 출품하였는데 이 그림으로 그는 교수 칭호를 받았으며 예술계에서 인정받았다. 그러나 이탈리아에서 걸린 결핵이 페테르부르크 날씨 때문에 악화되어 사망하게 된다. 알렉산드로 넵스키 수도원에 안장되어 있다.

F. 브론니코프,
〈플라비츠키의 초상〉, 1866

위로할 수 없는 슬픔

I. 크람스코이,
「위로할 수 없는 슬픔」

"위안을 받으려 하지 마시오. 당신이 필요한 것은 위로가 아니오. 위안을 받으려 하지 말고 우십시오……. 그리고 오랫동안 당신은 위대한 어머니의 통곡을 계속할 것이오. 하지만 결국 그것은 당신에게 조용한 기쁨으로 변하게 될 것이고, 당신의 쓰라린 눈물은 사람을 죄악에서 구하는 연민과 정화의 눈물이 될 것이오. 그리고 나는 평온 속에 잠자는 그대의 어린아이를 기억할 것이오."

『카라마조프가의 형제들』(1877~1880)에서 조시마 장로가 세 살배기 아이를 잃고 통곡하는 마부 아내에게 건넨 위로의 말이다. 도스토옙스키의 부인 안나 그리고리예브나는 칼루가 현의 옵티나 푸스틴에 머물던 암브로시 장로가 도스토옙스키에게 해주었던 위로의 말을 작품 속에 그대로 옮겨놓았다고 생각했다.

『카라마조프가의 형제들』을 집필 중이던 1878년 5월 16일 도스토옙스키는 사랑하는 세 살배기 아들 알료샤를 잃는 슬픔을 당한다. 아이는 아버지로부터 간질병을 물려받았던 것이다. 부인 안나 그리고리예브나는 "표도르 미하일로비치(도스토옙스키)는 알료샤의 죽음으로 엄청난 충격을 받았다. 곧 알료사를 잃게 될 것을 느끼고 있었는지, 그는 알료샤를 유난히도 거의 병적으로 사랑했다. 표도르 미하일로비치가 특히 고통스러워했던 것은 이 아이가 자신에게 물려받은 간질병으로 세상을 떠났다는 점이었다"라고 회고했다.

그런 그의 개인적 슬픔은 자식 넷을 모두 잃은 마부 아내의 한 많은 고백을 통해 분출되었다.

"그 아이는 세 살이었지요. 두 달 만 더 있었으면 삼년이 되었을 테니까요……. 땅속에 묻은 막내자식은 정말 잊을 수가 없습니다. 지금 이 순간에도 내 앞에 그 녀석이 서 있는 것만 같고 제 곁을 떠나지 않을 것 같습니다. 그 아이가 제 영혼을 메마르게 했습니다. 그 불쌍한 어린 것이 입던 옷과 내의, 신발을 보기만 해도 저는 울부짖기 시작합니다……. 그 아이를 잠깐만이라도 볼 수 있다면, 한 번만이라도 그 아이의 모습을 볼 기회가 다시 주어진다면, 그 아이에게 달려가지도, 말을 걸지도 않고 저는 구석에 몸을 숨기고 그 아이가 마당에서 노는 모습을 바라보며 목소리만 들을 겁니다. 그 아이가 찾아와 작은 목소리로 '엄마, 엄마는 어디 계세요?' 하고 물을 것만 같습니다……."

도스토옙스키가 어린 자식을 잃은 슬픔을 당하지 않았다면, 또 곁에서 아내의 슬픔을 지켜볼 수 없었다면 이렇게 사실적으로 묘사하는 것이 가능하지 않았을 것이다. 작가는 한동안 집필활동을 할 수 없었지만 수도원에서 암브로시 장로에게서 위안을 얻고 다시 소설 집필에 매달리게 된다. 『카라마조프가의 형제들』 초고에서 '백치'라고 불리던 카라마조프가의 막내아들은 죽은 아들 알료샤의 이름을 갖게 되었다. 도스토옙스키의 마지막 소설이 된 『카라마조프가의 형제들』이 원래 2부작으로 구상되었다는 사실을 염두에 두면, 막내 알료샤의 성장과 순례 과정을 통해 '인간 구원'의 문제를 밝히려고 했던 이 소설의 진정한 주인공은 알료샤였다는 사실을 알 수 있다.

어린 자식을 잃은 어머니의 슬픔을 묘사한 〈위로할 수 없는 슬픔〉(1884) 역시 화가 I. 크람스코이(1837~1887)의 개인적 슬픔이 녹아난 작품이다. 어린 두 아들을 먼저 떠나 보낸 화가의 경험이 바탕이 되어 그려진 그림이기 때문이다. 이 그림은 1880년대에 크람스코이가 유일하게 그렸던 작품이고 아직 화

1. 크람스코이, 〈위로할 수 없는 슬픔〉, 캔버스, 유화, 228×141, 1884

가가 살아 있을 때 그림수집가 트레티야코프가 사들인 작품이었다. 트레티야코프는 크람스코이에게 "나는 페테르부르크에서 이 그림을 사는 것을 서둘지는 않았다. 아마도 내용상 이 그림의 구매자를 쉽게 찾을 수 없을 거라는 사실을 알았기 때문일 것이지만, 그래도 이 그림을 사기로 결정했다"고 말했다.

상복을 입고 서 있는 여인이 뒷벽의 그림들, 영구대(시체를 놓는 탁자) 위의 꽃들, 책이 놓인 탁자 등의 수평선과 대조를 이룬다. 아마도 아이를 묻고 집으로 돌아온 후의 모습인 것 같다. 영구대 위에는 아이에게 바쳤던 화관과 꽃들이 여전히 싱싱하게 남아 있다. 아이는 흙으로 돌아갔는데 꽃들은 여전히 너무 아름답고 싱싱하다.

러시아에서는 관을 따로 준비한 탁자나 집 안에 있던 탁자 위에 올려놓는다. 집에서 장례를 치를 때는 염을 한 시체에 깨끗한 새 옷이나 상복을 입혀 나무로 만든 관에 넣는다. 관의 좁은 부분(머리 부분)이 방의 출구 쪽을 향하게 놓으며 관 뚜껑은 좁은 부분이 마루 쪽으로 향하게 하여 현관에 세워놓는다. 고인에게 바치는 꽃은 색깔에 관계없이 화려한 꽃들을 헌화한다. 다만 보통 때는 홀수로 선물하지만 고인에게 짝수로 꽃을 바친다.

장례는 보통 3일장으로 치러지고 9일째와 40일째에 추도식을 한다. 이외에도 고인의 생일이나 고인과 관련된 기념일 등에 친지들과 지인들이 모여 추도식을 하기도 한다. 추도식에서는 꿀밥(쌀이나 보리 등의 알곡에 건포도를 넣어 지은 밥)이나 꿀죽(밀이나 쌀 등에 꿀을 넣어 끓인 죽), 블린(러시아식 팬케이크)을 먹는다. 밀이나 쌀 등의 알곡은 부활을 상징한다. 알곡이 땅에 떨어져 썩어야만 열매를 맺기 때문이다. 꿀이나 건포도는 하늘나라의 영원한 삶이 주는 영혼의 달콤함을 상징한다. 이 음식을 먹음으로써 예수를 통한 고인의 불멸과 부활을 기린다.

블린을 먹는 것은 이교도적 전통이 결합한 형태이다. 블린은 원래 태양신을 숭배하던 전통에서 비롯된 것이기 때문이다. 정교에서는 금지하고 있지만 추도식에서 보통 고인을 위해 한 자리를 비워놓고(집 안에서 할 때는 주로 고인이

앉던 자리를 비워 놓는다), 포크와 나이프를 접시 옆이 아닌 접시 위에 둔다. 그리고 처음 블린은 고인을 위해 창문에 놓아두기도 한다. 추도식에 모인 사람들은 한 사람씩 돌아가며 고인과의 각별했던 추억을 말하거나 고인이 생전에 했던 행동, 말들을 떠올리며 함께 나눈다.

추모 기간은 부모는 보통 1년, 조부모나 배우자는 6개월, 형제나 자매 등은 3개월, 보통은 40일이다. 상중에는 밝은 색의 옷을 입지 않고 상장을 단다.

크람스코이는 슬픔에 젖은 어머니의 모습을 처음에는 앉아 있는 것으로, 두 번째는 바닥에 내려앉은 모습으로, 마지막으로 입에 손수건을 문 채 서 있는 지금의 모습으로 그렸다고 한다. 벽에 걸린 그림들도 수평적 풍경이고 영구대 위의 화환과 꽃들도 수평적 모습인데 서 있는 여인과 바닥의 연약한 꽃들은 수직이다. 크람스코이가 결국 서 있는 모습으로 여인을 그려낸 것도 슬픔을 극복하고 살아가는 생명들의 힘과 의지를 나타내주기 위해서였던 것 같다. 그래서 영구대 밑에 놓인 화분 속 튤립의 붉은색은 더욱 생명력 있게 느껴지고 연약하지만 하늘을 향해 곧게 뻗어가는 줄기는 힘을 느끼게 해준다. 그것은 세상의 슬픔과 비극적 운명에 맞서는 나약하면서도 강한 어머니의 내면을 보여주고 있다.

친위병 사형 날의 아침

V. 수리코프,
「친위병 사형 날의 아침」

“세 번째 처형을 기다리고 있었지요. 신부가 십자가를 들고 모든 죄수들 앞을 돌아다녔습니다. 그에게 목숨이 붙어 있는 시간은 5분 정도밖에 없었던 거지요. (……) 그는 남아 있는 5분 동안에 해야 될 일을 정리했던 거지요. 우선 동료들과의 작별에 2분을 할당하고, 마지막으로 자기 자신을 성찰해 보는 데 2분, 그리고 나머지 시간은 마지막으로 주변을 둘러보는 데 할당했습니다. (……) 동료들과 작별을 고한 뒤, 자기 자신에 대해 생각해 보는 2분이 찾아왔지요. (……) 앞으로 다가올 새로운 것에 대한 혐오감과 불투명성은 실로 무섭기 짝이 없었던 게지요. 그렇지만 이 순간 그에게 가장 괴로웠던 것은 ‘만약에 이대로 죽지 않는다면 어떻게 되나?’ 하는 생각이 끊임없이 머릿속에서 떠오르는 것이었습니다. ‘만약 내가 죽지 않는다면 어떻게 될까? 만약 생명을 다시 찾는다면……. 그것이 영원이 아닐까! 그럼 이 모든 것이 나의 것이 된다! 그때 나는 매 순간을 1세기로 연장시켜 아무것도 잃지 않고, 1분 1초라도 정확히 계산해 두어 결코 헛되이 낭비하지 않으리라!’ 결국 그의 이러한 상념은 독한 마음으로 변하여, 차라리 한순간이라도 빨리 총살을 시켜 주었으면 하는 바람이 생겨났다고 술회하였습니다.”

- F. 도스토옙스키의 『백치』 중에서

도스토옙스키는 장편 『백치』에서 총살 직전까지 갔던 자신의 실제 경험을

V. 수리코프, 〈친위병 사형 날의 아침〉, 캔버스, 유화, 218×379, 1881

미쉬킨 공작의 입을 통해 그대로 옮겨놓았다. 작가는 비밀단체였던 페트라쉐프스키 사건에 연루되어 사형선고를 받았다가 총살집행 직전에 황제의 칙령으로 감형되어 유형을 떠났다. 작가는 운명적으로 살아났지만 앞에서 얘기했던 것처럼 1분 1초까지 계산해서 사는 그런 삶을 살지는 못했다. 아마 아무도 그렇게 살지는 못할 것이다. 그는 노름에 빠지기도 했고 그 빚 때문에 '영원히' 남을 작품들을 항상 시간에 쫓겨서 써나가곤 했다. 그러나 죽음 앞에서 자신을 정리하는 도스토옙스키를 보면 역시나 대작가로서의 면모를 그대로 드러내 준다. 모두가 한 번 맞는 죽음인데 그것을 바라보고 또 맞이하는 사람들의 자세는 너무나 다르다.

바실리 수리코프(1848~1916)의 〈친위병 사형 날의 아침〉(1881)은 죽음을 눈앞에 둔 인간들의 다양한 모습을 보여주는 작품이다. 러시아 역사를 소재로 한 그림을 많이 그렸던 수리코프의 첫 번째 대작으로 표트르 대제 시대의 친위병 반란을 소재로 다룬 것이었다.

표트르 대제는 황권을 잡자, 여러 개혁을 추진하였고, 그 일환으로 친위병들을 정규군으로 대체하였다. 그러자 정규군으로 편입되지 못한 기존의 친위병들은 자신들의 기득권을 보장받기 위해 여러 번 봉기하였고 1698년 마지막 반란이 일어났다. 표트르 대제의 누나 소피아 공주는 황위에 오르기 위해 그들을 이용하려 하였지만, 반란은 실패로 끝나고 그들은 잔혹하게 진압당하였다. 결국 소피아 공주는 1704년 47세로 죽을 때까지 노보데비치 사원에 유폐당하였고 봉기에 가담했던 친위병들은 색출되어 처형당했다. 1698년에 최초의 친위병 공개 처형이 있었는데, 표트르 Ⅰ세가 직접 5명의 친위병의 머리를 베었다. 그리고 57명을 처형하였는데, 1698년 9월부터 1699년 2월까지 6개월 동안 1,182명이 처형당하였다. 601명은 태형을 받고 낙인이 찍힌 후 유형에 보내졌다. 거의 10년간이나 반란의 여파로 처형이 계속되었고, 그 일로 사형당한 이가 2,000명에 달했다.

그림 속 인물들은 모두 실존인물들을 모델로 하였다. 검은 수염의 친위병은 화가의 외삼촌인 스테판 페도로비치 토르고쉰이었고, 여인들은 화가의 고향인 크라스노야르스크(시베리아)의 아낙네들이며, 친위병 노인은 70세 정도의 시베리아 유형수였고, 붉은 수염의 친위병은 고향의 묘지기였다. 그림 속 수레는 시장을 돌아다니다가 그곳에서 보고 그렸다. 표트르 대제의 모습은 친위병 사형을 목격했던 I. 코르브(Korb)라는 오스트리아 대사의 비서가 쓴 『모스크바 여행 일기』에서 묘사된 것을 참고로 그린 것이다.

그러나 코르브는 이 책에서 1698년 10월 10일 야우즈 강변 프레오브라줸스코에 마을에서 있었던 처형 장면을 묘사했는데, 수리코프는 장소를 붉은 광장으로 바꾸었다. 화가는 그림 제목을 '친위병들의 사형들의 아침'이라고 복수형태로 쓰고 있는데, 그로써 그런 처형이 한 번이 아니었음을 나타내고 있다. 표트르 대제 개혁의 긍정적인 면에도 불구하고 그 이면의 희생들을 보여주고자 한 것이다. 물론 친위병 반란이 민중 반란은 아니었지만 표트르 대제의 무리한 개혁으로 희생당한 어머니, 아내, 아이들의 아픔과 고통을 생생히 전해주고 있다.

수리코프는 처형 장면 자체를 묘사하지는 않았다. 성 바실리 사원을 배경으로 붉은 광장의 로브노에 메스토(황제의 칙령 발표 장소) 옆 사형장 쪽에 결박당한 친위병들이 처형을 기다리는 모습을 보여준다. 비가 오곤 하는 가을밤이 지나고 동쪽이 막 밝아오기 시작하는 이른 아침의 푸르스름한 전경 속에서 광장에는 아직 보랏빛 안개도 다 걷히지 않았다. 어둑한 아침에 사형수들의 흰 셔츠가 더 두드러지게 보인다. 촛불은 빛을 발하며 불안한 음영을 떨어뜨리고 있다. 이제 곧 시작될 어찌할 수 없는 사형을 앞두고 있는 마지막 몇 분이다.

화폭 왼쪽에 붉은 모자를 눌러쓴 붉은 수염의 친위병은 손이 묶여 있고, 발도 족쇄가 채워져 있지만 여전히 굴복하지 않은 모습이다. 적을 향해 달려들 태세로 칼을 든 것처럼, 날름거리는 불꽃이 이글거리는 초를 꼭 쥐고 있다. 그는 크렘린 벽 옆에 준엄하게 말을 타고 있는 표트르 대제를 향해 꼿꼿한 시선으로 맞서고 있다. 자신의 권력을 확신하는 표트르 대제는 냉혹하고도 오만한 시선을 그들에게 던지고 있다.

어깨에 붉은 상의를 걸친 검은 수염의 친위병은 포획당한 짐승처럼 침울하고 의심쩍은 눈빛으로 주위를 둘러보고 있다. 하얀 수염의 늙은 친위병은 가까워오는 사형에 대한 공포로 의식이 흐릿해진 것 같다. 그의 시선은 넋이 나간 듯하고 주위를 인식하지도 못하는 것 같다.

군인들이 교수대로 끌고 가고 있는 친위병의 손은 힘없이 늘어져 있고, 머리는 무겁게 떨어져 있다. 땅 위에 이젠 필요 없는 윗도리와 모자가 버려져 있고 손에서 떨어진 초의 심지가 거의 타들어갔다. 초는 꺼져가고 삶도 끝나간다.

젊은 친위병의 아내로 보이는 여인의 가슴에서 절망의 울음소리가 흘러나오고, 손을 뻗어 엄마에게 매달린 소년은 얼굴을 그녀의 옷자락에 묻었다. 수레바퀴 옆에 한 친위병의 어머니로 보이는 노파가 아무 기운이 없이 땅바닥에 주저앉아 있고, 고통으로 일그러진 얼굴에는 흙빛의 어두운 그늘이 드리웠다. 그녀 옆에 주먹을 쥔 소녀가 공포에 휩싸여 소리치고 있다. 그녀의 빨란 머리수건이 어두운 군중 사이에서 두드러져 보이는데, 마치 광장 전체로 소녀의 외침이 울려 퍼지는 듯하다.

수레 위에 선 친위병은 겸손히 고개를 숙여 사람들과 작별하고 있는 모습이다. 힘없이 늘어진 몸과 꺾인 고개가 마치 이미 교수형당한 듯한 모습으로 그들의 운명을 예견해 주는 듯하다. 수리코프가 화폭의 중심에 그를 배치한 것은 되돌릴 수 없이 다가온 죽음 앞에서 그것을 온건히 맞이하며 남은 자들에게 이별을 고하는 인간의 모습을 보여주고자 한 것은 아닌가 싶다.

울부짖든, 포기하든, 결연한 자세로 맞서든, 의식을 놓아버리든, 겸허히 받아들이든 간에 죽음이란 무소불위의 권력 앞에 인간은 무력할 수밖에 없다는 것을 보여준 수리코프의 그림처럼 그 앞에서 필요한 것은 시간이 주어진다면 한 번 더 자신을 돌아보고 남은 자든, 돌아가는 자든 스스로를 용서하고, 서로에게 용서를 구하는 일은 아닐까.

V. 페로프, 〈아들의 묘에 온 노부모〉, 캔버스, 유화, 42×37.5, 1874

근처 마을에서 이미 늙을 대로 늙은 두 노인-남편과 아내-이 가끔 이 무덤을 찾아온다. 두 노인은 무릎을 꿇고 오래도록 슬피 울면서 말없는 비석을 하염없이 바라본다. 그 묘비 밑에 그들의 아들이 잠들어 있는 것이다. 두 노인은 한두 마디 말을 나누고, 비석 위의 먼지를 털기도 하고, 전나무 가지를 손질하기도 한 다음, 다시 기도를 올린다. (……) 아무리 과격하고 죄 많은 반역의 정신이 이 무덤 속에 잠들어 있다 할지라도 그 위에 피어 있는 꽃은 순결한 눈으로 평화롭게 우리를 바라보고 있다. 이 꽃은 변함없이 영원한 안식만을, '비정한' 자연의 위대한 정적만을 말해주고 있는 것은 아니다. 그 꽃들은 또한 영원한 화해, 무한한 생명에 대해서도 말해주고 있는 것이다…….

- I. 투르게네프의 『아버지와 아들』(1861)

이반 투르게네프의 농노해방령이 발표된 1861년에 완성된 『아버지와 아들』은 이듬 해 《러시아 보도》지에 게재된 작품이다. 당시 러시아 내에서는 1840년대 사회운동의 주역이었던 자유주의 귀족층과 1860년대 진보적인 사회운동을 주도한 혁명적 민주주의자들 간에 이념적 논쟁이 벌어지고 있었다. 이 이념 논쟁을 묘사하는 것이 이 소설의 주요 테마이다. 잡계급 출신으로 일체의 묵은 도덕, 관습, 종교를 거부하는 '니힐리스트' 바자로프는 아버지 세대를 대표하는 점진적인 자유주의자 니콜라이와 영국풍에 물들어 사는 파벨과 사상적으로 대립하게 된다. 바자로프는 의사인데 이것은 우연한 것이 아니다. 당시 많은 젊은이들은 자연 과학을 연구하고 유물론에 관심을 가졌으며, 예술을 부정했다. 음악이나 시, 회화, 자연의 아름다움은 바자로프의 관심을 끌지 못했고 친구 아르카디의 아버지 니콜라이가 음악을 듣고, 푸시킨의 작품을 읽는 것을 우습게 생각한다.

투르게네프는 바자로프의 많은 생각에 동의하지 않았으며 허무주의자를 긍정적 인물로 생각할 수도 없었다. 바자로프는 친구 아르카디의 영지를 떠나 부모님의 집으로 가서 자기 일을 계속하고 아버지가 농민들을 치료하는 일을 돕지만, 티푸스에 걸리고 얼마 못 가서 죽게 된다.

투르게네프는 이 죽음을 통해서 바자로프와 같은 인물의 시대가 아직은 도래 하지 않았음을 말하고자 한 것이다. 바자로프의 부모는 아들이 죽고 난 뒤 부쩍 늙어 버렸다. 2년이라는 시간이 흘렀음에도 불구하고 그들의 슬픔은 가

라앉지 않았다. 그들은 자주 아들의 묘지를 찾아간다.

위의 글로 『아버지와 아들』은 끝이 나는데, 투르게네프는 자연을 통한 영원한 안식과 화해를 말하고 있다.

바실리 수리코프(1848~1916) 러시아 크라스노야르스크에서 태어난 수리코프의 가문은 시베리아 카자크계였다. 1869년 상트페테르부르크예술아카데미로 가서 1875년까지 수학했다. 1875년 졸업작품 과제 〈사도 바울이 아그리파 황제와 그의 여동생 베르니케, 페스트 총독 앞에서 믿음을 설파하다〉로 일급 공식화가 자격을 얻었다. 이듬해 모스크바로 가서 1878년까지 모스크바의 구세주그리스도사원 벽화 채색작업에 참여했다.

V. 수리코프, 〈자화상〉

수리코프는 역사화를 주로 그렸으며, 러시아 민중 예술을 부활시키려고 했던 아브람체보 그룹에서 활동했다. 그리고 1881년부터 1907년까지 이동파의 회원으로, 1908년부터는 러시아예술가연합의 회원으로 활동했다. 러시아의 과거를 완벽하게 재현한 그의 작품은 많은 후배 화가들에게 지대한 영향을 끼쳤으며, 그의 이름을 딴 모스크바수리코프미술대학은 상트페테르부르크의 레핀미술대학과 함께 러시아의 양대 미술대학으로 꼽히고 있다.

이반 세르게예비치 투르게네프(1818~1883) 이반 투르게네프는 퇴역 기병장교인 아버지 세르게이 투르게네프와 러시아 중부 오룔 현 스파스코예 루토비노보에 방대한 영지(농노만 5,000이었다)를 소유한 어머니 바르바라 페드로브나 사이에서 태어났다. 아버지는 집안일에는 무관심하지만 젊고 멋진 남자였으며, 어머니는 그런 남편을 사랑하고 질투하는 위압적인 성품이었다. 그는 어린 시절을 가정의 경제권을 장악하고 있던 엄격한 어머니의 교육 아래에서 보내야 했다.

투르게네프는 어릴 때부터 외국인 가정교사에게서 영어·프랑스어·독일어·라틴어를 배웠다. 1833년 모스크바대학 문학부에 입학하고, 다음해 페테르부르크대학 철학부 언어학과로 옮겼다. 1836년 대학을 졸업했다. 1838~1841년 베를린대학에서 철학·고대어·역사를 배웠으며, 스탄케비치, 그라놉스키, 바쿠닌 등 러시아 진보적 지식인들과 친분을 쌓았다. 1841년 귀국하여 고향에 머물다가 페테르부르크로 상경하여 내무부에 잠시 근무했다.

1843년은 투르게네프의 삶에서 가장 중요한 해 가운데 하나이다. 1843년 그의 첫 작품인 서사시 『파라샤』가 세상에 나왔으며, 그해 겨울 페테르부르크에 공연차 러시아를 방문한 프랑스 여가수 폴린 비아르도와 만나게 된다. 투르게네프는 이미 남편이 있던 비아르도를 사랑하게 되고, 이 만남은 평생 계속 된다(투르게네프는 일생 동안 결혼을 하지 않았다). 비아르도에 대한 사랑은 투르게네프가 대부분의 시간을 외국에서 보내게 하는 원인이 되었다.

1847년 『사냥꾼의 수기』의 첫 작품인 단편소설 「호리와 칼리니치」를 《동시대인》지(紙)에 발표했다. 이를 기점으로 투르게네프는 확실한 작가로서의 명성을 얻는다. 1855년 『루진』을 세상에 내놓으면서 장편소설 작가, 러시아의 현실을 민감하게 조망할 수 있는 대작가의 위치를 공고히 한다. 이후 『아버지와 아들』, 『첫사랑』, 『처녀지』 등을 잇달아 발표한다. 1882년에는 조국 러시아와 러시아어의 아름다움을 찬미한 『산문시』를 발표하였다. 1883년 파리 교외 비아르도 부인의 별장에서 척추암으로 사망했다. 유언에 따라 페테르부르크의 보르코보 묘지에 안장되었다.

I. 레핀, 〈투르게네프 초상〉, 1874

러시아 문학에서 투르게네프의 위상은 크게 두 가지로 나눠볼 수 있다. 하나는 러시아 문학을 세계화하는데 결정적 기여를 했다는 것이다. 대부분의 생활을 독일, 프랑스, 영국 등에서 보낸 투르게네프는 당시 세계문학을 주도하던 작가들과의 넉넉한 친교를 나누고 있었다. 뿐만 아니라 영어, 독일어, 불어, 이태리어, 스페인어, 라틴어 등을 자유롭게 구사할 있는 능력을 구비하고 있었다. 이러한 능란한 외국어 구사 능력을 바탕으로 러시아 작가들을 세계에 알리는 가교 역할을 담당했다. 그의 손을 거쳐 도스토예프스키는 세계적인 대문호가 되었으며, 아직 신생아에 불과했던 러시아 문학이 단숨에 세계 정상권으로 발돋움할 수 있었다. 이것이 투르게네프가 선사한 외적 선물이라면 절제와 서정으로 대변되는 투르게네프의 작품 세계는 러시아 문학에 내적 성숙을 안겨주었다. 인간 심리와 그 변화의 양상에 대한 투르게네프의 서정적 포착은 푸시킨으로부터 출발하여 20세기까지 이어질 러시아 문학의 한 단면이 되었다.

모든 것은 과거에

V. 막시모프,
「모든 것은 과거에」

봄의 나른한 풍경 안에 두 노파가 앉아 있다. 계절이 봄임을 드러내 주는 배경의 보랏빛 꽃, 초록빛으로 싱그러움을 뽐내는 풀들, 온화한 봄볕 등이 이젠 시들어 가는 노년의 두 여인과 대조를 이루면서도 조화롭다. 화가는 봄과 노파들을 한공간 안에 그려내어 낡은 것과 새것의 교체라는 거스를 수 없는 자연의 섭리를 자연스럽게 드러내준다.

따사로운 봄 햇살을 놓치기 아까워 안락의자를 앞뜰로 끌고 나와 다리받침을 하고는 폭신한 쿠션에 등을 기대앉은 귀부인의 얼굴에 평안한 미소가 깃들었다. 산책에서 돌아온 듯 지팡이를 의자에 걸쳐 놓고 가발까지 쓴 귀부인에 비해, 스카프로 머리를 감싸고 나무 계단에 앉아 뜨개질을 하는 노파는 무언가 못마땅한 듯 입술이 아래로 쳐진 것이 뾰로통한 모습이다. 수인 옆의 개도 늘어져 이미 잠이 들었다. 창문을 열어 환기를 시키며 봄볕에 이불을 말리는 일상의 모습이 정겹기만 하다.

하지만 19세기 말인데도 여전히 반상의 구별이 느껴지는 풍경이다. 안락의자에 간이 식탁까지 갖추고 찻상을 차려놓고 앉아 같이 늙어가는 비슷한 연배의 시중을 받으며 봄 햇살을 즐기는 마님의 옆에는 찻잔이, 부지런한 손놀림으로 뜨개질에 열중하며 방석도 없이 계단에 걸터앉은 노파의 옆에는 사모바르(러시아식 차 끓이는 주전자)와 찻물용 큰 컵이 놓여 있다. 농노 해방(1961)이 이루어진 지 오래인데 체호프의 『벚꽃 동산』에 등장하는 하인 피르스처럼

V. 막시모프, 〈모든 것은 과거에〉, 캔버스, 유화, 72×93, 1889

아직도 과거만을 회상하며 몰락해가는 주인 곁을 지키고 있는 노파는 19세기 말의 허물어져가는 귀족 사회를 지탱하던 마지막 세대인 것 같다. 그렇지만 주인의 '벚꽃동산'과 함께 죽음을 맞이했던 피르스와는 달리 노파의 꾹 다문 입술에서 현실 인식의 실마리를 찾아볼 수 있을 것 같다. 여주인의 영욕의 삶이 과거이듯이 노파의 고난한 삶도 이젠 '과거'인 것이다. 모든 것을 떠나보내야 한다는 것은 모두에게 공평하다.

'훌륭한 가문, 생전의 부와 명예, 작가적 명성, 만년의 내려놓는 삶' 하면 떠오르는 사람이 톨스토이다. 그림 속 풍경도 레프 톨스토이의 영지 야스나야 폴랴나를 연상시킨다. 야스나야 폴랴나는 톨스토이 생전에도 작가들이나 유명인사들이 많이 방문했던 곳이다. 러시아 상징주의 작가였던 솔로구프(본명: 표도르 쿠지미치 테테르니코프, 1863~1927)가 야스나야 폴랴나를 방문했을 때 신혼의 행복에 젖은 톨스토이를 보고 "선생님은 정말 행복하십니다. 선생님은 자신이 사랑하는 모든 것을 가지고 계십니다……"라고 부러움을 내비치자, 톨스토이는 "아닐세, 내가 사랑하는 모든 것을 가지고 있는 것이 아니라, 내가 가진 모든 것을 사랑하고 있다네"라고 대답했다.

그랬던 톨스토이도 평생을 사랑했던 야스나야 폴랴나와 아내 소피아, 자녀들, 그리고 자신이 가졌던 모든 것을 떠나 아스타포보 역에서 객사한다. 역장의 집에서 죽어가던 톨스토이가 장녀인 타티야나에게 마지막으로 읽어달라고 한 책은 자신이 집필한 『인생이란 무엇인가』의 '10월 28일'이었다. 타티야나의 회상에 따르면 톨스토이에게는 28이란 숫자는 특별한 의미였다. 1828년 8월 28일에 태어났고, 군대에 들어간 날이 28일이었고, 《현대인》의 주간이 톨스토이의 처녀작인 『유년시절』을 발표하겠다고 알리는 편지도 28일에 도착했다. 맏아들 세르게이가 태어난 것도 28일이었고 그가 집을 나간 것도 1910년 10월 28일이었고 82세(28의 거꾸로)에 죽음을 맞이했기 때문이다.

『인생이란 무엇인가』 중 10월 28일자에는 다음과 같은 글들이 있었다.

"행복에 길들여져서는 안 된다. 지나가는 것이기 때문이다. 행복을 가진 사람은 그것을 잃는다는 생각에, 그리고 행복한 사람은 괴로워진다는 생각에 길들여져야 한다."(쉴러)

"고통의 감각이 우리 육체의 보전에 없어선 안 되는 조건인 것처럼, 마음의 고뇌는 우리 영혼의 보전에 없어서는 안 되는 조건이다."

"우리가 행복이라고 일컫는 것도, 또 불행이라고 일컫고 있는 것도, 우리가 그것을 시련으로 받아들인다면 똑같이 우리에게 유익하다."

"형벌로 결코 죽지 않고 영원히 계속 살도록 운명 지어진 방랑하는 유대인의 전설이 지극히 당연한 것처럼, 형벌로 아무 괴로움도 모르는 일생을 보내도록 운명 지어진 사람의 전설이 있다면, 그것 역시 지극히 당연한 것이라고 할 수 있다."

주로 살아가며 겪는 고난에 대한 것들이다.

그 글을 듣고 "집을 떠날 때 이 페이지를 읽지 않았구나"라고 톨스토이가 말했다고 딸은 회상했다. 아쉬움과 여운이 남는 말이다. 풍요롭고 빈틈없는 삶을 살았던 그의 인생도 죽음의 문턱에서는 회한이 남았던 것이다. 그러면서도 작가는 임종을 지키던 아들 세르게이에게 마지막으로 한 말이 "나는 진리를 사랑한다"였다. 유한한 인간이기에 더욱 영원한 진리에 매달리게 되는 것일까. 톨스토이는 평생을 진리와 함께하고자 하였기에 유한한 모든 것들 속에서 아직 살아있는 존재인 것 같다.

하지만 우리 곁에 글로 남은 톨스토이의 인생도, 19세기 말 풍경으로 남은 이름 모를 여인들의 삶도 그들이 해쳐간 길은 너무 다르지만, 〈모든 것은 과거에〉란 제목처럼 부와 명예도, 사랑도, 행복도, 고통도, 고난도 모두 지나간다는 것을 보여준다. 떠나보내는 일에 익숙해져야 하는 인간이 지금 할 수 있는 일은 어제와 다른 봄 햇살 아래 앉아 그저 노곤한 몸을 데우는 것인지도 모른다.

야스나야 폴랴나의 비석도 십자가도 없는 〈톨스토이 묘〉

톨스토이의 묘 결혼 전의 방탕한 생활과 군대 생활, 살인, 폭력, 간음, 몇 번의 자살 시도까지 경험했던 대작가 톨스토이가 내린 결론은 '삶은 계속 된다'였다. 그러면 어떤 모습으로 계속되는 것일까? 현재 생명력의 '좌우/앞뒤'에는 죽음이 자리 한다. 그리하여 죽음을 과장할 필요도 없고, 죽음을 거부할 필요도 없다. 자연스럽게 삶을 죽음과 연계시키고, 그 안에서 삶의 문제를 고민해야 한다. 그러므로 역시 삶을 과장할 필요도 없고, 지나치게 집착해서서도 안 된다. 평범하고 자연스럽게 주어진 삶을 살아가면서 삶의 모습을 죽음으로 이어가는 것, 이것이 삶의 계속됨의 모습이다. 과장하지 말 것, 두려워하지 말 것, 피하려 하지 말 것, 집착하지 말 것, 이것이 '이성'을 거친 삶의 모습들이다.

톨스토이는 1895년 일기에서 마치 유언처럼 "가능하다면, 사제들이나 교회의 장례 절차 없이(장사지내라). 그러나 만약 장사를 치르는 사람들이 그런 점을 용인할 수 없다면 그냥 보통 장례식처럼 하게 내버려두지만, 가능한 한 검소하고 간단하게 해라"라고 적었다. 그의 바람대로 비석도, 십자가도 세우지 않은 그의 묘는 야스나야 폴랴나의 뜰에서 조용한 안식을 취하고 있다.

기다리지 않았다

I. 레핀,
「기다리지 않았다」

I. 레핀이 그린 혁명적 주제를 다룬 작품들 중에서 가장 뛰어난 작품으로 평가받는 〈기다리지 않았다〉이다. 제12회 이동파 전람회에 그림을 선보였을 때 관객들은 환호했다. 스타소프는 "레핀은 〈볼가강의 인부들〉(1870~1873) 이후의 영광에 만족하지 않고 앞으로 더 전진했다. 나는 레핀의 이 그림이 가장 위대하고 가장 중요하고 가장 완전한 창작품이라고 생각한다"라고 극찬했다. 무엇이 그토록 사람들을 열광하게 만들었을까?

이 그림은 갑작스럽게 고향집으로 귀환한 한 혁명가와 그를 맞이하는 가족들의 모습을 묘사하고 있다. 19세기 후반기 러시아는 격동의 시기로 의식 있는 인텔리들은 그런 역사의 소용돌이를 피할 수는 없었다. 수많은 사람들이 전제 정치에 항거하다가 체포되어 감옥에 갇히거나 처형되었고, 가족을 떠나 시베리아로 유형을 떠났다. 형기가 정해져서 떠나지만 언제 돌아올지는 아무도 장담할 수 없었고 대부분은 거기서 생을 마감하였다. 그런 혁명가들 중 한 사람이 가족의 품으로, 고향집으로 들어서는 순간이 정지된 화면처럼 우리 앞에 묘사되고 있다.

레핀은 이 그림을 단숨에 그렸다고 한다. 그러나 매우 빨리 완성하고도 몇 년에 걸쳐서 집안으로 들어서는 혁명가의 머리 기울기와 얼굴 표정을 여러 번 고쳐 그렸다. 처음엔 좀 더 꼿꼿한 모습으로, 얼굴도 더 영웅적이고 당당하게 그려보기도 했고 지금보다 더 고통스럽고 피곤한 표정으로 그려보기도 했다.

I. 레핀, 〈기다리지 않았다〉, 캔버스, 유화, 160.5×167.5, 1884~1888

결국에는 갑작스럽게 귀환하는 사람의 뭔가 불확실하고 주저하는 듯한 전체적인 포즈에, 얼굴에는 당당함과 앙상한 고난의 흔적을 함께 결합한 지금의 모습으로 결정하였다.

그렇게 함으로써 화가의 의도가 너무 분명히 드러나는 것도, 불필요한 동정심을 불러일으키는 것도 피할 수 있어서 보는 이에게 공감을 끌어낼 수 있었다. 또 보여주기 위한 당당한 혁명적 이미지를 시위하기보다는 인간적 연민을 불러일으키게 되었다.

대의가 어찌되었든 간에 가족을 남겨두고 오랜 세월 집을 떠났던 혁명가가 집으로 들어서면 많은 상념들이 교차할 것이다. '어떻게들 지내고 있을까? 아이들이 날 알아볼까? 어머니는, 집사람은…… 너무 오랜 세월이 흘러버렸는데…… 보고 싶다…… 날 받아줄까?' 계절에 맞지 않은 옷차림이 그가 어디서 왔는지, 얼마나 먼 길을 왔는지를 드러내준다.

그에게 문을 열어 집 안으로 안내한 하녀의 표정은 냉담하다. 아마도 그를 맞이하는 사회의 첫 시선일 것이다. '주인어른인가? 그 유형 갔다는? 이제야 돌아오다니…….' 그녀는 아마도 그가 유형을 떠난 뒤에 이 집에 들어온 사람인 것 같다. 그를 아는 사람이라면 그런 표정일 리가 없기 때문이다. 뒤에서 호기심 어리게 기웃거리는 여인도 그가 떠난 사회 속 일반인들이 그에게 가지는 가장 흔한 모습일 것이다. 냉담과 호기심…… 그 정도가 돌아온 혁명가에 대한 사회의 일반적 반응이지 않을까.

발코니 창문과 열린 문을 통해서 들어온 햇볕 때문에 더 검게 보이는 혁명가. 전체적으로 따뜻한 분위기의 집안에서 그 만이 너무 낯설고 어색하다. 어쨌든 첫 만남의 순간에 그는 낯선 사람일 뿐이다.

갈색의 두껍고 허름한 외투, 닳고 닳은 낡은 부츠, 짧게 깎은 머리, 집 안으로 들어서면서 벗어 손에 든 모자, 주춤거리는 걸음걸이. 그는 떠나 온 시베리아 유형지로부터 어두운 무엇인가를 집 안으로까지 끌고 온 것 같다. 매일의 일상 속으로, 평온한 가족에게로 거대한 역사, 인생의 혹독한 시련과 고난을…….

그런 그를 향해 어머니로 보이는 노파가 막 일어서서 그를 맞으러 의자를 밀치고 등을 펴면서 몸을 일으키고 있다. 그토록 그리던 아들이 온 것이다. 이제 막 아들임을 알아본 순간이다. 아내로 보이는 부인은 아이들에게 피아노를 쳐주고 있다가 막 고개를 돌렸고 식탁에 앉아 발장난을 하며 숙제를 하던 소녀는 아마 아버지를 기억 못하는 듯 의심스럽고 낯설게 쳐다보고 있다. 너무 어렸을 때 아버지가 떠났나 보다. 남루한 행색의 낯선 사람이 수상할 따름이다.

이 그림에서 엷은 미소를 띤 소년이 없었다면 너무 전체적인 톤이 어두웠을 것이다. 그를 반기는 아들 모습이 인물들 중에서 유일하게 밝게 묘사된 표정이다. 소년은 고개를 쭉 빼고 반갑게 쳐들었다. 그렇게 한눈에 반가운 미소로 낯선 사람을 쳐다볼 수 있는 것은 아마도 할머니나 어머니로부터 아버지에 대한 이야기를 자주 들어와서일 것이다. 그는 알고 있었던 것 같다. 기다렸던 것 같다. 할머니와 어머니가 들려주시던 아버지가 언젠가는 돌아오리라는 것을……. 그를 잊지 않고 반기는 아들이 있어 그의 인생도 그렇게 헛되지 않은 것 같다.

작품의 제목인 〈Н е ж д а л и〉(They did not wait)는 일반 인칭문이다. '그들은 기다리지 않았다'로 해석할 수 있다. 하지만 그들이 기다리지 않은 것은 아들의, 아버지의, 남편의 '갑작스러운 귀환'이지 '그'를 기다리지 않은 것은 아니다. 너무나 기다렸던 귀환을 〈기다리지 않았다〉로 반어적으로 표현한 것이다. 이런 첫 만남의 순간 이후에 그들이 서로를 향해 달려가 껴안고 입맞춤을 하고, 감격의 흐느낌과 웃음이 범벅될 것이라는 상상은 관객들의 몫으로 남겨두고 있다.

역사의 소용돌이 속에 휘말리지 않았다면 그는 네크라소프와 세프첸코의 초상이 걸린 거실에서 아내의 피아노 소리를 들으며 책을 보는 아이들과 함께 춥지도 덥지도 않은 늦여름 날의 햇볕을 즐기고 있었을 것이다. 초상화들 옆에 걸려 있는 예수의 고난을 묘사한 판화가 그와 같은 혁명가들의 결백함을 드러내 주는 것도 같다. 레핀의 섬세함이 돋보이는 인테리어이다. 그는 그 당시 인텔리 가정의 일상을 그대로 옮겨 놓은 듯 정성스럽고 사랑스럽게 묘사하였다.

발코니 창에는 비가 그친 흔적을 보여주듯 빗방울들이 아직 남아 있다. 비가 지나가고 갠 풍경이 어렴풋이 보이고 아직은 따스한 햇볕이 집안을 비추듯 그들의 삶에도 이젠 따뜻한 온기가 가득하길 바라 본다.

시골 마을의 설교

V. 페로프,
「시골 마을의 설교」

그림을 보면 교회 안 풍경이 아이러니하게 묘사되어 있다. 창작연도가 1861년인데, 그해는 알렉산드르 Ⅱ세가 농노해방령을 발표한 때이다. 페로프는 모스크바의 한 교회에서 3월 3일(구력 2월 19일) 농노해방령에 대해 들었다고 한다. 1880년대에 쓴 이야기들 중 하나에서 페로프는 "민중이 무엇을 느꼈는지 말하기는 어렵다. 그들은 돌처럼 굳어졌고 아무 소리도 움직임도 없이 서 있었다. 예배와 축도가 끝났다. 민중은 교회를 나가기 시작했다. 떠들썩함도, 환호도, 환희도 없었다. 가만히 그들은 어떤 의혹감을 가지고 조용히 집으로 흩어졌다"라고 그때 상황을 회상했다.

유럽에서는 17~18세기에 봉건제가 이미 붕괴되고 농노해방이 이루어졌던 반면 러시아는 19세기 후반이 되어서야 농노해방이 이루어진다. 구소련의 역사가 이그나토비치에 의하면 19세기에만 1,467회의 농민반란이 발생하였고, 대외적으로는 크림전쟁(1853~1856)의 패배 등으로 러시아 사회의 후진성이 입증되자 알렉산드르 Ⅱ세는 어쩔 수 없이 농노해방을 선언하게 되지만 자유를 얻고 토지를 받는 대신 지주들에게 상환금을 지불해야 하는 등 많은 모순을 안고 있었다. 결국 농노들은 도시로 흘러들어 값싼 노동력을 공급하는 도시의 하급 노동자로 전락해 러시아 자본주의 발전이 가속화된다.

설교대 앞자리엔 마을 지주 내외가 앉았고 귀족들과 농노들이 양편을 나누어 자리했으며 농노들은 의자도 없이 서 있다. 신부 바로 앞에서 점잖게 예복

V. 페로프, 〈시골 마을의 설교〉, 캔버스, 유화, 71.5×63.3, 1861

까지 차려입고 와서는 손을 깍지 낀 채 고개를 옆으로 기울이고 아예 자고 있는 배 나온 지주. 그 옆에서 작은 성경은 폼으로 들고 뒷줄에 앉은 남자의 속삭임에 반쯤 넘어간 화려한 드레스의 어린 아내. 모르겠다는 듯이 머리를 긁적이는 누더기를 걸친 농노, 퀭한 눈의 노인과 아이들에게서 빈궁이 느껴진다. 그래도 그들의 미래인 아이들을 앞줄에 세웠다. 소녀는 뭔가 알겠다는 듯 진지한데 소년의 얼굴엔 의혹이 가득하다.

신부는 농노들을 향해 한 손은 하늘을, 한 손은 자고 있는 지주를 향하고 무엇인가를 말하고 있다. 어쩌면 어떤 모습이든 모든 권력은 신으로부터라고 설득하고 있는지도, 아니면 지상의 빵과 자유 대신 천국의 상급과 곡물창고를 약속하고 있는지도 모른다. 아니면 벌어지는 일에는 무관심한 채 자고 있는 지주에게서 돈을 주고 사야 하는 자유와 농토에 대해서 설명하고 있는지도 모르겠다(농노해방령은 농사를 짓던 농노에게 농토의 절반은 무상으로 절반은 돈을 지불하고 구입하도록 했다).

인간의 영원한 숙제인 '빵과 자유, 권력'의 문제는 도스토옙스키의 "대심문관의 전설"에서 철저히 파헤쳐진다. 이 이야기는 『카라마조프가의 형제들』(1880)의 '제5편 Pro와 Contra'에 삽입된 이반 카라마조프의 서사시다. "대심문관의 전설"은 그것에 대해서만 수많은 논문이 있을 정도로 심오한 사상을 담고 있다. 카라마조프 가문의 삼형제들 중에서 지성을 대표하는 이반이 동생 알료샤에게 이야기해주는 형식으로 쓰인 이 글에서 아흔 살의 대심문관은 밤에 감옥으로 예수를 찾아와 '빵과 자유'에 대한 장광설을 쏟아낸다. 대심문관은 마태복음 4장 1~13절을 예로 들며 예수를 몰아세운다. 그는 사막에서 금식 기도 중이던 예수가 "돌을 빵으로 변화시켜보라"는 악마의 시험에 대해 "사람이 빵만으로 사는 것이 아니다"라고 말한 것을 신랄히 비판한다. "민중이 원하는 것은 결국 빵이지, 자유가 아니다. (……) 인간은 반역자로 창조되었고, (……) 인간에게 양심의 자유보다 더 매혹적인 것은 없지만 이보다 더 고통스러운 것도 없다"며, "이 나약한 반역자들의 양심을 영원토록 정복하고

사로잡을 수 있는 힘, 그들의 행복을 위한 지상의 유일한 세 가지 힘"은 바로 "기적, 신비, 권위"라고 역설한다. 예수는 "인간을 기적의 노예로 만들고 싶지 않아서, 자유로운 믿음을 갈망해서" 기적을 거부했지만, 인간은 예수가 생각하는 것보다 "훨씬 더 저급하게 창조되었다"며 대심문관은 그런 인간들을 대신해 "선택의 고통과 선악의 인식을 대신해주는 것이고 그 대신 빵을 분배해주는 수난자"라고 한다. 그 모든 역설이 끝나고 반박을 해보라는 대심문관에게 예수는 핏기 없는 그의 입술에 입을 맞춘다.

역시나 도스토옙스키다. 대심문관의 그 긴 혹설(惑說)이 진행되는 동안 예수는 과연 뭐라 답할까 하는 생각으로 독자들을 계속 궁금하게 해놓고는 아무 말 없이 대심문관에게 건넨 입맞춤 하나로 연민과 사랑의 예수를 표현했다. 그것이 그가 온 이유다. 도스토옙스키는 이반의 글을 통해 평생을 고민한 모든 문제들을 다 토로하였고, 결국 '사랑'의 예수를 보여주었다.

타들어가는 가슴을 쓸며 빈 하늘을 향해 애타게 비를 바라는 농부들의 갈라진 논바닥뿐만 아니라, '오늘이 내일이어라' 하는 부잣집 앞뜰에도, 무심한 바다에도 하늘은 골고루 비를 내리듯, 가난한 농노들에게도, 아버지를 따라온 천진한 아이들에게도, 배불리 먹은 아침 때문에 설교를 자장가 삼아 자고 있는 지주에게도, 예배는 뒷전이고 앳된 부인 꼬드기기에 바쁜 귀족에게도, 남편의 영혼을 위로하고 슬픔을 달래려는 상중의 과부들에게도, 이 지상의 삶이 끝이 아니길 바라는 노파에게도 말씀은 골고루 다가간다.

볼가 강의 인부들

I. 레핀,
「볼가 강의 인부들」

도스토옙스키는 레핀의 〈볼가 강의 인부들〉에 대해 다음과 같이 말했다.

“신문에서 레핀의 볼가 강 인부들에 대해 읽자마자 너무 놀랐다. 주제 자체도 너무 끔찍하다. 우리는 왠지 인부들 하면 익히 알고 있는 민중에 대한 상류층의 사회적 부채 의식을 묘사할 것으로 받아들인다. …… 그러나 기쁘게도, 내 공포는 쓸데없는 것이었다. 인부들, 진짜 인부들밖에는 없었다. 그들 중의 어느 누구도 그림 속에서 관객을 향해 ‘보세요, 내가 얼마나 불행한지. 당신은 민중에게 얼마나 빚을 졌는지!’라고 외치는 사람은 없다. 이것은 오직 화가의 위대한 업적 덕분이다.”

그가 이와 같이 언급한 것은 러시아의 위대한 시인 N. 네크라소프의 『화려한 정문 앞에서의 단상들』이란 시를 떠올렸기 때문일 것이다.

(……)
볼가에 가보라, 위대한 러시아의 강 위로
누구의 신음소리가 울려 퍼지는지?
이 신음소리를 우리는 노래라고 부른다-
인부들이 예인망(拽引網)을 끌고 가는 것을……

볼가! 볼가! 물이 넘치는 봄에

우리의 대지가 위대한 민중의 슬픔으로 넘치는 것처럼

당신은 들판들을 그렇게까지 넘치도록 물을 주지는 않을 테지-

인민이 있는 곳에 신음소리가…… 아, 심장을 에는 신음소리가!

(……)

그러나 레핀은 이 그림을 그릴 때 네크라소프의 이 시를 몰랐으며, 그림을 그리고 나서 2년 후에나 처음으로 이 시를 읽었다고 고백했다. 이 그림은 레핀의 예술적 천재성을 그대로 드러냈다. 밝고 뜨거운 태양빛이 비치는 숨 막히는 여름날, 한없이 펼쳐지는 드넓은 강, 가슴으로 밧줄을 끌어당기며 범선을 예인하고 있는 지치고 힘겨운 사람들의 무리.

이 그림의 창작에 대해서는 레핀이 직접 쓴『멀고도 가까운 것』에 자세히 나와 있다. 1868년에 레핀이 아직 '예술아카데미' 학생이었을 때 이 아카데미의 청강생이었던 K. 사비츠키(후에 유명한 화가가 되었다)가 그에게 스케치를 그리러 네바 강 유람선을 타고 교외로 나가자고 권유했다. 그래서 레핀은 그와 함께 유람선을 타고 페테르부르크를 벗어나게 되었다. 그는 강변 주위의 아름다움에 빠져들었고, 호화로운 저택들과 별장들, 화려하게 차려입은 여인, 다양한 색깔의 양산, 제복을 입은 대학생, 아름다운 여인들의 모자에 넋을 잃고 보고 있었다.

그런데 유람선이 선착장에 다가갔을 때 갑자기 더러운 누더기를 걸친 한 무리의 사람들을 발견하고는, 사비츠키에 물어보니 바지선을 끄는 인부들이라고 했다. "가축을 대신해서 사람이 배를 끄는" 모습에 너무나 충격을 받은 레핀은 이 주제로 그림을 그리기로 결심하게 된다.

그러나 열아홉 살의 친구 화가였던 표도르 바실리예프(시슈킨과 크람스코이의 제자였다)가 레핀이 그린 '인부들'의 스케치들을 보더니 '진짜 인부들'이 있는 볼가 강으로 갈 것을 권유하게 된다. 거기서야말로 진짜 인부들을 만날 수 있을 것이라고 크람스코이도 권유하자, 레핀은 형 바실리, 화가 표도르 바실리예프, 화가 마카로프와 함께 볼가 강을 여행한다.

1870년 6월 초에 트베리에서 사라토프까지 볼가를 따라 여행하면서, 카닌이라는 60대 노인을 만나게 되었는데 그의 인상이 너무 마음에 들어 그에게 포즈를 취할 것을 여러모로 설득했지만 어떠한 선물과 호의에도 그는 흔들리지 않고 거절한다. 그는 아마 상인 출신이었던 것 같았고, 화가 사브라소프를 많이 닮았다. 레핀이 그에게서 받은 인상은 "몰락한 그리스 공화국의 60대 철학자가 부유한 로마 귀족들이 자녀들을 양육하기 위해 사주기를 기다리며 노예시장에 팔려나온 것은 아닌가" 하는 생각이 들 정도로 고대 철학자의 풍모를 닮았다. 거기서 레핀은 어린 집시 소년 라리카, 예전에 선원이었던 일코, 성상화가였던 콘스탄틴 등을 만났다. 그들은 모두 그의 그림의 인물들로 형상화되었다.

1871년에 처음으로 예술가 장려 단체에서 그림을 보여주었지만, 만족하지 않아서 다시 볼가로 여행을 다녀온 후 고쳐 그렸다. 이때 '이동파'가 조직되어 1873년 이 전시회에서 선보이게 된다. 그림을 본 V. 스타소프는 "아직까지 한 번도 짐 나르는 짐승 같은 사람들의 가혹한 운명이 그렇게 대규모로, 그렇게 조화롭게 캔버스 위에서 관객들 앞에 제시된 적이 없었다. 가슴으로 버티며 밧줄을 끌면서 보조를 맞춰 걷는 이 11명의 사람들. 이들은 러시아 방방곡곡에서 모아 온 사람들의 모자이크다!"라고 말하면서 "우리 세대에 가장 유명한 그림이 될, 러시아 학파의 최초 그림이다"라고 극찬했다.

그림은 마치 저 멀리서 관객을 향해 다가오는 것처럼 입체적이어서 11명의 초상이 각자의 인생과 함께 온전히 우리 앞에 펼쳐진다. 앞의 세 명이 나머지 인부들을 이끌고 있다. 중심에는 레핀이 반했던 고대 철학자를 닮은 카닌이 있고, 오른쪽엔 원초적인 힘을 상징하는 원숭이 같은 얼굴의 검은 수염의 노인이 있으며, 왼쪽에는 증오스러운 눈빛으로 관객을 쳐다보고 있는, 선원이었던 일카가 있다. 카닌은 이 두 대립적 인물들을 아우르며 앞으로 전진하고 있

I. 레핀, 〈볼가 강의 인부들〉, 캔버스, 유화, 131.5×281, 1870~1873

다. 파이프를 물고, 느리고 굼뜨게 움직이는 것 같은 키가 큰 백러시아계 퇴역 군인, 이런 일에 익숙지 않아서 마치 밧줄로부터 벗어나고 싶어 하는 것 같은 희멀건 집시 청년 라리카, 모래사장으로 쓰러질 것 같은 마지막 사람을 부르기라도 하는 것 같은 검은 머리의 그리스인. 모두가 자기만의 얼굴과 표정, 살아온 인생을 드러내준다.

인부들은 16~19세기 말까지 예인망의 도움으로 물살을 거슬러 배를 해변으로 끌어올리기 위해 고용된 노동자들이었고, 이들이 끌어올리는 배는 범선이었다. 협동조합을 형성해서 주문을 받아 수행했다. 주로 봄부터 가을까지 하는 계절노동이었다. 역풍이 불면 돛을 내렸고, 순풍이 불면 돛을 올려 예인을 가속화했다. 그림에서 돛이 내려진 배를 보니 역풍이 불고 있나 보다. 그러니 그들의 노동은 더 힘겨웠을 것이다. 닻을 올려 처음 배를 끄는 가장 힘든 순간에 뱃노래를 불러 인부들의 사기를 돋우었다.

어기여차, 어기여차
한 번 더, 한 번 더

우리는 자작나무를 자른다
울창한 자작나무를 자른다
밧줄을 단단히 묶어라
태양을 향해 노래를 부르세

우리는 강가를 걷는다
햇살에게 노래를 불러준다
아이다, 다, 아이다
아이다, 다, 아이다
햇살에게 노래를 불러준다

밧줄을 단단히 묶어라

밧줄을 단단히 묶어라

볼가는 어머니의 강

넓고도 깊구나

아이다, 다, 아이다

아이다, 다, 아이다

볼가는 어머니의 강

-〈볼가 강의 뱃노래〉

19세기 후반에는 증기선이 나타나면서 인부들의 노동이 사라졌지만, 다른 유럽 국가들(벨기에, 네덜란드, 프랑스 등)에서는 1930년대까지 인부들이 일을 했다. 증기선을 구입할 수 없거나 증기기관을 설치하기가 불가능하거나 화부를 따로 고용하기가 힘들었던 선주들은 범선을 계속 사용해 인부들이 필요했기 때문이다.

이 그림에서 레핀이 증기선의 하얀 연기를 저 멀리에 그려 넣은 것도 우연이 아닌 듯하다. '증기의 힘'보다 훨씬 싼 인부들 노동의 대가를 드러내주고 싶었던 것이다. 하지만 레핀은 노동이 힘겨운, 인부들이 처참한 운명뿐만 아니라 그들의 정신적 아름다움과 육체적 힘도 함께 보여주려고 했다. 그래서 '철학자 카닌'을 맨 앞 중심에 배치해 놓았을 것이다. 카닌은 나이가 들었더라도, 가진 것 없이 비록 자신의 육체만을 의지해 하루의 빵을 얻는 막노동을 할지라도 자존감을 잃지 않고 스스로를 믿으며 삶을 개척하는 의지를 표현해주고 있다.

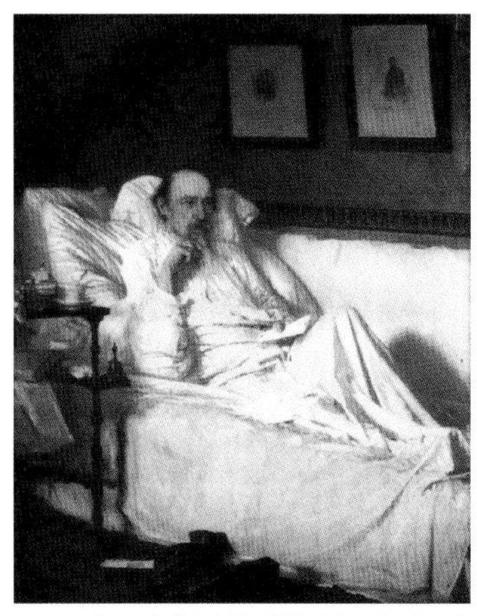
I. 크람스코이, <'마지막 노래' 시기의 N. 네크라소프>, 캔버스, 유화, 105×89, 1877~1878

니콜라이 네크라소프(1821~1878) 우크라이나 네미로프 출생으로 유년시절을 볼가 강 연안의 야로슬라블 주 그레시네보의 세습 영지에서 보냈다. 그곳에서 교양 없고 난폭한 아버지에게 고통당하는 농노를 보고, 그에 대한 동정심에서 농노제에 대한 증오가 싹텄다. 야로슬라블 중학을 중퇴하고, 17세 때인 1838년 페테르부르크로 갔다. 군인이 되기를 바랐던 아버지의 뜻을 어기고 페테르부르크대학 문과의 청강생이 되어 아버지로부터의 송금이 끊어져, 그는 잡문을 써서 생계를 유지하면서 빈곤과 기아를 체험하였다. 1840년 친구들의 도움으로 소년시절부터 써 온 시를 모아 처녀시집 『꿈과 울림』을 자비로 출판하였다. 이 시집에 벌써 사회비판의 모티프가 보였으나, 벨린스키로부터 독창성이 결여되었다는 비판을 받자 스스로 그것을 인정하고 나머지를 모두 회수하였다.
1847~1866년에 《현대인》과 1870년대의 10년간은 《조국의 기록》의 편집장을 맡았다. 대표적인 작품으로는 『러시아는 누구에게 살기 좋은가』(1863~1877)가 있다.

어디나 삶

N. 야로센코,
「어디나 삶」

그림을 감상할 때 제목을 나중에 보는 습관이 있다. 먼저 온전히 그림만을 감상하고 싶다. 제목까지도 내가 상상해가면서…….

그런데 이 그림을 보고 제목을 보는 순간, '아……' 하고 가슴을 죄는 탄성이 절로 나왔다. 〈어디나 삶〉이라니…… 이보다 더 이 그림에 맞는 제목은 찾아낼 수 없을 것 같다.

그림은 창살 안의 인물들과 아이가 던져주는 빵 부스러기를 먹기 위해 날아든 새들로 구성된다. 새들은 그림 하반부의 정면을 차지하고 있고 인물들은 정면이 아닌 약간 옆으로 치우친 상반부에 묘사되어 있다. 죄수 차량 안에 있는 인물들의 시선은 모두 창밖의 새들에 집중되어 있다. 정지된 듯한 인물들의 모습은 날갯짓으로 나타난 새들의 동적인 자유로움과 대조를 이룬다.

그런데 왜 새들은 정면에 묘사했으면서 창살 안의 사람들은 측면에 그려놓은 것일까? 창살 너머로 내민 아이의 손 아래에서 떨어졌을 빵 부스러기를 쪼는 새들이 정면에 자리하고 있다면 그 위의 사람들도 정면에 위치하고 있어야 하는데……. 그것은 기차가 자유로운 세상을 뒤로하고 구속의 땅을 향해 막 출발하기 시작한 순간을 나타내기 위한 것은 아닐까? 뒤로 가지 않는 한 기차가 떠나는 방향인 오른쪽으로 치우친 것을 보면 그런 추측을 더욱 신빙성 있게 만든다. 이제 막 덜커덩하고 기차가 한 번 움직인 거리인 듯 우리의 시선에서 약간 비켜나간 풍경이다. 기차는 이미 목적지를 향한 여정을 시작한 것이

N. 야로센코, 〈어디나 삶〉,
캔버스, 유화, 212×106, 1888

다. 서서히 움직이기 시작한 기차 안에서 이들이 보고 있는 바깥세상의 새들은 어떤 모습인가?

플랫폼을 차지한 새들의 모습은 다양하다. 아이가 던져주는 빵 부스러기를 먹으러 날아들어 먹이를 쪼고 있는 새, 막 내려앉으려고 자리를 물색하고 있는 새, 내려앉아 먹을 기회를 엿보며 목을 빳빳이 긴장한 검은 새, 그리고 그 옆에서 움츠리고 앉아 또한 기회를 엿보고 있는 참새처럼 작은 새. 모두 두 마리씩 짝을 이루고 있는데 이 작은 놈만 짝이 없다. 그래서 자세히 보니 열차 지붕 위에서 꽁무니를 치켜들고 긴장되게 아래쪽을 향하고 있는 또 한 마리의 새가 있다. 새에 먹이를 주다 보면 옆에서 새들 무리에 끼어들지 못해 주는 모이도 못 얻어먹어 마음 짠하게 하는 놈들이 있기 마련이다. 바닥에서 기회를 엿보고 있는 작은 새가 신호라도 하면 당장 내려갈 양으로 준비 태세를 갖춘 듯 모이 쪽이 아닌 작은 새를 향하고 있다. 힘 센 놈들이 먼저 먹기 마련이다. 그래도 새들은 창살 안쪽 사람들이 그토록 바라는 바깥세상에 있다.

빛바랜 초록색과 황토색이 섞인 낡은 열차 죄수 칸 안에 좌석도 없이 빼곡히 바닥에 앉아 있을 죄수들 틈에서 창살 너머의 새들에 마음을 빼앗긴 인물들의 표정은 어떤가.

깡마른 아이 엄마는 한두 살쯤 되어 보이는 아이에게 자신의 마지막 영양분까지도 젖으로 빼앗긴 듯 지친 얼굴이다. 먼저 눈에 들어오는 머리에 쓴 검은 스카프는 러시아에서 상복으로 쓰이기 때문에 그녀가 상중이라는 것을 말해준다. 남편이라도 죽은 것일까? 상도 끝나지 않은 그녀는 아이까지 데리고 대체 어디로 끌려가는 것일까?

약간 옆으로 기울인 얼굴의 각도, 지적이면서도 상념에 잠긴 듯한 슬픈 표정 등은 어딘지 성모 마리아를 연상시키기도 한다. 예수의 고난을 예견하고 걱정하는 마리아처럼 앞으로 닥칠 아이의 운명을 걱정하지 않을 수 없는 근심이 드러난 표정이다. 일반적으로 '성모와 아기 예수'를 그린 성상화에서 성모 마리아가 항상 예수 쪽으로 머리를 기울이는 반면, 여기서 그녀는 아이의 반대쪽으로 머리를 기울이며 상념에 잠긴 표정이다. 그래서인지 성모와는 다른 인간적 고뇌가 느껴진다.

아이 옆의 사내가 쥐고 있는 빵 조각은 그녀가 아이를 위해 자신의 배를 주리며 남겨놓은 아침이었을지도 모른다. 아이를 안아 올린 손이 창백한 얼굴과 대조되게 붉은빛을 띤 것을 보면 아이의 무게마저도 이젠 힘겨운 것 같다. 그녀의 체념한 듯, 부러운 듯 새들을 향한 시선에는 앞날에 대한 걱정이 드리워져 있다.

침울한 여인의 표정과 대조를 이루는 흐릿하지만 흐뭇한 웃음을 띤 사내는 귀중한 흑빵을 창밖의 새들에게 던져주고자 하는 철없는 아이의 응석을 받아주며 빵까지 잘게 부숴주는 인정 많은 순박한 촌부의 모습 그대로다. 조금 남은 빵 조각을 쥐고 있는 투박한 손은 그가 살아온 삶의 단면을 보여준다. 짧게 깎인 검은 손톱, 굵은 손마디, 꺼칠꺼칠한 피부, 커다란 손바닥과 짧은 손가락은 평생을 노동으로 일관한 일꾼의 손이다. 가족을 위해, 그들을 하루 세 끼 먹이기 위해 자기 몸뚱이 하나는 기꺼이 아끼지 않은 순박한 손이다. 선한 웃음을 띤 그의 표정에서 무엇이든 할 것 같은 우직함과 삶에 대한 긍정이 나타난다.

메마른 여인과 광대뼈가 드러난 사내의 얼굴과는 대조되는 아이의 둥그스름한 완전함은 힘겨웠을 고난의 삶을 이겨내며 여인이 지켜낸 아이의 해맑은 표정, 젖살 오른 포동포동한 볼, 생기 있는 입술, 통통한 손을 통해 잘 드러난다. 아이의 하얀 옷과 흰 얼굴이 그들의 순수함과 결백성을 대신해서 드러내는 것 같다. 창살 아래 가만히 내민 아이의 손은 보는 이들을 부끄럽게 만든다. 무슨 죄가 있다고…….

그들의 뒤에 있는 텁수룩한 수염의 노인은 마치 노년의 톨스토이 같다. 마을 촌장 같은 이미지의 듬직하고 풍채 좋은 덩치, 강직한 콧대, 넓은 이마를 가진 그는, 깊이 팬 눈으로 새들을 보는 것인지 아이를 보는 것인지, 아님 그 둘 다를 보면서 자기 상념에 빠진 것인지 알 수가 없지만 아이가 펼치는 작은 퍼포먼스로부터 역시 눈을 떼지 못하는 것 같다. 고향에 두고 온, 이제 막 재롱을 피우기 시작한 손자 생각이라도 난 것일까? 얼마나 더 살지 모르는 여생을 보내기 위해 떠나는 유형길이 그에겐 과연 어떤 의미로 다가왔을까?

그 옆에서 힐끗 곁눈질로 관심을 보이는 옆집 아저씨같이 생긴 친근한 외모에, 일용직 노동자 같은 모자를 쓴 사내도 인상적이다. 풍채 좋은 할아버지 때문에 잘 보이지 않는 창밖을 보려고 아마 까치발이라도 선 듯 약간 기우뚱하고 불안한 자세다. 할아버지의 어깨에 얼굴이 반쯤 가려진 그는 입꼬리가 약간 올라간 보일 듯 말 듯한 미소를 띠고 눈을 아래로 향한 채 바닥의 새들을 주시하고 있다. 새들을 가장 부러워하는 것은 아마 이 사내인 것 같다. 그가 부러운 것은 새들이 누리고 있는 자유가 아닌지도 모르겠다. 부족한 영양 상태를 드러내듯 검게 보이는 마른 얼굴의 그가 부러운 것은 빵 부스러기로 배를 채우고 있는 상황 그 자체일 수도 있다.

이 그림에서 마음 한 구석을 답답하게 하는 아픈 부분은 다른 쪽 창 앞에서 밖을 주시하고 있는 등 돌린 사내의 모습이다. 그 사내가 없었다면 이 그림의 분위기는 많이 달라졌을 것이다. 뒤에서 무슨 일이 벌어지든 아랑곳하지 않고 등을 돌린 채 서 있는 사내. 언뜻 수염도 보이는 듯하고 구릿빛의 얼굴색에 완고해 보이는 얼굴선이 젊지 않은 그의 나이를 드러내 준다. 그러나 그의 마음은 유형지로 출발하기도 전에 이미 창살 안에 갇혀 버린 듯하다. 주위에서 벌어지고 있는 일들과 주위 사람들에 대한 관심의 문을 닫아 버린 것같이 무심히 서 있다.

순진무구한 아이의 얼굴도 수십 년의 유형 생활을 거치고 아무도 기다리고 있지 않을 고향으로 돌아갈 때쯤이면 그 무엇에도 관심 없고 자신에 대한 자존감마저 잃어버리게 되는 그런 사람으로 변해버릴 것은 아닐지……. 그런 그의 뒷모습이 마치 앞 사람들의 미래의 모습은 아닌지 하는 의구심이 들게 한다. 사내의 뒷모습이 보는 사람들의 가슴을 먹먹하게 만든다.

니콜라이 야로센코가 이 그림을 발표한 것은 1888년 제18회 '이동전람파'

전시회에서였다. '이 사람들은 누구인가?', '이 여인은 무슨 일을 겪은 것일까?', '톨스토이 풍이 느껴진다' 등의 질문들은 무성했지만 이 그림에 대한 해설은 별로 없다.

'페레드비쥬니키(이동하는 자들)'로 불리던 러시아의 '이동전람파'는 1870년대부터 1923년까지 약 48회에 걸쳐 상트페테르부르크, 모스크바, 키예프, 하리코프, 카잔, 오데사 등 여러 도시를 순회하며 자신들의 그림을 전시하였다. 이 그룹에는 이반 크람스코이(1837~1887), 니콜라이 게(1831~1894), 일랴 레핀(1844~1900), 바실리 수리코프(1848~1916), 이사크 레비탄(1860~1900) 등이 참여하였다. 이들은 이상주의적인 미학과 전통적인 회화 규범을 거부하고, 일반 민중의 삶 속에 드러난 '민중적 요소들'을 화폭에 옮기려고 하였다. 이동전람파 화가들은 그 당시 러시아의 잡계급 인텔리겐챠들(우스펜스키, 도스토옙스키, 가르신, 오스트로프스키, 체호프 등)과 교류하면서 비판적 사실주의의 영향도 받게 된다. 러시아 자연의 아름다움과 민중의 생명력에 새롭게 눈뜨면서, 그것을 화폭에 옮겨 러시아 민중에게 보여주려고 하였다.

1880년대 후반의 러시아가 알렉산드르 Ⅱ세(1861년 농노제 폐지를 단행하여 '차르-해방자'로 불렸지만 1881년 '인민의 의지' 당 요원들에 의해 피살되었다) 이후 이어진 '반개혁'의 시기였던 점을 고려하면, 민중의 삶을 그대로 그린 사실주의적 경향의 그림들이 러시아 곳곳에서 전시된다는 것 자체가 귀족 사회와 전제 군주에 대한 강력한 저항이었고 민중에겐 자신들의 처지를 다시금 각성하게 되는 계기였을 것이다.

이 그림의 제목 중에서 러시아어 'vsudu'는 원래 장소를 나타내는 '어디나'라는 뜻보다는 방향을 나타내는 '어디로 가나'에 더 가깝다. 창살 안에 갇힌 그들의 삶은 또 어디로 이어지는 것일까? 유형지에선 과연 어떤 삶이 기다리고 있을까? 니콜라이 야로센코는 답하고 있다. '어디로 가나 삶'이라고, 러시아 속담처럼 '삶은 계속 된다'고…….

N. 야로센코, 〈자화상〉, 1895

니콜라이 야로센코(1846~1898) 러시아와 우크라이나 화가이자 초상화가이다. 폴타바에서 태어났으며 아버지는 군인이었다. 어렸을 때부터 미술에 재능을 보였으나 아버지는 가풍을 이어 군인이 되길 바랐기에 페테르부르크로 이사 와서 파블로프군사학교에 입학했다. 1860년대에 야로센코는 화가 A. 볼코프에게 개인적으로 사사받으며 미술공부를 하였으며 크람스코이가 가르치던 예술장려협회 미술학교 야간강좌를 다녔다. 1867년 야로센코는 군사학교를 우등으로 졸업하면서 미술도 계속 공부하였다. 야로센코의 세계관은 체르니셉스키와 도브로류보프 등의 러시아 혁명민주주의자들의 영향으로 형성되었다. 1876년 야로센코는 이동파에 합류하였고 10년 이상을 크람스코이와 함께 이동파를 지도하였다가 크람스코이 사후에는 이동파의 사상과 전통의 계승자가 되었다. 동료화가 네스테로프는 야로센코에 대해서 "검소하고 자제력이 강하다. 외모는 온화하지만 영혼은 강하다"라고 평하였다. 그의 동시대인들은 그를 "화가들의 양심"이라고 불렀다. 대표작은 〈화부〉와 〈수인〉이 있으며 1880년대에 가장 유명한 작품들 중 하나인 〈어디나 삶〉(1888)을 발표하였다. 이후 〈그네에서〉(1888), 〈농부아가씨〉(1891)를 발표하였으며, 1898년 심장마비로 갑작스럽게 사망하였다.

참고문헌

<그림>

가우, V. - 〈나탈리야 곤차로바의 초상〉, 1842~1843, 수채화, 푸시킨 박물관

게, N. - 〈미하일롭스코예 마을의 푸시킨〉, 1875
- 〈페테르고프에서 알렉세이 황태자를 심문하는 표트르 Ⅰ세〉, 1871, 캔버스, 유화, 135×173, 트레티야코프 미술관

몰레르, F. - 〈고골의 초상화〉, 1840년대

레비탄, I. - 〈봄-물의 범람〉, 1897, 캔버스, 유화, 223 x 419, 트레티야코프 미술관
- 〈자화상〉, 1880년대, 노란 종이, 붓과 먹, 38 x 27.9, 트레티야코프 미술관
〈황금빛 가을〉, 1895, 캔버스, 오일, 87×126, 트레티야코프 미술관

레비츠키, D. - 〈시종무관 란스키의 초상〉, 1782, 캔버스, 유화, 151×117, 루스키 박물관

레핀, I. - 〈가을 꽃다발〉, 1892, 캔버스, 유화, 111×65, 트레티야코프 미술관
- 〈기다리지 않았다〉, 1884~1888, 캔버스, 유화, 160.5×167.5, 트레티야코프 미술관
- 〈경작하는 사람. 경작지의 레프 톨스토이〉, 1887, 종이, 유화, 27.8×40.3, 트레티야코프 미술관
- 〈볼가 강의 인부들〉, 1870~1873, 캔버스, 유화, 131.5×281, 트레티야코프 미술관
- 〈이반 뇌제와 그의 아들 이반〉, 1885, 캔버스, 유화, 199×254, 트레티야코프 미술관
- 〈자화상〉,1887, 캔버스, 유화, 72.8×60.5, 트레티야코프 미술관
- 〈폴레노프의 초상〉, 1877, 캔버스, 유화, 80 x 65. 트레티야코프 미술관
- 〈스타소프의 초상〉, 1883, 캔버스, 유화, 74 x 60, 루스키 박물관
- 〈투르게네프 초상〉, 1874, 캔버스, 유화, 116.5 × 89, 트레티야코프 미술관

마콥스키, C. - 〈17세기 귀족 결혼식 피로연〉, 1883, 캔버스, 유화, 236 x 400, 힐우드 박물관

마콥스키, V. - 〈못 들여보내요!〉, 1982, 캔버스, 유화, 키예프 국립 러시아 예술 박물관
- 〈만남〉, 1883, 캔버스, 유화, 40×31.5, 트레티야코프 미술관
- 〈자화상〉, 1905, 마분지, 유화, 34.3 x 38.6, 트레티야코프 미술관
- 〈시골마을에 도착한 여교사〉, 1896~1897, 캔버스, 유화, 67 x 90, 트레티야코프 미술관
- 〈주인 없이〉, 1911, 캔버스, 유화, 야로슬라블 예술 박물관

막시모프, V. - 〈농민의 결혼식에 온 주술사〉, 1875, 캔버스, 유화, 116×188, 트레티야코프 미술관
- 〈모든 것은 과거에〉, 1889, 캔버스, 유화, 72×93, 트레티야코프 미술관

말랴빈, F. -〈회오리〉, 1906, 캔버스, 유화, 223×410, 트레티야코프 미술관
-〈자화상〉, 1927, 캔버스, 유화, 91.8 x 72.5

바스네초프, V. -〈알료누슈카〉, 1881, 캔버스, 유화, 218 x 187.5, 트레티야코프 미술관
-〈자화상〉, 1873, 캔버스, 유화, 71 x 58, 트레티야코프 미술관

보그다노프-벨스키, N. -〈계산, S. A. 라친스키 인민학교에서〉, 1895, 캔버스, 유화, 107.4x 79, 트레티야코프 미술관
-〈자화상〉, 1915, 루간스크 주(州) 예술 박물관

보로비콥스키, V. -〈황제마을 공원을 산책하는 예카테리나 II 세〉, 1794, 캔버스, 유화, 395x 599, 트레티야코프 미술관

부가옙스키 블라고다트니, I. -〈보로비콥스키의 초상〉,1824, 나무, 유화, 22.5 x 17.5, 칼루가 예술 박물관

브라스, I. -〈체호프의 초상〉, 1898, 트레티야코프 미술관

브론니코프, F. -〈플라비츠키의 초상〉, 1873, 캔버스, 유화, 73 x 61, 라디세프국립예술 박물관

베네치아노프, A. -〈경작지에서. 봄〉, 1820년대, 캔버스, 유화, 51.2 x 65.5, 트레티야코프 미술관
-〈자화상〉, 1830, 캔버스, 유화, 32,9 x 26,5, 트레티야코프 미술관

사브라소프, A. -〈갈가마귀 날아들다〉, 1871, 캔버스, 유화, 70 x 57, 트레티야코프 미술관

소로카, G. -〈자화상〉, 1840년대
-〈낚시꾼〉, 1840 ~ 1850, 캔버스, 유화, 67 x 102, 루스키 박물관

수리코프, V. -〈친위병 사형 날의 아침〉, 1881, 캔버스, 유화, 218×379, 트레티야코프 미술관
-〈자화상〉, 1876, 캔버스, 유화, 21.8 x 17.5, 트레티야코프 미술관

시바노프, M. -〈결혼합의의 축하〉, 1777, 캔버스, 유화, 199,9 x 244, 트레티야코프 미술관

시라니, E. -〈베아트리체 첸치의 초상〉, 1662년경, 캔버스, 유화, 64.5×49, 로마고대국립미술관

시슈킨, .I. -〈모스크바 근교의 정오〉, 1869, 캔버스, 유화, 111.2 x 80.4, 트레티야코프 미술관

세로프, V. -〈레비탄의 초상〉, 1893, 캔버스, 유화, 82 x 86, 트레티야코프 미술관
-〈소녀와 복숭아〉, 1887, 캔버스, 유화, 트레티야코프 미술관
-〈콘스탄틴 코로빈의 초상〉, 1891, 캔버스, 유화, 111.2 x 89, 트레티야코프 미술관

알렉산드롭스키, S. -〈튜체프의 초상〉, 1876, 캔버스, 유화, 71.5 x 58.3, 트레티야코프 미술관

야로센코, N. -〈니콜라이 게의 초상〉,1890, 캔버스, 유화, 92.5 x 73.5, 루스키 박물관
-〈어디나 삶〉,1888, 캔버스, 유화, 212×106, 트레티야코프 미술관
〈자화상〉, 1895

코로빈, C. -〈차를 마시며〉, 1888, 마분지, 유화, 60.5 x 48.5, V. 폴레노프 박물관

쿠스토디예프, B. -〈마슬레니차〉, 1919, 캔버스, 유화, 71×98, I, 트레티야코프 미술관
-〈차를 마시는 상인의 아내〉, 1918, 캔버스, 유화, 120×121, 루스키박물관
-〈자화상〉, 1912, 캔버스, 유화, 우피치 미술관

크람스코이, I. -〈레프 니콜라예비치 톨스토이의 초상〉,1873, 캔버스, 유화, 98×79.5, 트레티야코프 미술관
-〈'마지막 노래' 시기의 N. 네크라소프〉,1877~1878, 캔버스, 유화, 105×89, 트레

티야코프 미술관

〈막시모프의 초상화〉, 1878, 갈색 종이, 수채화, 29,4 x 22, 루스키 박물관

-〈미지의 여인〉, 1883, 캔버스, 유화, 75.5×99, 트레티야코프 미술관

-〈시슈킨의 초상〉, 1873, 캔버스, 유화, 110,5 x 78,트레티야코프 미술관

-〈위로할 수 없는 슬픔〉, 1884, 캔버스, 유화, 228 x 141, 트레티야코프 미술관

-〈자화상〉, 1867, 캔버스, 유화, 52,7 x 44, 트레티야코프 미술관

키프렌스키, O. -〈푸시킨의 초상〉, 1827, 캔버스, 유화, 63 x 54, 트레티야코프 미술관

푸키레프, V. -〈어울리지 않는 결혼〉, 1862, 캔버스, 유화, 173 x136.5, 트레티야코프 미술관

-〈자화상〉, 1868, 캔버스, 유화, 86 x 69, 루스키 박물관

〈지참금 목록〉, 1873, 캔버스, 유화, 66 x 73, 트레티야코프 미술관

폴레노프, V. -〈나리의 권리〉, 1874, 캔버스, 유화, 120 x 174, 트레티야코프 미술관

플라비츠키, K. -〈타라카노바 공주의 죽음〉, 1864, 캔버스, 유화, 245×187.5, 트레티야코프 미술관

페도토프, P. -〈소령의 구혼〉, 1848, 캔버스, 유화, 58.3 x 75.1, 트레티야코프 미술관

-〈어린 과부〉, 1851∼1852, 캔버스, 유화, 62×47, 트레티야코프 미술관

-〈자화상〉, 1840년대.

페로프, V. -〈도스토옙스키의 초상〉, 1872, 캔버스, 유화, 94×80.5, 트레티야코프 미술관

-〈모스크바근교 미티세의 티타임〉,1862, 캔버스, 유화, 43.5×47.3, 트레티야코프 미술관

-〈A. 사브라소프의 초상〉, 1878, 캔버스, 유화, 71 x 57, 트레티야코프 미술관

-〈상인집안에 도착한 가정교사〉, 1865, 캔버스, 유화, 44 x 53.5, 트레티야코프 미술관

-〈수도원의 식사〉, 1865∼1876, 캔버스, 유화, 99×126, 트레티야코프 미술관

-〈시골 마을의 설교〉, 1861, 캔버스, 유화, 71.5×63.3, 트레티야코프 미술관

-〈아들의 묘에 온 노부모〉, 1874, 캔버스, 유화, 42×37.5, 트레티야코프 미술관

-〈자화상〉, 1870, 캔버스, 유화, 59,7 x 46, 트레티야코프 미술관

-〈트로이카〉, 1866, 캔버스, 유화, 123.5×167.5, 트레티야코프 미술관

피로스마니, N. -〈여배우 마르가리타〉, 1909, 캔버스, 유화, 94 × 114, 그루지야국립예술박물관

트로피닌, V. -〈니콜라이 카람진의 초상〉, 1818, 캔버스, 유화, 52.5 x 48.3, 트레티야코프 미술관

<문학작품>

가르신, V. -『나흘 동안』, 이북코리아 출판부, 서울: 이북코리아, 2013

고골, N. -『검찰관』, 조주관 옮김, 서울: 민음사, 2006

-『페테르부르크 이야기』, 최선 옮김, 서울: 민음사, 2007

괴테, -『파우스트』, 홍건식 옮김, 서울: 삼성기획, 1991

나기빈, Ju. -『겨울 떡갈나무』, 김은희 옮김, 서울: 한겨레아이들, 2013
-『나기빈 단편집』, 김은희 옮김, 서울:지식을만드는지식, 2009
-『금발의 장모』, 김은희 옮김, 서울: 지식을만드는지식, 2013
네크라소프, N. -『러시아는 누구에게 살기 좋은가』, 홍기순 옮김, 서울: 보고사, 2003
도스토옙스카야, A. -『도스토옙스키와 함께한 나날들』, 최호정 옮김, 서울: 그린비, 2003
도스토옙스키, F. -『가난한 사람들』, 이현정 옮김, 서울: 하서출판사, 2000
-『도스토옙스키의 유럽 인상기』, 이길주 옮김, 서울: 푸른 숲, 1999
-『백치』상, 하, 박형규 옮김, 서울: 범우사, 1992
-『죄와 벌』상, 하, 홍대화 옮김, 서울: 열린책들, 2009
-『카라마조프가의 형제들』, 1, 2, 3, 김연경 옮김, 서울: 민음사, 2007
라블레, F. -『가르강튀아 팡타그뤼엘』, 유석호 옮김, 서울: 문학과지성사, 2004
모출스키, C. -『도스토예프스키』제 1권, 제 2권, 김현택 옮김, 서울: 책세상, 2000
박제, -『그림정독』, 경기도: 아트북스, 2007
보그다노바, O. -『현대러시아문학과 포스트모더니즘』1, 2, 김은희 옮김, 서울: 아카넷, 2014
부닌, I. -『사랑의 문법』, 류필화 옮김, 서울: 소담출판사, 1996
이덕형 -『러시아 문화예술의 천년』, 서울: 생각의 나무, 2009
이숲 편집부, -『내가 사랑한 세상의 모든 음식』, 서울: 이숲출판사, 2010
에렌부르크, I -『해빙』, 김학수 옮김, 서울: 중앙일보사, 1990
예로페예프, B. -『모스크바발 페투슈키행 열차』, 박종소 옮김, 서울: 출판을유문화사, 2010
석영중, -『도스토옙스키, 돈을 위해 펜을 들다』, 서울: 예담출판사, 2008
-『러시아문학의 맛있는 코드』, 경기도: 예담출판사, 2013
솔제니친, A. -『마트료나의 집』, 김윤희 옮김, 서울: 인디북, 2013.
-『이반 데니소비치의 하루』, 이동현 옮김, 서울: 문예출판사, 2004
스탕달, -『적과 흑』, 김봉구 옮김, 서울: 범우사, 1989
추다코프, A -『체호프와 그의 시대』, 강명수 옮김, 서울: 소명출판사, 2004
체호프, A. -『귀여운 여인』, 김임숙 옮김, 서울: 혜원출판사, 1999
-『체호프 단편선』, 박현섭 옮김. 서울: 민음사, 2002
-『체호프 아동소설선』, 안동진 옮김, 서울: 지식을만드는지식, 2013
-『체호프 유머 단편집』, 이영범 옮김, 서울: 지식을만드는지식, 2013
파스테르나크, B. -『닥터 지바고』, 오재국 옮김, 서울: 범우사, 1990
푸시킨, A. -『대위의 딸』, 이영범, 서울: 지식을만드는지식, 2009
-『벨킨 이야기』, 최선 옮김, 서울: 민음사, 2006
-『예브게니 오네긴』, 김진영 옮김, 서울: 을유문화사, 2009
-『푸시킨 선집: 희곡, 서사시편』, 최선 옮김, 서울: 민음사, 2011
카, E. H. -『도스토옙스키』, 김병익, 권영빈 옮김, 서울: 홍익사, 1979
카람진, N. -『카람진 단편집』, 김정아 옮김, 서울: 지식을 만드는 지식고전선집, 2011

톨스타야, T. -『딸이 본 톨스토이』, 김서기 옮김, 서울: 서당출판사, 1988

톨스토이, L. -『인생이란 무엇인가』, 김근식, 고산 옮김, 서울: 동서문화사, 2004

-『안나 카레니나』상, 하, 이철 옮김, 서울: 범우사, 2003

-『전쟁과 평화』 1, 2, 3, 구자운 옮김, 서울: 일신서적출판, 1994

투르게네프, I. -『아버지와 아들』, 이철 옮김, 서울: 범우사, 2005

-『첫사랑』, 이항재 옮김, 서울: 민음사, 2003

그림으로
읽는
러시아

초판발행 2014년 5월 20일
초판 3쇄 2019년 1월 11일

지은이 김은희
펴낸이 채종준
기 획 조현수
편 집 한지은
디자인 이명옥
마케팅 황영주

펴낸곳 한국학술정보(주)
주소 경기도 파주시 회동길 230(문발동)
전화 031) 908-3181(대표)
팩스 031) 908-3189
홈페이지 http://ebook.kstudy.com
E-mail 출판사업부 publish@kstudy.com
등록 제일산-115호(2000. 6. 19)

ISBN 978-89-268-6211-7 03890

이담Books는 한국학술정보(주)의 지식실용서 브랜드입니다.

책에 대한 더 나은 생각, 끊임없는 고민, 독자를 생각하는 마음으로 보다 좋은 책을 만들어갑니다.